カメラの前で演じること

映画「ハッピーアワー」テキスト集成

滨口龙介 那些欢乐时光

Ryusuke Hamaguchi

[日] 滨口龙介 野原位 高桥知由 著　　沈念 译

北京联合出版公司
Beijing United Publishing Co.,Ltd.

雅众文化 出品

目录

序

摄影机是可怕的。千万别小瞧它。

但是，也绝对不能低估摄影机所拍下的世界。

最终片长5小时17分钟的电影《欢乐时光》在2015年8月举办的第68届洛迦诺国际电影节首映。在电影节上，四名主演——田中幸惠、菊池叶月、三原麻衣子、川村莉拉——获得最佳女演员奖，由Hatano工作室[1]（由滨口龙介、野原位、高桥知由三人组成的编剧组合）撰写的剧本则获得特别提及奖。

伴随着持续一年以上的准备期与拍摄，站在摄影机前的她们的状态总是令我震惊。就她们获奖这件事而言，我的第一感想是——实至名归。与此同时，为此而不断书写的剧本也被提及，对我来说也是很大的回报。

本书收录了围绕电影《欢乐时光》制作的文本。各文本的性格，

1　“Ha、Ta、No”分别是滨口龙介、高桥知由、野原位三人姓名的首音节。——译者注（如无特殊说明，本书脚注皆为译者注）

以及制作的全貌将在新写的文章“《欢乐时光》的方法”中详述，希望大家能够一读。

写这篇文章出于几个理由。第一个理由是，实际上在洛迦诺电影节之后，我有许多机会接受采访并经常被问到《欢乐时光》的制作手法。获奖的四名女主演在此之前没有表演经验这一事实也给这部电影带来神秘色彩。我始终想要真挚地回答提问。但是许多时候，在有限的时间内抛出的回答，在我自己看来也不够完整。恐怕提问的人们也有一种不得要领的感觉吧。根本不存在这样一种语言，能够简述长达两年的制作。我也不能断言我已经把握了电影制作的全貌。即便如此,这部电影的制作恐怕也会在今后成为我的“分岔点”，我也想在记忆犹新的时候留下一些关于制作全貌的记录。

因此，这里所写的不过是我个人的“方法”。虽然，有时我的文字看似代表了全体剧组成员和编剧组合，但是,《欢乐时光》的形成是基于演职人员所带来的各色各样的方法，我认为他们每一个人都应该有自己想要述说的事情。在这里被述说的，只不过是从我个人的文脉、视点来看的制作全貌。我写这篇文章，首先是为了让我自己能够理解此次的制作。

写本文的另一个理由,是为了赞美她们。不过,每次我称呼“她们”时，我脑中浮现的不一定仅有四人。但因为说到《欢乐时光》的演员时，我主要想起的是四名主演的女性，所以在后文中我可能也会用“她们”来统称《欢乐时光》的全体演员。但是，正如我写下“他们”时，这个词也包含着女性，所以当我言及“她们”时，这个词也就很自然地包含了男性。我希望读者们可以带着这个意识来看待这两个词汇。

《欢乐时光》最大的魅力，在于作为表演者的她们的存在本身。这也拯救了作者本人讲述电影方法的愚昧。她们作为不尽的谜，占据了电影的中心。

我觉得她们真的很出色。我说这话绝不是因为她们获了奖。从我们开拍之前我就一直这么想了。我打从心底为她们感到骄傲，因为她们毫不掩藏自己的出色，坦然地站在摄影机前。这一点绝不容易。至少我是这么认为的。

演员是要表演的。《欢乐时光》所采用的表演是极其常见的形式——记住写在纸上的话，怎么记的就怎么说，假装你不是自己，是别人。但是，她不是她所扮演的人。这一严峻的事实非常容易暴露。表演不过是脆弱的虚构，只要有一个孩子说出“国王没穿衣服”就会崩坏。

摄影机，正是那个指出“国王没穿衣服”的孩子一般的存在。它总是精准地映照、反射出，演技不过是脆弱的虚构、如同儿戏的行为。因此，不论如何强调“在摄影机前表演这件事”的风险都不嫌够。在进入拍摄前，我恳切、郑重地向她们传达了我的想法。即便如此，她们依然站到了摄影机前。我想要赞美她们的勇气。

其实，这份赞美是献给未来“在摄影机前表演”的所有人的。站在摄影机前的人，都将成就超越本人想象的事情。你在摄影机前的一举一动将在未来的日子里支持，或者藐视这个世界的价值。可能我的说法会让有些人觉得小题大做吧？这篇文章正是为了这些人而写的。

大学毕业后，我成为商业电影的副导演。我察觉到，学生时代耗费大量时间看片听歌的经验，在片场的实操中一点忙都帮不上。有时候，我一边被人踢着屁股一边对“电影和音乐帮不了我”这一事实感到绝望。自己非常珍视、必要时愿意为其奉献人生时间的东西却完全帮不到自己，这段体验让人打从心底感到痛苦。

随着时间的推移，现在的我确信情况恰恰相反。电影和音乐支撑人们活着。因为最好的作品往往是人们曾经真挚地活过的证据。作为记录机械的摄影机（与话筒）切实地记录下这一事实，并反复播放。如果你去看、去听这毋庸置疑的证据，你就能从根本上获得活下去的激励。我之所以能如此言之凿凿，是因为这些事在我自己身上发生过。

我想鼓励大家试着“在镜头前表演”，所以我想要谈谈这一行为的风险与回报。换言之，也就是述说《欢乐时光》的方法。

谨以此书献给站在镜头前的演员们、站在镜头后的工作人员们，以及使之成为可能的所有人。

滨口龙介

《欢乐时光》的方法

电影《欢乐时光》与“即兴表演工作坊 in Kobe[1]”

在聊《欢乐时光》的制作之前，有必要先回溯到在神户设计创意中心（爱称KIITO）开办的“即兴表演工作坊in Kobe”。这个工作坊从2013年6月开始招募参加者，共有三次选考，过程中一概不论报名者的表演经验，最终从51名报名者中确定了17名参加者。参加者的年龄下至20岁上至71岁，凑齐了“男女老少”。其中，三分之二的人都没有表演经验。这个工作坊的前提就是和志愿参加者一起制作电影，最后所有的参加者也都在《欢乐时光》中出演了。相应地，他们的称谓也从“参加者”变成了“演员”。

长达五个月的工作坊

从2013年9月到翌年2月约五个月的时间，工作坊多数时候于每周六举办，总共办了23回。主办方KIITO公开了收录从活动经过

1. 即“在神户”的意思。

到成果报告的册子，这本册子谁都能在网上阅览。[1]在此就不详细展开了，我只想明确这个工作坊的主轴，即“听”这一行为。虽然工作坊的名称里有“即兴表演”，却几乎没有所谓的“表演”课。“听”，是工作坊整体的主题。参加者们会基于自己的兴趣与关注点前去采访（在携带摄影机的工作人员的陪同之下），KIITO会邀请名人来做对市民公开的谈话活动（以“对话咖啡馆”为标题，一个月举办一次），参加者之间也会互相采访。这个讲座与其说是为了表现自我，不如说是为了探索用言语之外的手段互相交流的方法，即扩充“听”的定义，提升整个身体的敏感度。

回想起来，从这种“即兴表演工作坊”到《欢乐时光》的制作，我所施加于她们的调度，始终都是以“让她们感到安心”与“给她们勇气”这两件事为目标的。虽然听着非常玄乎，但是在拍摄的准备阶段，我和工作人员们所做的到头来都归结于这两件事。不过，不论是“安心”还是“勇气”，都属于演员的精神状态，我们不具备改变精神状态的决定性手段。但是，美国的电影导演约翰·卡萨维蒂曾说：

> 我真的觉得谁都能演戏。演技有多出色，取决于表演者有多自由，以及是否处于一个环境使其能够表达自身的感受。
>
> ——《约翰·卡萨维蒂的电影》[2]（下划线为引用者所标）

1　成果册子《说说看自己是谁》的PDF文件可以从以下链接下载。http://http://kiito.jp/wp-content/blogs.dir/2/files/2014/05/KIITO_AiR_hamaguchi_201405s.pdf——原书注

2　原题，“The Films of John Cassavetes” (Ray Carney, Cambridge University Press,1994)。

毫不夸张地说，这段话就是引导了《欢乐时光》制作的语言与思想。工作人员可以影响“扮演角色的人=演员”的精神状态。我们在工作坊与拍摄的过程中对此深有共识。导演与工作人员在喊了“准备，开拍”之后并不一定会参与表演，而是看着演员表演。对演员而言，这样的拍摄现场也是一个无法废除日常习惯与规则的“社会”。

在《欢乐时光》的拍摄以及那之前的“即兴表演工作坊”中，导演、编剧与工作人员的目标是弱化“社会”的存在（从理论上来说，不可能完全脱离社会），并且进而营造一个能更好地支持演员的“环境”。我想事先说明，在本文中，我几乎没有机会提及各位工作人员的贡献的原因是，他们最大的贡献就在于尽可能地削弱自己的存在、让自己几近透明。

那么，工作人员给了演员什么样的支持呢？虽然我还不清楚该怎么说，但我想在此暂且将这种支持称之为“用肺腑[1]反应”。“肺腑”这个词在日常会话中不怎么被使用，就算要用的话，“掏心掏肺”之类的用法也总让人觉得有些夸张。我在这里用这个词带有一种“自身深处”的语境。

只是，“肺腑”（脏腑、深处）是不能被掏出来的。掏心掏肺的话，人一定会死去。这种“日常的不可见性”是很重要的。《欢乐时光》片场的目标是，让大家用“日常不可见的、我自身的某些东西”去

1　这里用的日语原词是“はらわた”，指人体内的脏腑（尤指大小肠），也引申指人的内心与精神。《欢乐时光》中有一段主角们参加工作坊（主题是身体与重心）的场景，其中设置了“听腹”的环节，让参加者互相听对方的丹田。当时拒绝让明和纯听自己腹部的芙美，后来在有马的温泉旅馆时终于卸下心防，让大家听了自己身体深处的声音。此处把“はらわた”译为“肺腑”是考虑到中文的语境与美感。

反应，并且营造一个让导演、工作人员，有时也让演员们相互支持和帮助的环境。

在《欢乐时光》的制作中起最大作用的就是剧本=文本。这在电影制作中也是理所当然的事。剧本对制作的根本而言至关重要，为了分解剧本的多重作用，有时也得绕点弯路。因此，让我们先从非剧本的文本即“潜文本”开始吧。

潜文本：为了即兴表演

《欢乐时光》的旧标题是《BRIDES》（新娘们）。这个以四名30余岁女性为主角的剧本，是参照约翰·卡萨维蒂的电影《夫君》（*Husbands*）来设计的。四名好友中的一人离去，剩余三人则陷入了精神的迷惘——这一设定是《夫君》的性转版[1]。

《BRIDES》最初是2014年1月“即兴表演工作坊”结束时写就的三个剧本之一。工作坊计划在结束后与自愿参加者们一起制作电影。剧本全都是Hatano工作室（滨口龙介、野原位、高桥知由）写的，剧本写作的目标之一是邀请许多没有表演经验的人来参加电影制作。我们把三个剧本给参加者们看，让她们从中选一个。不过，回过头看，其实几个剧本各自的规模和登场人物不尽相同，是三个完全无法比较的选项。参加者们经过讨论后得出的结果，又最终被反馈到Hatano工作室。

结果是，我们选择了《BRIDES》作为电影的剧本。最主要是因为，这是“工作坊全17名参加者都能参演的可能性最高的”剧本。

1 区别在于，《夫君》中缺席的朋友是离世，《欢乐时光》中则是失踪。

那并非出于对工作坊参加者的顾虑，而是基于一种预感，在不排除任何工作坊参加者的情况下推进下去——也就是说把由“即兴表演工作坊in Kobe”所培育起来的东西原原本本地带入摄影之中——才是对这部电影最有益的事。

剧本《BRIDES》的魅力

有两件事需要说明。第一，为何我们会希望工作坊的所有参加者都参与电影拍摄，也就是说，“即兴表演工作坊”到底是个什么样的活动？第二，《BRIDES》为何被视为“工作坊所有参加者都能参演的可能性最高的”剧本？

关于前者，会在这篇文章之后的部分详细说明，所以我先解释后者。可能听上去有点无趣，答案是因为这个剧本中的“角色很多”。但是，并不仅仅是因为角色数量多（另外两个剧本也可以增加角色）。《BRIDES》有一个前提，其故事当然是虚构的，但并不是空想。角色们和我们一起生活在同样的重力之中。她们不会飞，是一群无法随心所欲地解决问题的人们。这意味着，我们可以把没有表演经验的工作坊参加者们的“日常生活中的想象力”，原原本本地援引在剧本解读之中。另一方面，分散在以野原位为主导所写的“初稿”之中的角色们有着许多的魅力与谜，我们觉得这些角色能够通过演员的想象力具有更多的发展余地。换句话说，剧本《BRIDES》的初稿，有许多“和我们在同一个世界活着、与我们相差无几”同时“有着作为他者的难解之处（那也是世界的纵深）”的角色。各角色在为故事服务的基础上，也是“个性鲜明”的存在。不仅是四名主要的女性角色（明、樱子、芙美、纯），她们周围的配角们也有作为人物的厚度与真实度。这些才是我们选择这个剧本的关键原因。并且，我们越是强调这种倾向，四名主角的轮廓也越发鲜明。

工作坊的成果发表“角色采访”

在初期阶段飞跃性地推进了角色塑造的，是2014年2月作为即兴表演工作坊的成果被展示的“角色采访”。工作坊参加者一边扮演被分配到的剧本角色，一边互相采访。例如，演员田中幸惠以“明”的身份、三原麻衣子以“芙美”的身份面对彼此，互相聆听对方的经历与想法。在电影正式开拍前，我们拍摄、剪辑了这一有着角色塑造功能的采访，公开展示了总计18人、共9组影像。

在这个采访中，没有决定落脚点或者必须要说的话。我们的目标，只是让大家作为一个角色，并且同时作为一个人来互相聆听、互相倾诉。不过，可能因为没有确定的梗概，那看上去像是“过家家”。没错，其实表演与“过家家”之间本来也几乎没有隔阂。虽说如此，工作人员也不希望演员在正式开拍前因为“角色采访”公开后的反响而丧失自信。

为什么容易发生那样的事呢？其中一个重要的原因，是“用即兴来编织角色”，即“说谎”这件事根本上的难度。所有说过谎的人都知道，谎言基本上都是不合逻辑的。真实有着某种重力，不合逻辑的部分会从积累起来的最顶端簌簌崩落。我们的嗓音，会在说谎的时候变得愈发微细与空洞。谁都对自己这样的嗓音有所记忆吧？

如果即兴的“角色采访”变成了临场的谎言罗列，那么演员也会远离角色，只是在演一些缺乏厚度的存在。这不论是对表演者还是对观者而言，都是煞风景的空虚光景。为了避免这种情况，Hatano工作室采取了发放“潜文本”的行动。在拍摄角色采访的约两周前（工作坊成果发表的内容是在日期临近的阶段才决定的），演员们收到了大量的潜文本。

潜文本①“17 个提问”

何谓“潜文本”？我们将其作为描写各角色经历、心情、关系的“剧本以外的”所有文本的总称。潜文本大致分为两类。

第一类是“17个提问”的问答形式文本，着重聚焦于角色的经历或心情。提问者（不明确是谁）对角色提问。角色则回答提问。虽然没有特别的描写，但进行问答的场面有一种心理学实验室的感觉。这些文本，先由Hatano工作室各成员分头写就。17个提问如下：“你幸福吗？为什么？对你而言最重要的是什么？爱是什么？工作是什么？你讨厌什么？想成为怎样的自己？你爱着谁吗？你爱的是谁？你讨厌现在的自己的哪里？你喜欢现在的自己的哪里？你害怕什么？你今天起床后做了什么？和父母关系好吗？喜欢做爱吗？你觉得友情是什么？你如何看待死亡？”这些提问并没有来源。不用说，也有一些千篇一律的问题。Hatano工作室从列出的众多提问中，选出了能让角色更加立体的那些。这样的问答表要写17人份真是要命的活儿，但我们也出乎预料地有了一种和角色邂逅的感觉（我们甚至期待在今后写剧本的时候，这一手法也能在角色开发方面发挥重要作用）。在写问答表时，有一个让作为编剧的我们也大吃一惊的发现——角色中“有不愿回答的人”。

为了让角色开口述说

被写进剧本的角色，基本上都有某种言行举止的倾向。编剧们就像读者一样，需要去解读那种倾向，一边通过解读，尝试使角色更加立体，一边书写潜文本。

如此一来，在持续写作的过程中，就出现了即使进入问答环节也不愿意老实回答的角色。我们希望在保持同剧本的一贯性的前提下写潜文本，因此当然会出现“写不下去”的情况。其象征，就是在文本中“不愿述说”的角色。为了让角色述说，我们竭尽了全力。这些潜文本，也是为了演员们所准备的资料，供大家在即将到来的“角色采访”中使用。因此，我们可不能交白卷。

那是令人愉快的，或许也有些滑稽的工作。我们常用的技巧是“先让对方回去”。对于不肯说话的角色，提问者会中断提问，让对方明天再来。到了“想象中的明天”，再次前来的她们就会开始结结巴巴地述说。只要她们来了，就说明她们有话要说，或者有话不得不说。而我们，也就有得写了。角色们语塞时，或者只能说出流于表面的回答时，我们也会补充提问来促进回答。虽然这些只是想象中的对话，但大家都知道，一个人要“开口说”些什么是需要必然条件的。我们在编剧的过程中切身体会、学习到对于想象中的角色而言这一点也别无二致。

这个文本的创作并非单纯的自问自答。我想提出这个主张，主要是因为在剧本的执笔过程中，文本的诞生不仅是基于已经写就的剧本，而且文本也总是经过三个人（至少也有两个人）的手与眼才交付到演员的手中。执笔者无法擅自通过个人的意志来动摇角色的重量。感受、共有这种重量的体验，也在此后成为执笔者全体的根基。

在把这份“17个提问”交给各位演员时，我们无数次强调，这些最多只不过是即兴时的参考和依据，绝对不是“故事的正确答案”。在此基础上，我们还拜托演员们为了自己的表演而自行答一遍“17个提问”。

这本书中没有收录作为潜文本的“17个提问”。那是因为我们认为，在角色采访与之后的电影制作中真正派上用场的文本，恐怕不是我们写的，而是演员们自己写的那份。不过，我们也没有确认过那份文本。甚至不知道是不是所有人都写了。就算她们写了答案，那也是演员与角色之间的“秘密”。

潜文本② 角色的经历与关系

另一种潜文本——就像本书中收录的篇目一样——采用了更加常见的剧本形式。这些文本，尤以展示没有写进剧本的（其中许多是更之前的）人物关系为目标。公开这样的潜文本，对于身为作者的我们而言是令人面红耳赤、羞愧难当的。原本想着只写给演员看的这些文本更缺乏活力，也更缓慢。那些都是她们的日常，就算显示出什么特别之处，也是非常细微的。我们把这些文本交给演员时也强调过，这绝不是故事的正确答案，只是一个可能性——“可能有过这样的事”——或者说是一个“平行世界”。我们反复强调像这样的潜文本不是“故事的正确答案”，是为了不让她们的表演趋于“遵从正确答案”。如果想着“遵从正确答案”，那么她们的表演最后就会变得浑浊。在即兴表演中，“选哪边都可以”的状况会引起一种难以名状的“迟缓”（关于这一点之后会进一步详述）。而如果选项有优劣之分的话，那么很容易就能决定选哪边。我们之所以写潜文本，就是为了让角色所具有的“倾向”更加鲜明，为了让演员能更容易地做出选择。我们的工作不是要创造一条河川（故事）本身，而是要建一条能让水流通的水路。那么，流入水路的川流又该是什么呢？或许正是她们自身吧。

直到现在我们也无法判断，潜文本是否对表演有效。不过，就结果来看，“角色采访”的拍摄经历对我们而言是一段奇妙的体验。经过长达五个月的工作坊，我们理应对参加者颇有了解才对，但在拍摄时，她们显然正在饰演一个不同于自己的人格，即角色。而我觉得，她们真是非常出色地铺展了“只有那个人才说得出”的对话[1]。鉴于这种情况，我们认为这种剧本形式的潜文本可以起到“支

1 “角色采访”的影像记录，自2014年2月15日作为“即兴表演工作坊in Kobe”的成果被发表以来，就一直没有公开的机会。原本预定以DVD特典（赠品）的方式分发给各位众筹的支持者，结果还是没能被许多人看到。希望有朝一日能有这样的机会。——原书注

持”演员的作用，所以直到电影正片的拍摄阶段，我们也一直持续在写。

至少在人物登场的时候，不论哪个角色都曾度过一段没被写在剧本上的“背面”的时光。潜文本的作用是，提示大家该如何度过那段“背面”时光。结果，潜文本的分量几乎与超过5小时的剧本相当。

在潜文本中，角色们超越了剧本故事时间的框架，不求回报地存在着。这种存在让人产生一种感觉，仿佛她们有着自己的生活，有着区别于演员的另一个人格。那是一种非常模糊的感觉。她们不存在于现实。那是毋庸置疑的。但是我觉得，通过阅读潜文本，在演员的心中会产生对于角色的——我们只能称之为——“尊重”。

说起来，潜文本会赋予角色们的行为合理性。如果只是将剧本中人物的言与行作为“断片”提取出来看的话，会显得很突兀。但是，存在着一种只有演员才知道的角色独特的行动原理。通过潜文本，我们创造了一个只有演员才能理解、表现角色的状态。在拍摄时，尤其是当演员要表演一些被视为社会禁忌的行为时，这种状态成为支持演员的强大根基。也许，潜文本也给予了演员一种责任感。

表演的悖论

在这种情况下，执笔者无法轻易撼动角色。演员也是，即使得到了角色，也无法对其恣意妄为。基本上没有演员会以“我自己不会做那样的事”为由来拒绝表演。因为角色具有与演员不同的人格。

就像与所有他者打交道时一样，我们也必须尊重角色的人格。不过，此处有一个矛盾。这个矛盾是内在于演员与我们所直面的表演本身的。

她不是我。但，她也只能是我。

演员究竟能否表演自己的“身体”所拒绝的角色呢？写文本的时候，除了前述的“角色的一贯性”之外，还有另一个让执笔者的笔停滞不前的要素。那就是“演员的身体”。也正是因为这一要素，让我们在《欢乐时光》的制作过程中改了那么多次剧本。

在深入叙述剧本文本的作用与拍摄过程之前，还需要绕一大段远路。但是，在很多时候，远路才是最近的距离。这一点，是我通过整个《欢乐时光》的制作学习到的。

身体与镜头：未来的无穷目光

我经常在一家咖啡厅写作，并且常常出现“写不下去”的状况。有一次，隔壁桌有个人正在推销人寿保险。推销员（大约25岁有余的男性）面对推销对象（初老的女性）接二连三的疑问，总是回答“是这样的，我也深有同感”“原来如此，原来如此”“确实如此呢”之类的话，强烈地传达出自己正在倾听的信号。估计是公司给推销员发了一本指南，训练他们要做出一副能够理解推销对象的样子。但我觉得，这非常像那种“糟糕的演技”。如果我自己坐在他的对面，也许会意外地当局者迷吧。但是，只要我从隔壁桌注视推销员，就显然无法信任他。

糟糕的剧本

比如，如果我用“原来如此，原来如此，确实如此呢”之类的台词来写推销保险的场景，那一定是以“那个推销员绝对没有真诚地站在推销对象的立场”的语境为前提的。因为我觉得，“原来如此，确实如此”这种台词，本身就无法赋予推销员诚实的印象。不过，也可能只是因为我自己无法发自内心地说出“原来如此，确实如此”这种话，这仅仅只是我自身的投影罢了。

因为这个世界是非常宽广的，所以也确实有可能存在能够真诚地说出“原来如此，确实如此”的身体。但是，言语与身体是捆绑在一起的。至少我自己是抱着这样的想法在写剧本的。说出某句话的时候，那句话会带着身体的某种倾向，某具身体的状态也会决定说出的言语。正因如此，对演员而言，台词意味着非常强力的“表演”线索。

我断言，在别人说话时附和“原来如此，确实如此”之人，恐怕并没有真的在听对方的话，也没有真诚地去理解。当然，这最多不过是我的一己之见。然而，就算有点自说自话，但作为编剧和导演的我也必须要说，在写一个“会真诚地倾听别人说话的角色”时，我无法写出“原来如此，确实如此”这样的台词。那种台词不仅无法将演员的身体引向“真诚地倾听”，反而会使她们愈发远离。

这位推销员所展示出的糟糕演技，归根结底是被糟糕的剧本（在这种情况下是指推销指南，或者说是指他对世界的认知）所引导的。他可能是一个不幸的演员。其言行举止最终被评为“糟糕演技”的原因，在于其目的与行为的不一致性。他试图赢得别人的信任，却做出了距离这一目标最遥远的行为。

身体在说话

问题在于，人为什么会采取这种显而易见的不一致呢？我刚才写道，坐在同一张桌子的对面时，人很容易迷失自己的基准。为什么呢？因为人往往不会好好地对视。当然，“对视”有时也是展示自己诚恳态度的礼仪。但是，我们的身体会习惯性地移开视线。我们生活在一个禁止“互相凝视”的社会。

这个推销员可能是无意识地利用了禁止“互相凝视”的社会习惯。不,也许他根本没有那种意识,只是单纯地低估了“看”的力量。不一定是低估自己的推销对象，而是低估“看”的力量本身。他自己也没有好好地看着推销对象。如果不是那样的话，人是无法对着眼前的人说出“原来如此，确实如此”之类的话的。他相信，不管自己心里想着什么，都不会为人所知晓与看穿。正是这种心理导致了他的“糟糕演技”。暂时把这话题放一边吧。

在“即兴表演工作坊”主讲身体表现讲座的砂连尾理（编舞师、舞蹈演员）老师，在最后一节课上提议大家进行“沉默的对话”。大家配对后,面对彼此,在沉默中交谈。这件事情本身就具有矛盾感,从社会常识来看也是非常奇异的。这种对话接近聋哑人看手语的视线。但又不是什么身体语言，而是所谓的“只用眼睛对话”。

当然，我们没有心电感应。因此只能止步于非常随意的交流。大家只是在自己的脑中自言自语，双方的对话基本也没有达成一致的时候。但是，令人惊讶的是，就算是在沉默之中我们也能进行某种交流。我们一言不发，仅凭对视就能接收到不少蕴藏于对方身体与表情中的情感。也有在沉默中“说话”的人，为了发送言语而思想的身体也在更深的沉默之中被接收了。

“身体在说话”。在许多情况下，身体比起言语更诚实地反映着人的内心。“沉默的对话”，即“用眼的对话”教会我们，迈过社会习俗的范畴、用非同一般的注意力进行对视的时候，我们确实能接收到发自身体的语感。不过，我感觉自己在此之前就知道这件事了。通过影像。通过镜头。

镜头前的“身体”

我想起两段侯孝贤导演的电影影像。

在《咖啡时光》（2003）中有这样的场面，一青窈从路面电车下车，为了在JR[1]的车站换乘而行走在车站之间。但是，不管怎么看都觉得不对劲。也可能是我在找茬，但我总觉得一青窈的走路姿势看着有些“浑浊”。摆手的动作、调整包的动作，全都让我觉得不自然。总觉得，她看上去像是以“行走”为目的在走路。“行走”这一行为，基本上都是伴随着前往某个目的地时的无意识行为（我们几乎不会思考，要在伸出左脚后伸右脚），几乎不会有以“行走”自身为目的的时候。我之所以觉得在人群中只有一青窈格格不入，不仅仅是因为有摄影机在跟拍她，而是因为一青窈有一种“我要演出自然行走的样子”的目的意识。与一青窈的意图相悖，倒不如说恰恰是她的这种目的意识浑浊了她的表演。

另一方面，在《千禧曼波》（2001）中有一位在夕张经营“关东煮店”的婆婆登场。这位婆婆只在一个场景中出现，也完全没有在电影中担任什么重要角色。但是，不管我重看几遍这部电影，给

1　日本铁路公司（Japan Railways）的简称。

我留下最深印象的总是这位婆婆。那可能真的是在当地经营关东煮店的婆婆吧。在没有任何确实证据的情况下，我依然想这么说的原因是，这位婆婆的身体做出了无比确凿的证言。

婆婆一定每天都像这样煮着关东煮，把芥菜酱装进瓶子，所以就算不看放盘子的地方也都知道位置。摄影机也追随着婆婆那毫不犹豫、浑然天成的动作。并且，侯孝贤将这位无助于叙事的婆婆作为电影的一部分保留下来，就证明了他自己也被婆婆的身体所吸引。

婆婆的身体直白地述说着她日复一日的生活，即“习惯”。“习惯”，是将最初有意识去做的事转化为无意识的反复行为。在反复的练习之中，我们能无意识地做到那些曾经必须有意识去做的事，并在此基础上更进一步（如果以运动为例的话就显而易见了）。婆婆的身体，通过“习惯”所培养起来的无意识行动甚至述说着她的“人生”——这样说会不会太过浮夸？在此我还是保守地说，我们的身体传递着太多有关自己的事实，有时甚至是“身不由己”的。

“身不由己”地述说

有时，比起言语，我们的身体会更率直地述说。那么，我们的社会禁止“互相凝视”的理由也就很明朗了吧？因为我们不想被人看到我们的身体所倾诉的事。因为那种倾诉往往是身不由己的。

我们都有想要展示与传达的自我，而身体总会表露一个不同的形象。不过，这毕竟不是心电感应。并不是说，比如谁说谎了，我们就一定能发现。有些人会想着：“别人会不会以为我在说谎呀？（或者说不想让别人那么觉得）”。这样的话，就算没在说谎，其音调也会有所变化。我们绝不能将声音的变调断定为“谎言”的符号。就算身体比言语更诚实，在信息传达的准确度上，前者也远远不及后者。那么，为了让言语交流成为社会的基础，大家心照不宣地达成避开“互相凝视”的协定也就不奇怪了。我们“不由自主”地述说的身体与“凝视”的目光必须分开。因为两者一旦相遇，就会动摇社会存立的根本。

镜头是“未来的无穷目光”

但是，镜头的运作方式有所不同。原本在社会中被禁止的“凝视”行为，能够被镜头机械地实践。人们“不由自主”的身体述说，也因此在镜头的凝视中变得清晰。摄影机是机械，能够正确记录在画框这一限定范围内的光。通过摄影机被拍摄的镜头，是这个“完整”世界的“断片式的”光学（视觉）记录。可能也有人觉得，摄影机所拍的影像到头来也只能给人眼看的，所以不会有太大的差别。不过，电视也好，电影也好，网络视频也好，我希望大家能够想起，我们是如何无所顾忌地看着这些影像的。所有的影像都挣脱了社会禁忌的束缚，“凝视”也得到了允许。与此相对，摄影机也让被自己拍摄的人四肢僵直了起来。

在这个用手机也能轻松拍摄影像的时代，可能很多人都有过这样的经历：开心地聊着天时，突然有人把镜头对准你，于是你降低了对话的音量。之后就算想要表现得更加自然，但因为知道镜头在拍自己，所以举止也会和平时很不一样。为什么呢？因为摄影机所拍的影像，允许人们以一种异于日常的方式去凝视。当然，人的知觉肯定不如机械卓越。我们总是漏看、漏听。不论我们如何凝视，都无法避免这种疏漏。但是，这也无法使被拍的人安心。因为记录总是指向未来。摄影机就是出现在拍摄现场的部分“未来”。

被摄入影像就意味着，注定要面对“未来的他者的无穷目光”。无穷的时间，总有一天会让人类不完全的知觉逐渐趋近于摄影机的完全知觉。在这一过程中，一定会有人将被摄体的“习惯”与“身不由己”的述说一览无余。可能是明天，也可能是一万年后，这件事一定会发生。镜头总是潜在地捕捉“他或她为何人”。道格拉斯·瑟克对于摄影机的评论丝毫不是夸张。

> 摄影机是X光线。能够窥探人的灵魂。站在镜头前，我们无法隐藏真正的自己。我认为这就是电影的骇人之处。
>
> ——《瑟克论瑟克》

“未来的无穷目光”总有一天会看尽被摄体的全部。其实，人们在不知不觉中已经知道了这件事。因此，摄影机是可怕的。我是通过与酒井耕一起导演的纪录片系列“东北纪录片三部曲”的制作，才重新强烈地意识到了这一点的。在那段经历中，我作为摄影机的使用者直面了这一课题。

“东北纪录片三部曲”：聆听的方法

“东北纪录片三部曲”是我在2011至2013年的两年时间里，在东日本大地震后的东北地区[1]与联合导演酒井耕共同制作的。它包括《海浪之声》与《海浪之音》，这是对生活在受海啸破坏的沿海地区的“受灾者”的采访汇编，以及《讲故事的人》，记录了在东北地区的口头流传的民间故事。把乍一看主题完全不同的作品汇集、统称为“三部曲”是有理由的。

在拍《海浪之声》与《海浪之音》时，要在震灾后找到愿意站在镜头前述说的人本身就是非常不容易的。2011年5月，我们刚从东京出发进入仙台时，被我视为“受灾者”的仙台市居民这样告诉我：“城市的受灾情况完全不用担心。虽然停了一个月左右的水电煤和交通线路等，但是和沿海居民的情况相比，这点小事根本不足挂齿。”

他们说，如果要打听震灾的情况，还是去问沿海居民吧。到了沿海地区，当我去问家被水淹的人时，他们回答：“想想那些家被

1　是日本的一个地区，位于本州的东北部。关于其范围虽然没有法律上的官方定义，但一般认为包含青森县、岩手县、宫城县、秋田县、山形县、福岛县这六个县。

冲走的人，我们已经很幸运了。”结果我去问家被冲走的人，他们回答：“我们全家都平安无事。想到那些失去亲朋好友的人，我就觉得自己没资格垂头丧气。”然后那些失去亲人的人又说：“被浪涛卷走的人该有多痛苦呀。”每个人，都顾虑着“（在想象中）比自己蒙受了更多灾害的他者”。我记得，最初听到这些话时，我逐渐感觉自己正走向“受灾的中心”。然后，被海浪吞没的人们的死亡被呈现为“受灾的中心”时，我有这样一种印象——我已经失去了应该倾听的对象。似乎正是这种对于“一定比我受了更多苦的”他者的想象，才使得人们缄默不语。

谁是所谓的受灾者?

他/她们也不是不愿意对我们述说自己的经历。只是，一旦打开摄影机，情况就大不相同了。自己的受灾程度明明较轻，却作为“受灾者”在镜头前述说受灾经历，一想到自己会被社群内部（或者说想象中的死者）用什么样的眼神看待，他/她们就会觉得自己“不配述说”，这种想法也很容易理解。但是，我们认为，正因为处在那样的境地才能不作为“受灾者”，而是作为一个人站到镜头前述说自身的经历，这难道不才是最重要的事吗?

比如说，“受灾者”出现在电视新闻中。他/她们在断壁残垣与淤泥中流泪，低垂视线，有时声嘶力竭，有时故作坚强。我不是说那些言行举止都是夸张。那些都是真实的。但是，意识到自己与那种“受灾者”的不同之处的人，当然会感到“自己不配成为（影像中的）受灾者”。

不论是谁，都处在“只要差之毫厘”其受灾程度就会发生剧烈变化的边界线上。这条边界线，就像不断移动的海岸线一样，总是摇摆不定的。虽然有一条区分受灾者与非受灾者的线，但这条线显然并非事先决定的。就因为那些毫厘之差（我想称之为“偶然”），人们被永远地分隔。区分“受灾者”与“非受灾者”的，不过是一线之隔的偶然以及那些偶然的累积（那时候如果那样做了，或者没那样做……）。不论是谁，都在心里知道这一点，或者说能够理解其字面意思。

来到仙台以后——虽说有些迟——我学习了仙台地区的历史。那时，我发现一个令人震惊的事实，原来在东日本大地震中因为海啸而受灾的三陆沿海地区其实是海啸的多发地。这一地区曾在1896年、1933年、1960年遭受过大规模的海啸袭击。如果算上2011年的东日本大地震，那么就可以说，这个地区在不到一个半世纪的期间内每三十至五十年就会遭受一次海啸的袭击。当然，这次海啸的规模远远大于前几次。但是，这不会改变一个事实——按照当地居民的平均寿命来计算，每个人在世期间至少会遭遇一两次的大型海啸。住在那片区域的人，一定不会不知道自己所住的地方是“海啸袭击的多发地”。但是，许多人却说：“真没想到，我居然成了受灾者呀。”

其实，这种把“受灾者”与“过着平常日子的自己”分开来看的想法，是很容易理解的。因为人在“过着平常日子”时就会觉得“和今天差不多的明天总会到来”。只有以这样的观念为前提，社会才能正常运行，我们也才能有“日常”的感觉。在这种印象里，毁灭自己生活的“震灾”是不会在“日常”中出现的。

有问题的，恐怕正是这种把“受灾者”与“自己”割裂开来看待的感觉。在海啸袭击的多发地把“受灾者”与“自己”区分考虑，这无疑是有风险的。在不断采访的过程中，如果说我们有抱持着一种近似使命感的情感的话，那就是去记录“谁是所谓的受灾者”。遭受前所未有的灾害的人们也曾觉得“和今天差不多的明天总会到来”。就这一点来看,他们和我们一样,也是一群过着平常日子的人。我们想要留住那种实感。我们期待并希望，这种“实感”能够防止土地传承的风化，能够化为跨越“受灾者”与“非受灾者”之间隔阂的影像。

我们请求沿海地区的居民出镜，并且告诉他们，不用顾虑自己受灾情况的轻重程度，“说什么都可以，请说两句吧”。就连一开始面露迷茫的人，在接受了几次不带摄影机的采访之后也终于开始理解，原来随意说些微不足道的话就行了。到了实际的拍摄现场，我们所采用的基本采访形式是让两个本来就很亲近的人（夫妇、友人、亲子、同事，等等）面对面互诉自己的经历。我们期望，这种拍摄手法能让他们的身体从“受灾者”回归到日常生活中的“一个人”。

邂逅“美好的声音”

结果，我们听到了许多“美好的声音”——不知不觉中，我和酒井开始使用这样的形容。受灾的沿海地区从东北一直延伸到南北，为了采访和摄影，我们无数次往返于作为据点的仙台与沿海各地区。

在行驶的路程，尤其是在回程中，我和酒井会讨论关于采访和摄影的感想。我们经常挂在嘴边的话是，“那个时候，那个人的声音真好呀”。

我们经常在车上讨论在采访中听到的声音。那种声音，像是在受访者之间缔结的“关系”，也让人感受到他们在展现自己时的直白与坦率。那正是我们想要去记录的瞬间。我们认为，同时活在震灾与日常之中的“一个人”的身影，将会在那些瞬间浮现。印象中，我和酒井常常会同时感到“美好的声音”出现了。在看素材的时候，我们觉得这些“美好的声音”也留下了自己的痕迹，这给了我们许多信心——只要拍到了这些，那么不论受访者的受灾程度孰轻孰重，这些影像都是能够成为电影的。实际上，那些美好的声音成了剪辑《海浪之音》与《海浪之声》时的核心，让我们得以将每组1~2小时的采访重构为15~30分钟的片段。不过，这些声音并非从摄影初期就经常出现。

到底要怎么做，才能听到“美好的声音”呢？我们当时想到的答案是自己去“听”。“不仅限于受灾经历，你说的所有事情我们都想听”——这种态度才是让人们能够发出“美好的声音”（即直率地表现自己）的基础。在遇到某个人后，我更加确信了这一想法。

“聆听”的力量

我刚才提到，《讲故事的人》是记录民间故事叙述的电影，但这种说法并不准确。更准确地说，《讲故事的人》是聚焦于一位聆听者的电影。这位聆听者就是“宫城民间故事会”的顾问——小野和子女士。当时78岁的小野女士虽然并非土生土长的仙台人，但是打从她移居仙台以来，她就被流传于山区与沿海地区村落的口承民间故事所吸引。于是，四十余年间，她一直寻寻觅觅那些无人问津的民间故事，四处奔波、打听。

寻求通过口述传承的民间故事，就意味着要去寻找曾直接从祖父母与父母那儿无数次听过那些民间故事的叙述者。虽然村里似乎有不少人觉得四处探寻“民间故事”的小野女士是个奇怪的人，但是对于叙述者而言，小野女士是非常重要的人物。她珍视那些他人眼中不过是“妇女儿童睡前故事”的民间故事，这让民间故事的叙述者们也得以实现自我的价值。叙述者中，甚至有人这样描述自己与小野女士的邂逅：“简直像是遇到了神明。”而且，这样说的不止一人。我们总是对小野女士与所有叙述者之间的深刻羁绊惊异不已。我们想要拍摄小野女士“聆听”的模样，这对我们今后自己的创作肯定也有益处。拍摄的成果就是《讲故事的人》这部电影。

《讲故事的人》是由三名叙述者与小野女士的对话所构成的。显而易见，对叙述者而言，民间故事不仅仅是故事，也是他们从祖父母与父母那里继承而来的“肉体”。正因为在反复述说的过程中需要用嘴、用耳、用身体去贴近彼此，所以那些故事才能在叙述者们的身体中打下深深的烙印。作为叙述者中的一员，伊藤正子女士记得两百多个故事。她说，她只能一字一句地复述从母亲那里听来的故事。小野女士也很惊讶，因为正子女士的故事与她二十五年前第一次听到时相比分毫不差。在说起叙述者们的“叙述”时，小野女士借鉴了中上健次的“复声”概念。

> “叙述”并非个体，而是背后的一种共同体，或者应该说是一群人汇聚起来的复声，提供了说话的“我”。叙述，并非单声的。
>
> ——中上健次《短篇小说的力量》

> 叙述，就是指背负那些承载了众人思想的故事。虽然，我们总是深信，是自己在用自己的声音、自己的言语述说，其实并非如此。正如中上健次所写的那样，我们是在用许多人的声音述说，我们只是这许多声音的代表。
>
> ——小野和子演讲《民间故事的趣味、强度、深度》

正子女士述说民间故事时的声音，并不只属于正子女士一人。从正子女士只能一字一句地复述母亲的叙述来看，这一点是无须证明的。在此基础上，我还想指出一点——与祖先那代代相传的纵轴相对，还有一条横轴也编织起了这一叙述的空间。这条横轴就是“聆听”。只有当小野女士恳求“请让我听您的故事”时，叙述才终于在“此时此地”显现。构成“复声”的，并不仅仅是自古代代相传的言语。只有当引出那些言语的人出现时，声音才能超越个人，在那个空间中生发、传达。撇开《讲故事的人》有我的署名这件事，我觉得在这部电影中应小野女士的请求而朗朗叙述的正子女士（当时86岁）的模样好美。这样的场景有一种力量，让人能够相信活在这个世上是有价值的。在她的叙述中，有着累积了好几重复声的“厚度”。

从在《海浪之音》与《海浪之声》里听到的“美好声音”中，我们也能找到些许相似的性质。那不也是——在大大小小、各式各样的交流的历史与关系性之中活着的人们通过互相倾听而产生的——并非个人所有的“厚重的声音”吗？我们最终将《讲故事的人》同《海浪之音》与《海浪之声》合并为三部曲，不仅仅是因为这三部作品都关于震灾后的东北,而是为了将“声音”的母胎“聆听”作为贯穿整个系列的主题。

摄影机的另一种可能性

在整个三部曲的拍摄过程中，酒井和我对人们在镜头前发出的“美好声音”惊叹不已。这一体验使我们意识到作为“未来的无穷目光”的摄影机并非只是可怖的东西，它还有另一重可能性——有朝一日将被摄体的价值交付给能够识珠的慧眼。与摄影机的可怖之处原理相同，这一可能性也注定会实现。虽然不知是明天、一万年后，还是再久一些，但我知道这是一定会实现的。

在摄影中，如果摄影机仅仅止步于“未来的他者的无穷目光”的象征，那么要看到摄影机的另一重可能性就很困难了。现在，我们恐怕需要一个个别具体的存在来认可、鼓励眼前的被写体的价值。那种存在,可能就是用小野和子女士那样的方法去“聆听”的人。不论是一起站在摄影机前的人，还是站在摄影机后的人，都能够切实地感觉到在乎自己的他者的存在。这种对于他者存在的感知，让大家获得在“未来的无穷他者”的面前直率地表现自己的勇气。这就是我们经历东北的活动后所产生的直观感受。

“即兴表演工作坊”为何以“听”为主题呢，这已经是明明白白的事了吧。在一种被人倾听的实感之中，人们发出“美好的声音”——让原本真假难辨的“叙述（欺骗）”有了可信度，让人觉得那些叙述表现着叙述者自身的真实。我想试着把这种“美好的声音”移植到我自己一直以来从事的领域——剧情电影的时空。在可怖的镜头前“表演”是一种令人忐忑不安的行为，如果“美好的声音”能在虚构的时空中也回响起来，那么也许能够成为一种应对不安的方法。

即兴表演的陷阱

聆听，有助于人们更直率地展现自我。

这一直觉成为“即兴表演工作坊in Kobe”的起点。一周一次的工作坊内容是由我、野原与高桥一起讨论决定的。我们会根据上周的情况，即兴决定下周的内容。这些内容最终化为上述以“听”为主轴所开展的种种工作。

但是，我们在工作坊期间始终没能找到直接连接“听”与“演”的那根线。

应该很容易想象，如果是在前述的“角色采访”般的即兴合演中,那么“听”确实能有助于“演”。然而在《欢乐时光》的拍摄中，我们虽然有所挣扎，最终却还是彻底放弃了即兴表演。

不过，也不是说我们完全放弃了表演中的即兴成分，我们只是不让演员在表演角色时说“即兴台词”而已。之所以放弃能够直接连接“听”与“演”的即兴台词，是因为我们直到最后也无法消除即兴台词中与“即兴”一词互为表里的“迟缓”。“迟缓”的产生，是出于演员的迟疑——“这里到底应不应该说这句话呢?”——只要我们的目标是“叙事”，那么就绝对无法摆脱这种关于“对错”的思虑。

确实，在日常对话中，我们也会在“不知道该说什么”时吞吞吐吐、重复无意义的话、突然转移话题。也就是说，使用即兴台词的对话，也可能会让观众产生错觉，以为自己是在看一场“日常的对话”。但是，即兴台词无法在社会规则之中描绘在直率表现自我方面“毫无迷惘与迟疑的人物”。或者，至少可以说即兴台词无法重复这种描绘。而这，对于剧情电影而言是一个根本性的问题。

所谓的即兴表演，其实就是让演员同时担任导演和编剧的职责。导演扔下一句“说什么都行”后，演员就要在作为“未来的无穷目光”的摄影机前临场编台词——这是很困难的事。她们无权判断表演的方向性以及那时说出的台词是“OK”还是“NG”，却要背负相应的责任。即兴表演的“NG”原因被很直接地归咎于演员。一边深知这种责任，一边还要在镜头前即兴表演——这给演员灌输了绝对无法消解的迟疑，也让她们的声音失去了底气。

我们暂时得出的结论是，在继工作坊之后的电影制作中“使用即兴台词是无法刻画（我们期望中的那种）故事的”。直接用日常的身体来即兴表演——这样是绝不可能演好在现实中不会轻易出现的虚构存在的。让非专业演员的她们在镜头前这么做，有着与纪录片相当的风险。我们再次认识到,精心设计的文本以及——有着“和她们明确不同的其他人格”的——别的名字是必需的。这些东西确保了表演空间的基本安全。就这样,《欢乐时光》的制作回到了有剧本的、更加常见的电影拍摄模式。

在即兴表演工作坊的后半程，我们朝着增强文本与演员之间密切度的方向努力，让她们朗读自己采访的文字整理稿与匿名情书（不知道是谁写给谁的）等。但是，此时出现了一些脱节。大家都仍未找到连接“听”与“演”的线。如果演员只是根据指定顺序说出写在剧本上的台词，那么“听”又如何能够有助于“演”呢?“聆听”能够“有助于人们更直率地展现自我”——这本应该成为解决“在镜头前表演”的问题的线索。可是，到底该怎么做?现在，我们终于要说回剧本的执笔过程了。

修改剧本：通往肺腑

收录于本书后半的《欢乐时光》(我们最终将《BRIDES》改为本标题，下文将统一使用这一标题)剧本是我们为了方便而称为“第七稿”的版本。工作坊发表成果时，在展示“角色采访”影像的同时也进行了“剧本公开围读”。“剧本围读”是《欢乐时光》制作过程中最具功效的环节——关于这一点我之后会详述——作为成果发表的“剧本公开围读”则是指，让各位演员在观众的面前朗读被分配到的台词。那时使用的剧本是在初稿基础上有些许修改的“第二稿”。后来，我们由于找不到拍摄的必需场地而不得不大幅修改第二稿。2014年5月，我们拿着修改后的“第三稿”进入了拍摄。第七稿则是剧本的最终稿。

在电影制作的过程中，我们一边拍摄一边数度大幅修改剧本。就算是没有电影制作经验的人，只要曾经做过“计划”就很容易想象在拍摄中修改剧本是很难的。大多数情况下，剧本是在拍摄前必备的、关乎电影制作整体的计划书。我们需要根据剧本去做一些日后的准备。如果在拍摄中大幅修改剧本，那么之前做的许多准备也就白费了，演职人员们的士气也可能因此而低落。

这次在制作过程中数次大幅修改剧本的理由可以总结为两点。第一点，“剧本不适合演员”。从第二稿到第三稿的过程中，我们排除了第二稿的核心——“戏剧化的剧情发展”。这一版的修改主要是由我来做的。因为当时我觉得让没有表演经验的演员们来演这个剧本是不合适的，而第二稿没有考虑到这个现实性因素。但是，第三稿只是把剧本变得更无聊了，并没有足够的力量把演员卷入到电影制作的整体之中。开机后的五月中旬，高桥知由指出了上述事实。我们废除了第三稿，开始了大规模的剧本修改。当时，我们重新认识到——虽说“能够拍摄”自然是最优先的前提，但是也不能不顾应该叙述的“故事”。数度修改剧本的第二个理由正是为了能够“更加随心所欲地讲故事”。关于这次修改，我给全体演员发了如下邮件。

之所以修改剧本，是因为工作人员都觉得故事后半部分的发展特别不自然。我来简单地总结一下工作人员的想法：现在的剧本变成了一个围绕“(得到)幸福”的故事。目前的故事结局给大家带来的思考是，要想得到幸福，就应该先去肯定每个人的孤独。虽然我自己也觉得实际上确实是这样没错，但是经过与其他工作人员的讨论，我们找到了一个新方向——“难道我们不能做一部电影来刻画人们哪怕辛苦也要选择和某个人共度余生吗?”

也许两个人在一起时也没有所谓的欢乐时光，但是我们想拍一个积极看待人与人共度余生的故事。这个话题，在我们刚到神户、一起探讨“想拍什么样的电影”时就聊过了。我想，这个问题也关乎我们自己的人生。

故事与“身体”的纠葛

剧本的修改始终与上述两个要素纠缠在一起。执笔者有想要展开的故事。更准确地说，是有想要通过故事而到达的次元，即在日常罕见的“肺腑”的次元。

但是途中会有阻碍。那就是“演员的身体”。在那些没有被实际表演的潜文本里，这个阻碍就不成问题了。执笔者能够更加自由地把重点放在人物的刻画上。但是，执笔者在潜文本中也并非完全自由——之前也提到过——我们也会遭遇角色的“不作为”。

在修改以拍摄为前提且已经决定了选角的剧本时，我们所遭遇的（当然）就是具体的“演员的身体”了。在修改工作中不可避免的是我们必须在自己的想象中将演员们——当时已经相处了半年以上——的脸与声音安到那个具体的角色上去写。那时，“演员的身体”已经在执笔者的脑中留下了很深的印象（即使这种印象不过是反映了两者之间的关系罢了）。有时，不论执笔者有多么渴望在剧本中写下能有效推进剧情的台词，都有可能发生这样的状况——“从那个人的脸与身体之中是不可能说出这种话的”。执笔者不得不直面演员身体的“无法言说”。

何谓演员身体的“无法言说”？很难说清楚。总的来说就是一种判断——说话者“不该说”那样的话。和在东北的时候一样。社会禁止大家说这些话，或者说话人自己这样确信着。我在这里说的社会不一定是像“现代社会”这样的大概念。从职场、学校、家庭甚至到恋爱关系，人类所属的所有种类的交流与关系性，都有各自固有的“禁令”。我们在生活中内化了那些禁令，并根据不同的场合控制自己的言行举止。我们习惯于将那个抑制自我表现的、被内化了的社会称为“耻”。

可能也会有人这样问——“耻”的禁令最多不过是面向现实中的演员本人，对于另一人格的角色来说，不是就可以自由自在地说话了吗？在此，我们必须回到“表演”的本质悖论。

她不是我。但，她也只能是我。

何谓“耻”？

当然，演员也不是不能说某句台词，只是硬要说的话会给人一种“平时不会这样说话”的别扭感。演员的身体，会非常诚实地坦白道：“那句台词不是我平时习惯说的话。”如果无视深埋在她们体内的“无法言说”而强行推进的话，结果就会引起“耻”的强烈抵抗。如果她们当时站在镜头前，那么摄影机就会一清二楚地记录下这种抵抗。比如脸颊的痉挛、身体的扭捏。有时，发声时喉咙的阻塞也将作为“耻”的痕迹被强烈地留在画面与声音中。理解了这一点后，演员身体的“无法言说”就会转化为剧本写作者的“无法书写”。在此，我想明确提出一个解决方法，那就是“抛却羞耻”。

“抛却羞耻”应该是很多演员最初收到的导演指示吧？不然我

们平时也不会看到那么多“抛却羞耻”的表演了。这里包含了表演中的一个大问题。2014年8月，大规模的剧本修改（从第五稿到第六稿）正进行得如火如荼时，我曾给演员们写过一封长邮件，或者说长信。为了更好地用自己的话来说明这个问题，我想将这封信作为“导演记录”来引用。

在和去年9月曾莅临“对话咖啡馆”的小野女士用电子邮件通信的时候，我突然想问她关于“耻”的事情。因为对我而言，“表演”与“耻”的关系在很长一段时间里都是一个疑问。那时我得到的答案，在我看来很有说服力，所以我想与大家分享一下。

先说一些可能很多人都会有的记忆。

小学的时候，音乐课上有“唱歌测验”。我呢，是那种比较胆怯的孩子，在大家面前唱歌这件事真是让我痛苦不已。高声歌唱总让我羞耻到无以复加。但是，我记得有一次（应该是在我升到高年级以后）看着排在我前面的人唱歌时，我突然觉得：“只能用很轻的声音唱歌的人才更羞耻。”虽然我也记不太清了，但当时我应该是看到在我前面“用很轻的声音羞耻地”唱歌的人了吧。然后我想，我不要也变成那样，不想让别人用我现在看前面人的目光看自己。于是，在那一次的唱歌测验上，我试着用很大的声音唱歌。我依然记得当时仿佛有一种眼界打开的感觉。羞耻，总会被更大、更深的羞耻更新。这其中并没有变得更好或更坏之说。我只是察觉到羞耻是会被更新的，无论谁都会在生活中不断地刷新自己的羞耻。可能这就是所谓的长大成人吧。

不过，我们意外地也有想要抛却这份羞耻的想法吧。也会觉得，如果能从束缚自己的羞耻感中挣脱出来，那将会有多么轻松呀。我认为，那样的想法也是吸引人们去“表演”的动机之一。但是，那种抛却“羞耻”的表演与导演也总是让我觉得不自然。我感觉，有许多导演都会对演员说：“抛掉羞耻。”至少，我所看到的许多表演都让我有这种感觉。有时，当我看着那些抛却羞耻的表演，不论那是多么激情澎湃的表演，都给我一种仿佛不属于这个世界的悬浮感。我不知道为什么，但对我而言我不希望别人在表演时抛却“羞耻”。

只是，残留着羞耻的表演肯定会看着别扭、业余。羞耻对于表演明明百害而无一利，但我还是想保留羞耻，真是不可思议。有一次（当时，我自己对某件事感到非常羞耻，与此同时又觉得这种羞耻感很重要），我在邮件中询问了小野女士。我向她传达了上述自己的感觉，并问她：“关于羞耻，您是怎么想的呢？”以下是小野女士的回答。

我忽然想到。

所谓“表演”，难道不就是“吟味”一个人吗？

也许，表演者与使表演者是在一边对话，一边互相“吟味”。

因此，表演者在表演结束之后，一定会收获与之前有所不同的自己。

对于使表演者而言，应该也是一样的吧。

“羞耻”，不就是赋予这些拥有自我吟味能力之人的、接近于本能的力量吗？

我非常震惊。虽然小野女士曾在《讲故事的人》中出镜，但她并没有所谓的“表演”经验。为什么她能说出那种话呢？不过，我感觉当时的小野女士可能是把“表演者”与“使表演者”同“叙述者”与“聆听者”对应起来了吧。所以她才能够获得这样一种实感——“说”与“听”=对话即某种“吟味”。虽然在这里讨论的是表演者与使表演者，但我感觉在“表演者”之间也存在着类似的对话。也许，也可以说“表演者”与“使表演者”在表演空间之中不断地交替着。

在小野女士的话中，我终于找到了“在镜头前表演”一事的合理性，感到松了口气。

这让我想到了和大家一起持续在做的摄影素材放映。通过这些素材，我再次认识到，或者说，比至今为止任何时候都要更深刻地认识到——摄影机是一种无情审视拍摄者与被摄体的机械。

如果我在片场给出的“OK”并非以表演自身，而是以时间（进一步说，金钱与人际关系）以及其他要素为基准的话，那么摄影机就会毫不留情地反映出这一点。如果在片场给“OK”的表演是那种经不住时间考验的东西，那么就会被反映出来。当然，反之亦然。但那是一种类似奇迹的瞬间，在拍摄时不能对此抱有太大期待。不论如何，摄影机最后都会真实地映照出——拍摄者与被摄体之间的对峙。

不过，在现实情况中，如果要追求凭表演给“OK”的话就会没完没了。这时，时间就成了给出“OK”的依据之一。也可以说，电影制作就是在有限的时间中忍受摄影机无情的记录。摄影机所捕捉到的就是拍摄者与被摄体在迎来不能重来的拍摄之前“所做的准备”。那是彼此在各自生活中所做的准备，也指大家一起建立起来的关系。不论如何，要让这些准备经受住摄影机的考验绝非易事。（补充一点，我这里的意思不是说一定要坚忍、慎重地去准备。完全可以开开心心地去做这些事。）

我记得，我在题为“在镜头前表演”[1]的讲座中也谈到过这件事。站在镜头前并且饰演着一个不是自己的他人，这本来就是一场注定失败的战斗。为什么至今为止有那么多人（也包括我自己）不断地重复着这种败仗呢？

不过，在对比了小野女士发给我的邮件和我自己对“耻”的感觉之后，我第一次感到了安心，觉得“站在镜头前”和“表演”这两件事合为一体了。

借小野女士的话说，耻就是对我们自身的吟味。某种程度上，耻引导并支持我们去成为理想中的自己。但是，

1 2014年3月16日在KIITO举办的滨口龙介的公开讲座。——原书注

耻的更新也意味着长大成人以及对于社会目光的不断内化。于是,成人的瞬间,也就成了耻的根基一举成为“社会”的瞬间。我感觉，那是谁都会经历的事情。“耻”的更新，本应该让我们成为理想的自我，却在不知不觉中开始限制我们。本应支持、引导我们的“耻”，却成为抑制我们的东西。但是反过来说，只要迎合“社会”的基准，我们自己也就很少会受到诘问了。

这个问题也存在于表演空间之中。因为导演与共事的演职人员也构成了一个社会。不是也有人会在表演的时候去迎合导演的基准和其他演员的情绪吗？那样的话，“表演”就失去了吟味的机能。

我总觉得，上述“抛却羞耻大胆去演”的问题，有一种把自我与角色割离的感觉。毕竟我们无法彻底逃离羞耻。我们只是在通过假设一个“不羞耻的”自己来表演一个“与自己无关的某人”。

但是，如果可以在理解摄影机是一个毫不留情的吟味机械的基础上站到镜头前的话,我们将面临一个终极问题:“真正的羞耻是什么?”换句话说,“对我们自身而言”，撇开预设的社会目光的真正的羞耻到底是什么？我认为，这里要求的并非舍弃羞耻，而是要通过自己最深的羞耻来支持、拯救自己。这时，羞耻不再割裂角色与自我，而是在根本上深深地维系二者。

我并不是说没有“镜头”和“表演”就不能去吟味了。比如在舞台上与生活中，也有许多人认为这种吟味是必要的，也用他们自己的方式在实践着。

不过，我是在收到小野女士的邮件后才第一次认识到，“站在镜头前”与“表演”这两件事能够通过“吟味”这一行为合二为一。摄影机总会无情地向“表演”提出要求。这些要求单靠“表演”自身是无法完成的。这样看来，对“表演”而言，没有比摄影机更诚实的搭档了。我现在觉得，“在镜头前表演”是非常合理的行为，能够统一“知晓自我”的目的。

不过，我感觉这对于我们这些日常生活中的普通人来说还是太过苛刻了。这种时候，我一直挂在嘴边的“聆听”也许就能够向我们伸出援手了。

直到现在，我对于表演中的“聆听”还是有许多不明白的地方。但是经历了从工作坊到电影制作全过程之后，我感觉“听”的行为本身就是通过对话的对象来吟味自身。我曾无数次听小野女士说，“听”就是一种自我的变革与舍弃。到头来，“听”也是一种非常残酷的行为。如果将“聆听”视为一种吟味，那么它会残酷也就不奇怪了。我感觉“听”就是一种让我们能够站到镜头前的方法。

也许，通过“吟味”，我们能将“站在镜头前”“表演”“聆听”这三件事统合起来。可能我有点太过于强调其残酷之处了。我想补充一句，通过“吟味”，我们也是可以在“聆听”之中获得巨大愉悦的。

请试着想起小野女士在聆听时的表情吧。

通往肺腑

在表演时“抛却羞耻”就意味着断言“她不是我”。这时，演员与角色就被剥离开来了，表演也无法产生本质的悖论。我们的目标始终是实践“她不是我且她只能是我”这一不可能的调和。换言之,“我在保持自我的同时变成他人”。这当然是不可能实现的。就算有万分之一的可能实现，那也只能是在演员邂逅自己“最深羞耻”的时候。那不是来自社会目光的吟味，而是一种自我的吟味。让我们将平时鲜见的自身深处称为“肺腑”吧。如果我们所追求的东西只有在“肺腑”的次元才能实现，那么就只能做好将演员们导向“肺腑”的准备了。

我们为此所做的准备，就是依据演员身体的“无法言说”去写剧本。我们写作的第一原则是：演员身体所无法说的台词，登场人物也说不了。演员与执笔者之间，在修改前后有过几次面谈的机会。面谈时，我们所感受到的演员身体的形象被更新、反映在剧本修改的过程中。如果说“书写故事的欲望”是油门的话，那么演员身体的形象就可以说是剧本写作过程中的刹车了。我们在修改剧本的时候会交互地、有时也会同时地踩着油门与刹车，在这种情况下进度肯定快不起来。

同时尊重文本与自己

剧本修改的结果是,电影——尤其是《欢乐时光》的前半段——

充满类似场面话的台词。角色们说出的话，像是在她们“真正想说的事情”周围打转一样。但是，那才是她们的生活。说起来，剧本自身就带着潜文本一般的性质。在这一文本中，角色们不一定是为了推进剧情才存在的，她们只是单纯地存在着。这种写法也使得摄影稿难以避免地变得庞大。

但是，不论有多缓慢，剧情也是在进行的。角色们也随之流露出了平时罕见的感情、举止、言行。《欢乐时光》的登场人物们也和我们一样生活在现代日本，与我们共有着相同的文化根基。她们也和我们一样会在表现“平时罕见的自己”时感到困难。庞大的剧本，首先是为了让她们到达那种表现的过程，是为了让演员理解“剧中人物行为的必然性”。我们几乎没有做任何关于人物的直接说明。我们所采取的帮助演员理解角色的唯一方法就只有让她们读文本（包括潜文本在内）而已。这样一来，能够让角色立住脚跟的就只有演员了。我们希望，演员能够作为唯一理解角色的人——像是要拯救角色似的——去表演。

但是，“她只能是我”。某个角色在做出会被社会谴责的行为时，总是披着演员的外皮。在镜头前表演这种行为时，背负着无限风险的正是演员本人。她们究竟为了什么要做这样的事呢？她们能够“为了”虚构的人物奉献自己吗？如果她们能把自己抛到未来的无穷目光前，这只是为了她们自己吗？还有其他的意义吗？

内在于表演的悖论有着双重的方向性。我们必须尊重角色。因为她是他者。即使是想象中的角色也有自己固有的行动原理，我们要像与所有他者相处一样同她们相处。我们必须尊重角色自己做出的选择。我告诉演员们，希望她们尊重文本。但是这完全不是让她们不要念错一字一句的意思，我是允许她们做出变更的。我只是希望——基于“她不是我”的原则——她们在表演的时候不要对自己内心浮现的别扭感视而不见。我也反复地告诉她们，只要她们觉得有不自然的地方，我们修改剧本也在所不辞。

这种“尊重自己”的态度在与所有他者相处时也同样重要。如果不尊重自己的情感，那么和他人相处时就一定会招致失败。能够控制自己的情感并且为了顺利地与人相处也总是选择抑制自身情感的人，最后会毁灭所有身处这段关系中的人。也就是说，“保持我是我、他者是他者的状态一起走下去”这件事的难度，就相当于表演一个虚构角色的难度。尊重他者=角色固然重要，但是在此基础上也必须尊重自己内心的别扭感。这种别扭感正是她们在日常生活中培养起来的“身体”。就算想要舍弃也无法舍弃。最终，摄影机总会捕捉到潜伏在演员体内的别扭感=“耻”。

编剧的肺腑

既然“她只能是我”，那么我们就只能把文本托付给演员。对于执笔者来说，写剧本的第一要旨就是要减轻演员的“耻”。我们的修改是为了让剧本能够尽量贴合演员。但是并不是说剧本要完全迎合演员。执笔者有自己应该要讲的故事。我们也必须尊重自己的欲望。在文本的变化之中，我们希望能在保障自身职能的同时和她们目标一致。不过那也意味着，我们无法完全顾虑到她们的“耻”。

于是乎，就只有一个办法了——把在我们看来重要的事情，写得仿佛对她们也很重要一样。

为了能将演员引向她们的“肺腑”，编剧也要找到自己发自肺腑的言语。被“想写的故事”与“演员的身体”夹在中间的“无法书写”自身成了写作的方法。因为“无法书写”的发生，往往是在我们清晰地有着想刻画的故事、人物的倾向以及演员身体形象的时候。只有在这种一筹莫展的状况中，我们才能找到唯一的活路。角色们最终做出了让人觉得陈腐且不合理的言行。但是，正是这种陈腐与不合理，才恰恰能够证明角色发现了“别无他路的”自己。

这种情况下，我们终于超脱了他人目光的桎梏，从而找到即使身处社会之中也“难以被改变的自己”。执笔者率先在书写人物的过程中发现了这一点，并且希望演员也同样能够察觉。当然，角色与演员的生活状况是不同的。但是，对角色重要的事情，对她们来说也可能是重要的吧？想帮助演员们做到真正的自我尊重——我们是怀着这样的心愿写剧本的。

最后，剧本在八月末出了第六稿，定下了大方向。我们把最终稿称为“第七稿”，是因为每个场景在开拍的1~2周前都会像更新一样做细微的调整。

在信中我也提到，小野女士曾对我说，“聆听”就是舍弃过去的自我，不断蜕变。写剧本就是我们“聆听”她们的过程。我们不断地尝试，想要在尊重她们的同时也达成对我们自己而言重要的事。我认为，这也是我们的一种“吟味”。我们一边书写，一边通往自己的肺腑。角色与演员，只有在我们的肺腑之间才能共生。最终，我们将一切托付给了片场的演员们。我现在觉得，我在拍摄——

尤其是在《欢乐时光》的拍摄——中给出的唯一具体的指示“剧本围读”其实就是演员“聆听”文本的阶段。她们也接受了来自文本、镜头以及自身的吟味。

剧本围读

在拍《欢乐时光》的时候，我们基本上都是让演员不背台词就来片场的。我们会在摄影开始前，让所有参演的演员在片场（精准地说，是在片场附近的房间）一边围读剧本，一边记台词。以下是具体的操作方法。

不论是什么种类的文本，我们都让大家不要带有语感、不要抑扬顿挫地照读就好。这种做法是在效仿纪录短片《让·雷诺阿的演技指导》[1]中的"意大利式围读剧本"——这个词汇得名于"像意大利人那样"快速朗读。与此同时，也必须像是在"读通讯录那样"排除所有情感表现。我们的剧本围读最初想要看样学样，但因为日语一旦念快的话一个个音节就会听着刺耳，所以我们觉得照学有点难。于是我们采取了另一种方法，用接近日常会话的速度来念。就算要变速，也只是为了在反复朗读时加上一些张弛，或者为了更多地筛除情感而选用"慢读""2倍速读"与"1.5倍速读"等模式。

在此过程中，我会一边听演员的朗读，一边修正台词。关于台

1 让·雷诺阿，著名法国电影导演。本片原名为*La Drection d'acteur par Jean Renoir* (Gisèle Braunberger, 1968)。

词的删减与更替、语尾的修正、沉默的长度等等，我都会当场给出指示，演员则将那些指示写进自己的剧本。我们改了读，读了改，当我们觉得整体上有了一定完成度后才开始记台词。

当然，一次性肯定记不住所有台词，所以一般会读上1~2分钟左右的对话量，然后合上剧本。如果没有全记住，那就再读，再合上剧本，记住了就进入下一部分。就这样反反复复。要准确地记住1分钟的台词量大概需要30分钟左右。摄影日（每周末）的整个上午，几乎都是用来围读剧本的。

其间，工作人员就在片场一边准备，一边等待。我们尽可能地在片场之外的房间围读剧本，在演员完全记住台词之后再进入片场。由我给出粗略的动作指示后再彩排几次（在彩排的时候，演员的台词还是采用剧本围读时的语调）。工作人员一边看着彩排，一边共有着演员的动作。这个场景里的动作全都确定后，就可以开拍了。这就是《欢乐时光》拍摄的基本风格。但是，剧本中有几个最长30多分钟的场景。为了让演员记住场景中一直持续的对话，我们专门设置围读剧本的日子，有时会长达两三天。我们的日程表不仅是周末，有时连工作结束后的工作日也要利用起来，这对于各自有着自己主业的她们而言过于严酷了。

即使如此，我们也要选择让所有人一边朗读一边记忆的方法。主要的原因很单纯，是因为演员中的许多人都没有“背台词”的经验。我可以预想得到，让大家各自“背单词”将会有多么困难。我也很怕她们之中会有人记不住，并为此感到愧疚。正因为各位演员都有自己的工作，大家繁忙的时间也很分散，所以才更希望通过制作方的管理来确保并共有“背台词的时间”。

随着摄影的进行，我也渐渐领会到剧本围读的真正价值。排除语感与语调，是为了避免如让·雷诺阿所言的“陈腐的情感表现”的必要准备。在拍摄前决定语调与语感，则是为了表演而确定计划。如果在剧本围读时没有充分地剔除语感的话，就会阻碍这些场景在片场的发展。虽然这件事我直到很久以后才明白。为了场景能够自由发展，就必须让演员在一种“无色透明”的状态下面对文本。

回过头来看，这种“所有人一起边读剧本边记台词”的方法虽然耗费时间，却是有其合理性的。一个人在家记台词的话，恐怕不可能不加语调。以音乐的旋律为例可能会比较容易理解，语调对于记台词是非常有帮助的。只是，带着语调去记台词时，语感也会很自然地被包含在语调里一起固定成形。让大家各自背好台词再来，这与剧本朗读的目的——“抽离语感的细微差异”——相悖。

再者，我觉得让大家一起读剧本就能形成一种“声音的条件反射”——这个人的台词完了以后就是我的台词了。某句台词出现的时候，我紧接着说自己的台词就好了，这种条件反射就像在黑胶唱片上雕刻纹路似的被刻入演员的身体。每一句台词都是下一句台词的触发器。

还有一点，将“剧本围读”置于制作的中心之所以合理，是因为那是犯错风险极低、可以重复无数次的行为。在朗读过程中不分优劣，演员们只要专注于用自己的声音朗读文本就可以了。这一低风险的反复行为，安全地、确实地为提高文本与演员的融洽度做出了贡献。那也变成了导演与演员的一个习惯。我深爱着与演员、文本磨合的时间。读剧本时的声音，是我们在生活中极少听到的零度的声音。虽然这种声音还不能被称为“美好的声音”，但读剧本的声音我总是百听不厌，甚至想要一直听下去。

不过我们也不能没完没了地读剧本。虽然演员们会合上剧本开始记忆，但是每个人记台词的速度都不一样。每个场景分配给演员们的台词量也不一样。到了这个阶段，“读剧本”也开始有风险了。这种时候，要怎么消解记忆相对较慢的演员的焦躁与羞愧就是一大课题了。本来就是我们在勉强大家做一些很难做到的事，我们的目的也绝对不是让那些原本没有表演经验的人蒙羞。

不管我们怎么安慰她们“说错也没关系”，只要其他演员比自己先记住台词，她们的羞愧就难以缓解。这样的话，就必须要找到让大家的记忆速度一致的办法。促进台词记忆的到底是什么呢?

聆听文本

某一刻，我突然从擅长记忆者的声音中感受到了共同特征。我寻思着是否能与大家分享这种特征，于是让大家尝试抱着某种印象去说台词。引用一下我的制作日志吧。

> 想象一下，在场所有人的肚脐深处都“挂着铃铛”。尝试用自己的声音与对方的铃铛共鸣。铃铛很容易就会发出声响，所以不需要很大声。但是，当你试图传达时，你的声音很自然地就会具有一定的音量或密度。（中略）
>
> 我觉得有一种声音能让人们行动起来，但又不同于命令。在和演员交谈的时候，我形容这种声音与“祈祷”

> 最为相近。肚脐深处没有铃铛。连是否能“传达”也不甚明了。即使如此，也想象着对方，心心念念，想要传达一些什么而发出声音——我觉得这最像是在祈祷了。
>
> 当然，祈祷也不能改变什么。但是祈祷这种事情，难道不就是即使没有什么实际效果也不得不去做的吗？其诀窍是要将对象置于（想象中的）声音的起点。声音在此时作为“被呼唤的”东西存在着。“被呼唤的”声音有时会吓我们一跳。我想让大家尝试一下被自己声音吓到的体验，所以才用“铃铛”来做比喻。最终，这种声音使我们得以通过惊讶来将文本铭刻在自己的身体之中。
>
> ——2015/10/18 制作日志

想象“铃铛”这一建议，是我在剧本围读中听着擅长记忆者的声音时想到的。我不能判断这一建议是否对促进记忆有着决定性的作用。但是，这一形象的导入确实成为剧本围读中一个很大的转折点。因为它明确地将剧本围读的重心从“聆听”转移到了“传达声音”。让演员想象“铃铛”的时候，我也告诉她们：“不去聆听也没关系。只要专心传达给对方就行了。”

作为以“聆听”为主题的工作坊的延续，电影拍摄最初的剧本围读也带有练习“聆听”的意味。倾听并接收对方的声音，然后发声——这一过程在“剧本围读”中也得到了认可。但是我们在此陷入了一个困境。在朗读台词时，尤其是在（预期会）富含情感的场景中，“聆听”很容易产生语感上的细微差异。

通过这件事，我反而再次认识到文本的性质与聆听的力量。言语当然有意义。言语本身的意义，是不论削弱多少语感上的细微差异都不会被动摇、改变的，并且能够作用于受其影响的接收者。否则，举例来说，我们就不会单纯地被文本中的“戏剧”所打动了。但我也知道，当言语被用心聆听、接收的时候，其意义总是开放的。文本所持有的意义，能够对其接收者的身体产生不小的影响——细微差异就是由此产生的。因此，“聆听”的行为与剧本围读排除细微差异的目的是矛盾的。

文本本身的声音

让大家想象“将声音传至挂在肚脐深处的铃铛”的成果是，演员们的声音听上去不再像是发自喉咙，而像是发自身体的深处——肺腑。这可能是因为我们必须通过自己的身体才能想象别人身体的深处。这声音不会很响。和腹式发声法也不一样。但是能让人感觉到一种瞬间饱满的密度。当我们试图把自己投放到“铃铛”的形象中时，我们的声音似乎贯穿着一个核心。带有核心的声音从我们的体内发出。不仅仅是喉咙与内脏，身体深处的全体都变成了一个发声器官，像某种乐器一样发出声音。这种声音虽然完全缺乏音调，却总给人一种“乐曲”的感觉。

她们在无色透明的状态下“聆听”并记忆自己的台词。有核心的声音自身就像一个印章一样，她们就像是盖章似的将文本印在自己身上。在聆听文本的过程中，她们自己也逐渐改变着。我察觉到，原来只有在摆脱了日常生活中附着在言语上的语感与语调之后，才能听到一个人真正的声音。

一边保持身体独有的groove（摇摆），一边无数次地、正确地、均一地朗读文本。逐渐地，大家即使合上剧本也能保持住那种节奏。闭上眼睛聆听，开始分不清是在朗读还是在背诵的时候，声音就会变得具有一定的厚度。不过，那当然也是她们自己的声音。也许应该说这是一种赤裸的声音。通过聆听，她们会再次改变。在反反复复的剧本围读中，她们听取文本，逐渐变成“文本性的人”。文本就像是在身体深处沉淀下来似的。文本仍是文本，哪怕是在被演员持有的状态之下。文本与演员达到了在保持各自独立性的同时共存的状态。这就像是在镜头前表演的准备工作，即“我在仍然是我的状态下成为别人”。

拍摄片场基本上是属于演员们的。“准备，开始”响起之后，就只能交给演员们了。摄影机追逐着她们，或者在可能有事发生的地方待命。当我们把演员送上片场时，我们对她们只有一个要求——运用已经铭诸肺腑的文本并“通过肺腑去共鸣”。虽然听上去很夸张，但方法其实很简单。“看”，然后“听”。并在此基础上，献出尽量剔除了身上社会性反应后的自己。

“扮演摄影机”

我们的反应基本上都是社会性的。为了让交流能顺利进行，我们会讨好地微笑、意味深长地颔首，有时也会为了让情形对自己更有利而假装生气。我们的身体已经习惯于做出不同的举动来应对不同的场合。我们的身体已经过于习惯那种反应了，所以哪怕在表演时也难以改变。符合那种场合的表演应该是这样的吧——和这种见解相伴的就是我们口中的“陈腐演技”。为了避免这种表演，我们必须去等待“此时此地”发自于自身的反应。即“看”与“听”，然后等待。但是，行为与反应之间可能没有像“等待”这个词语所暗示的那种时间间隔。

我们经常会在开拍前举行“扮演摄影机”的仪式。两人一组，分别扮演“摄影机”和“直视摄影机的人”。两个人面对面地对视1分钟。1分钟后交换角色，再对视1分钟。总共对视2分钟。这也可以说是前述的“沉默的对话”的发展型。之所以让大家扮演摄影机，是因为摄影机是“看”的最佳教师。

这是“看”的教学。摄影机虽然会看，但是不会做出反应，只是一直看着。有趣的是，当我们盯着对方的脸看上2分钟后，会产生一种“啊，原来这人长这样呀”的心情。我们平时不会毫无反应地盯着别人的脸看2分钟。在这场教学中，我们要意识到看的力量、养成不轻易反应的习惯以及——最关键的是——习惯被看。在这之后开始的表演中，演员将被摄影机看个遍。所谓站到镜头前就是这么一回事。

无处可逃。但是，正因为被无死角地观看，演员才有可能在镜头前做到超越社会习俗的互相注视。这使得演员能够充分表达她们平时一直压抑着的感官力量。也许，用一种不同于平时的方法来“看”时，人们也只能做出不同于平时的反应。如果是这样的话，可能也就没有效果了。就算把一切交给自己的反应，也不能保证一定会发生什么。或许正因如此，我们才需要“文本”与“聆听”。这两者能够引领片场，使我们所期望的“某些事情”更容易发生。

厚重的片场

围读完剧本后就开始摄影了。演员说出了第一句台词。拍摄的时候，我基本上很少会对演员说“要这样要那样”，但是多少还是会做一些指示。因为在我们这种拍法中，演员的第一声会大幅改变之后的方向性。和剧本围读时不同，我们不要求演员排除语感与语调。如前述，文本是有其意义的。文本的意义在敞开的状态下被接收。这种敞开的意义也影响了演员的身体。比如“我和一个男人过了一晚。我们做爱了”这样的文本，就以其固有的方式在那个场合中影响了演员们。

第一声，首先被已经将其铭诸肺腑的演员自己所聆听，以文本固有的方式影响演员自身，给演员的身体附加上其固有的语感，并且面向其他演员。这个过程自然也会影响接收到第一声的第二名演员。他/她也是一具聆听台词、打开意义的身体。于是，这次台词又从第二名演员的肺腑、伴随其固有的语感——虽说只不过是依照顺序地——出现。这种交互作用一直反复，直到场景结束。只要演员能够坚持不逃往社会性反应，而是用自己的肺腑去反应，那么在文本与演员的关系中所发生的固有语感就会不断地积累下去。

无色透明的文本会通过在那个场合发生的反应而染上语感，并自由地发展下去。重要的是，这个无色透明的文本对于演员而言（以及对于身为导演的我而言）起着基准音的作用。围读剧本时文本的无色透明与现场发出的声音之间的差分，使得在那个场合新增加的语感更容易被感知。看、听、在“此时此地”反应——通过这些行为的累积，最终产生了一个镜头固有的唯一语感。文本不会在那一个镜头中就被耗尽。因为，只要能“看”与“听”，演员就会感知到“此时此地正在发生的”仅有一次的事件，这些事件必然会被包含在反复的拍摄之中。如果能做到这一点的话，那么就出现了“就着兴致”的原始意义上的即兴表演。文本有助于演员，但不妨碍即兴表演的发展。

在这种情况下，通过反复阅读以无色透明的形式保存下来的文本有助于演员。文本最大的功效（当然）是“在没有演员意志的干预下决定应该要讲述的内容”。与即兴台词不同，你没有必要在说台词的时候思考要说的话。并且，如果文本已经凭借读剧本的习惯被印刻在演员体内的话，估计连回想台词的必要也没有了。说台词这件事情本身就是一种反应。已经具有自身意义与厚度的文本会从演员的体内涌现。那时，伴随着来自演员身体的固有语感，我认为就会发生“演员仍是演员，同时也是文本”的情况。

在那里，她们的存在就会与文本一起迸出火花。

随着拍摄的进行，我渐渐觉得片场变得像是我在东北聆听民间故事叙述时一样。演员们就像民间故事的叙述者们一样（虽然是速成的），通过透彻的重复行为将经由Hatano工作室千锤百炼的文本刻印在自己体内。如此一来,她们的声音在表演时听上去就有“演员仍是演员，同时也是文本”一般的效果，就像最佳叙述者在叙述时所呈现的那样。那也就是所谓的“复声”。我们也像小野和子女士那样，必须通过聆听才能将其引出。一个场景的厚度，是发自肺腑地彼此回应的演员们所积累起来的合作成果。与此同时，尽心尽力地为演员营造环境的在场工作人员们也为厚重的基底做出了贡献。这就是我们的片场。

虽然我试着这样写了，但是我所写的事情究竟真的会发生吗？我也不知道。这些事情全都是我在拍摄结束时才意识到的。在拍摄的全过程中，我们也有试错的时候，当然不能保证始终会有我所说的效果。但是，幸运的是我们有完成的电影本身。这部电影是我们一路走来的影像证据。我希望大家可以在看过电影之后再做出全部的判断。

方法上的缺陷

在拍摄《欢乐时光》之前举办“即兴表演工作坊in Kobe”的时候，我就已经确信：“如果能让有魅力的人站在镜头前，就能拍出有魅力的电影”。因此，只要能集结有魅力的人，那么就不会有问题了。这一信念直到拍摄的最后阶段也没有动摇过。

即兴表演工作坊是有选考的，选考自然也有基准。选考基准是什么呢？其一，是“脸”。我们会选择镜头偏爱的脸，无关美丑。其二，是“声音”。我们留下了能用声音直率地表现身体的人。最后，那些基准或许都能总结为“耻”。我们选择了抱有羞耻（即小野和子女士所说的“吟味自身的本能”）的人。人有各种各样的类型，所以无法一概而论。有的人绝不谄媚，有的人羞羞答答。但所有人都给人一种“无法轻易改变自己”的印象。

绝不谄媚的人是让人愉悦的。也正是这样的人善于“用肺腑反应”。只有一点需要留意，那就是这样的人是否给周围带来了不必要的压迫感。

谄媚与羞耻是不同的。两者虽然都含有压抑自身表达的向量，却截然不同。谄媚，是指敏感地感应到某个场合的“评价基准”，然后让自己去迎合这种基准的态度。谄媚者在问答中往往会说："可是，大家不都这样吗？"她们只会展示没有"社会性问题"的自己，那是离"直率地表现自己"最遥远的行为。与社会同化的她们是无法感受到羞耻的。谄媚，是距离"用肺腑反应"最遥远的习惯。

羞涩的人无法轻易地开口。她们之所以有口难开，正是因为她们有话想说。但是，那些想法还没有变成语言。可能那是由于被社会抑制了，或者单纯是由于还没有成形为语言。可能会有人觉得，这种人来报名"即兴表演工作坊"是挺奇怪的事。但是与此同时，这种行为也是极富说服力的。因为在这种人的含羞之中，反而能看出"绝对无法压抑的自我"。不谄媚的人也好，羞怯的人也好，都是绝对无法为了迎合社会而改变自己的人。她们察觉到了这一无法改变的自己，或者至少无法压抑这样的自己。如果是这样的话，她们总有一天会（或者已经）体会到自己与社会的格格不入。说起来，被选入即兴表演工作坊的都是一些看上去"活得很辛苦"的人。当她们站到镜头前时，就会绽放出无可替代的魅力。回到约翰·卡萨维蒂的话吧。

> 我有自信，可以让任何人有好演技。为什么呢？因为表演就是自我表现与对话，别无其他。自己的人生与性格中的错误也能成为电影的财富。所以，不要让自己保持纯洁，也不要试图成为自己以外的某人，在被给予的状况中保持自我——对我而言这就是表演的全部。我不觉得这能有多难。
>
> ——《导演电影》[1]

1　原题"Directing The Film: Film Directors Art"(Eric Sherman, 1976)。

何谓即兴表演工作坊

工作坊进行到一半时，我们进行了一个“采访游戏”，作为连接“听”与“演”的出发点。以四人一组的方式（加入工作人员后形成了五对2 ：2的男女组合），首先，男女组合A就“塑造了现在的自己的三个偶然”进行相互采访。谈到塑造自己的“三个偶然”，便不可避免地揭示了个人的经历以及站在人生分岔路时的想法。此时，男女组合B在旁观看。日后，则以由男性B饰演男性A、女性B饰演女性A的形式来重演“三个偶然”的采访。顺便一提，我们也会反转这个构造，让组合A去演组合B。即互相扮演。

没必要完全重演之前的采访，即兴地说一些话也没关系。在拍摄重演采访（这是之后的“角色采访”的原型）之前，我们先进行了同性间的互相采访，目的是收集重演采访的表演素材。像这样，饰演一个实际存在的人物给参加者带来某种紧张感。也就是说，她们会产生顾虑，尽量避免在扮演别人的时候“贬损对方”。

如前所述，许多参加者都有些“羞涩”。他/她们往往是内向的。当然，那也可能是一种故作的姿态。许多人在接受采访时，比起自信满满的模样更偏向于展示羞涩的一面。但也恰恰是这一点，让听者发现了他/她们的魅力。

后来，被扮演的人也看了重演采访的影像。她们看到了不同寻常的东西——“扮演自己的他者”。可能她们都察觉到了扮演者不想贬损自己的那份小心翼翼。比如，扮演者在说“我这种人”之类的自嘲话语时就会有些犹豫。扮演者所感受到的，正是“羞涩”的魅力。现在回想起来，正如小野女士所言，这也是针对自己的严格态度。似乎每个人都在努力地表达自己所感受到的对方的魅力。我看到，同样一段经历，由本人叙述时是怯生生的，在由扮演者叙述时则洋溢着自豪感。并且，扮演者也无疑散发着魅力。无法判断这是本人的魅力还是扮演者的魅力。总而言之，她们的弱点看上去也充满魅力。

工作人员之所以策划了“采访游戏”,其实是为了直接连接“听”与“演”，各组流露出的这种“尊重”的姿态只不过是副作用罢了。自己想要隐藏的某些弱点，通过他者对自己的尊重也变得有吸引力了。这似乎是一个“自我肯定”的重要契机，为大家之后在镜头前的表演打下基础。

对于一个有羞耻感的人而言，自我肯定并不是一件容易的事。因为羞耻是一种自我否定。我们为自己的软弱与短处感到羞愧。这对一个“吟味自我”者来说是自然的。越是严格要求自己的人，就越是难以肯定自己。这种时候，有一个你信任的他者能够肯定你，是多么有益呀。我们知道自己有缺点，也知道现在的自己不如期待中的那么好。即使如此，在“此时此地”的关系中“被人肯定”，似乎有助于“难以改变的自我”的显现。不用说，对参加者而言，在真诚聆听自己的人面前还要压抑自己是没有必要的。随着活动的进行，互相倾听的关系被打乱，自然而然地出现了各种各样的联系。与其说这是友谊，不如说是一种敬意。通过发现他者的魅力（包括、或者说正是其弱点），作为现场一员的自己也逐渐意识到自己的魅力。

通过工作坊，我们建构了这种互相鼓舞的关系。那不是我们的刻意为之。而是各位参加者的魅力在互相作用后，偶然形成的。我单纯地认为，摄影机一定会拍下大家各自的魅力。

在拍《欢乐时光》的时候，我们大约每月租用一次KIITO的空间，为演职人员们放映拍好的素材。这是所有成员定期确认拍摄成果的机会。看自己的影像时，演员们受到了很大的冲击。就像是孩提时代第一次听到自己的录音时，那既像自己又不是自己的奇妙感觉。我们担心，展示素材可能会加深演员们的“耻感”。但是我们也相信，摄影机一定——比我们感受到的程度还要深地——捕捉到了演员的魅力。我们不认为演员通过看素材就能做到自我肯定。但是我觉得谁都能看得出来，其他演员的魅力被忠实地捕捉了。所以我希望大家都能觉得，自己的魅力当然也会被镜头忠实地捕捉。

在本文的开篇，我提到选择《欢乐时光》(当初的标题是《BRIDES》)的理由是因为“所有参加者都能够参与”这个剧本。我感觉这应该是所有参加者的愿望吧。其中也有对在镜头前表演不感兴趣的人。但我想大家应该都有这样的感觉：“如果是和这些人一起的话就能够表演。”不论谁被排除在外，整个集体都会难过。此外，很明显，将在工作坊编织起来的敬意与关心的网络原原本本地带入片场，对于大多数演员都没有表演经验的制作来说，会有很大帮助。我无数次写道，人在自己被聆听的实感之中能够直率地表达自己。17名演员在片场时已经是善于关注他人的出色听者了。接下来发生的事情正如前述。

参加工作坊的经历、与其他演员的关系、演职人员甚至是摄影机都赋予了她们勇气。像那样站在镜头前的她们的身姿，真是太美好了。我在摄影机后方时总是惊叹不已。我无数次感觉到，是她们的表演告诉了我们文本的真正含义。如果文本也能在她们的“肺腑”起着相同的作用，那我们就再高兴不过了。

最后我想补充的是，我绝不认为我所描述的电影《欢乐时光》的方法是电影制作的正确方法。这一方法恐怕源自我个人的缺陷。将表演纳入镜头这件事情总让我感到不自然，如果可以的话我也不想这样做。我也曾经想过，如果可以摆脱这种不适感，那我一定能有更多的可能性。但是，我别无他法。聚集在工作坊中的每个人，应该都曾化自己的弱点与缺陷为方法吧。每个人都是。聚集在此的演职人员都带来了自己独特的方法，仅有一次的、只适用于其自身的《欢乐时光》的方法，是由每位成员各自的方法所共同创造的。理所当然,《欢乐时光》不是我一个人的作品。我之所以能断言《欢乐时光》是一部有厚度的电影，是因为我由衷地敬佩站在镜头之前的演员与位于镜头之后的工作人员。我写这篇文章是为了表达自己对她们的敬意与不尽的感激。我期望在将来，她们的模样能被更多的观众看到、听到。

剧本与潜文本

Hatano 工作室（滨口龙介、野原位、高桥知由）

《欢乐时光》主要登场人物

槙野明（37）……护士。单身。（田中幸惠）

井场樱子（37）……家庭主妇。（菊池叶月）

塚本芙美（37）……艺术中心“PORTO”职员。（三原麻衣子）

日野（吉川）纯（37）……主妇。离婚协议中。（川村莉拉）

井场良彦（37）……樱子的丈夫。县政府职员。（申芳夫）

塚本拓也（33）……芙美的丈夫。自由编辑。（三浦博之）

日野公平（40）……纯的丈夫。（谢花喜天）

鹈饲景（30）……艺术家。（柴田修兵）

鹈饲日向子（29）……鹈饲的妹妹。（出村弘美）

风间雄大（28）……鹈饲的友人。（坂庄基）

玉田淑惠（28）……鹈饲的友人。（久贝亚美）

河野智则（25）……芙美的下属。（伊藤勇一郎）

栗田耕史（40）……明所就职的医院的医生。（田边泰信）

柚月香织（23）……明的后辈，也是护士。（涩谷采郁）

井场满（70）……樱子的婆婆。良彦的母亲。（福永祥子）

井场大纪（14）……樱子与良彦的儿子。初中二年级。（川村知）

汤泽祐司（35）……与明重逢的男人。（滨口龙介）

泷野叶子（28）……在有马与明一行偶遇的人。（殿井步）

能势梢（25）……与拓也共事的作家。（椎桥怜奈）

三泽由纪（15）……大纪的女友。（诗云母）

《欢乐时光》剧本

关于《欢乐时光》的剧本（第七稿）

被收录在此的《欢乐时光》剧本，是我们为了方便而称为“第七稿”的版本。这里收录的并非电影完成版的记录，而是演员们最终“带去片场的剧本”。如前篇“《欢乐时光》的方法”所述，这是在剧本围读的台词修改之前的一版。如果大家有机会将其与实际的电影进行对比，可能会更容易想象围读过程的情况。

场景#15中的“鹈饲景的工作坊”拍了两次。第一次我们只和演员商定了工作坊的进行方案就开拍了，几乎是把它当作纪录片来拍的。拍摄后，我们判断自己没有拍到必要的素材。于是，大约两个月后，我们以第一次拍摄的素材为核心，以更加虚构的方式重拍了这个场景。这里收录的是在“第二次”摄影时所用的剧本，它混合了从拍摄的纪录片中提取的素材与为了将其重构为虚构而添写的部分。

现实中的演员椎桥怜奈为了饰演“能势梢”一角而写了短篇小说《热气》，她在场景#62、64、66的“梢的朗读会”中朗读了这篇文章。她为了塑造角色开始写小说（此前她从未有过写作经验），得知此事的Hatano工作室在改稿的时候添加了“朗读会”的场景。

这也是因为这似乎是一个适合所有主要人物重聚的情景。虽然不是全部，但小说《热气》的大部分都以朗读的形式被包含在电影之中了。不过，我们没有把这篇文章收录在剧本之中。因为我们期待有一天小说《热气》可以拥有自己独立的发表机会。

此外，剧本还包括一些在剪辑时被砍掉的场景。虽然电影完成版采用了“三段式结构”，但因为在剧本阶段还没想到这个结构，所以这里也没有标出分割点。

滨口

1 摩耶缆车（白天）

缆车爬上山。穿过树林后，神户的街道映入眼帘。

在缆车的座位上，明（37）、樱子（37）、芙美（37）、纯（37）并排就座，散漫地聊着天。

2 摩耶山·掬星台（白天·阴天版）

明、樱子、芙美、纯四人坐在长椅上，一边传递着自己带来的便当，一边眺望着神户的风景。但是因为雾霾，她们什么也看不见。

樱子：啥也看不见呀。

芙美：神户，完全看不见呢。

纯：感觉就像是我们的未来呢。

明：喂喂，瞎说啥呢。

纯：哈哈，不是这样吗。

明：37岁女人的未来可是超级光明的。

纯：是吧。

樱子：但是，真的啥也看不见呀。

明：喂！

芙美：不过，樱子，你做的饭团真好吃。

樱子：啊，真的吗？

芙美：而且很可爱。

樱子笑了。

明：嗯，纯做的三明治……

纯：那是炸肉饼。

明：也超级好吃。

纯：真的？好开心。我这用的可是好肉。下了很大功夫。

明：嗯，怪不得这么多汁。

芙美：真是不好意思。

明：真不愧是主妇二人组。

樱子：啊，但是真的很开心。在家里我很难得到这么好的反响呢。

纯：是这样的。能给夸我做菜好吃的人做菜是最幸福的。

明：好吃。

芙美：好吃。

樱子：谢谢。明带来的梅子汁也很好喝。

明：是吧。

芙美：饭后可以来点水果。

纯：嗯，谢谢。

樱子：我开动啦。

芙美取出保鲜盒。

明：不过，这可真是意外的野餐呀。

纯：索性就这样翻过这座山，到有马去怎么样？

明：啊，好像是有巴士的。

樱子：啊，温泉吗？好想去。

芙美：但是，当日来回跑一趟温泉会不会有点浪费？

明：嗯。

芙美：好不容易去一次有马，还是悠闲一点比较好吧？

明：确实如此，下次大家约好时间一起住一晚吧？

樱子：四个人吗？

纯：啊，我们一起外宿好像是头一回吧？

芙美：是的呢。

明：挺好的呀，有马。

纯：噢，就这样决定了。就看明和芙美什么时候休假了。

四个人取出手账。

明：芙美是周一休息吧。

芙美：嗯，所以我们就看你的时间了。

明翻着手账。

明：欸？这样的吗。下下周怎么样，会不会太赶了？

纯的表情黯淡下来。

纯：啊，那天我不行。我有点事。不能约。

明：这个嘛……错过那天的话就要到八月初了。

芙美：我可以的。

芙美翻查着手账内容。

樱子：我应该也可以。

纯：不好意思。

明：没事，这段间隔不是刚刚好吗。

芙美：大家要不要来这个活动？

芙美展开叠放在手账中的宣传单。其余三人看向宣传单。可以看见一行大字——“《聆听重心：鹈饲景的身体表现工作坊》”。

芙美：会在周末办。

明：是什么样的活动呀？运动类的？

芙美：唔，我也不是很明白。

明：你这家伙。

芙美：这是河野第一次做策划。宣传太迟了，根本没多少人报名。

纯：看上去不是挺有意思的嘛。

纯翻着宣传单。背面写着："何谓重心？"

明：没事儿，我能去。

樱子：周日吗？到几点？

芙美：计划是下午5点结束，也可能会超时一会儿。

樱子：这样呀。

纯：很难向家里人开口吗？

樱子：不是，没关系的。现在婆婆也在我们家。晚饭可以拜托她来做。

芙美：你婆婆人真好呀，很善解人意。

樱子：不清楚呢。感觉还是在互相顾虑。

明：这样呀。同居是第一次吗？

樱子：嗯，婆婆一直笑眯眯的，但不知道她心里是怎么想的。

明：哇，真可怕呀。

芙美：不用勉强。

樱子：没事。纯也能去吗？

纯：我们家的话基本上随时都可以。

芙美：那也挺厉害的。

樱子：公平看上去很善解人意呀。

纯：什么呀，良彦不也很善解人意吗。

樱子：唔，那应该说是善解人意吗？

芙美：樱子家还有大纪吧。

樱子：拓也看上去才是真正的善解人意吧。

芙美：我们家的，比起善解人意，更应该说是放任自流吧。

纯：我们家的也是呀。

明：结束！

明拍了拍手。

明：你们仨差不多得了。

三人笑了。明在日程表上画了圈。

明：好嘞，那么下周末一起去工作坊。下月初的周一去温泉。

樱子 · 芙美 · 纯：好！

四人一起把日程写进手账。

3　摩耶缆车（傍晚）

四人乘坐缆车下山。

可以透过窗户看到神户市。神户市在雾霭之中慢慢接近。

标题浮现。

4　神户市（早晨）

神户街景。

5　医院 · 诊室（白天）

明在诊室里准备 X 光片。

医生栗田（40）打开了隔壁诊室的门。

栗田把水壶里的水倒进纸杯，一口饮干，叹息。

明：栗田医生，你看上去很累啊。

栗田：槙野，你来一下。

栗田用大拇指指了指隔壁。

明：唔？

× × ×

被窗帘隔开的诊室之一。

明的后辈、同为护士的柚月香织（23）正在给患者的手臂打针。

患者的手臂上缠着压脉带，手肘伸直。

香织焦急地找着患者的静脉。

她解下压脉带后又缠了上去。

她拍打患者的手肘内侧。

患者：好痛。

香织：对不起。

在走廊上观察的明走进了诊室。

明：不好意思。

香织：槙野前辈。

明：柚月，换我来吧。

明戴上了橡胶手套。

香织：我可以的。

明：还是我来吧。

明用手势下达了指示。香织退到后头。明接过患者的手臂。

明：很快就结束了。

明重新缠好压脉带，用手指捋了捋患者的手臂。

目睹这一切的香织轻轻地拍着自己的手肘内侧。

明：纱布。

香织递上了纱布。

明：有皮肤过敏之类的症状吗?

患者：没有。

明用纱布擦拭患者的手肘内侧。香织准备好注射器在旁等待着。

明看了看香织。香织递上注射器。

明：啊，请您握住拳头可以吗？对，像这样把大拇指握在里头。

患者：我的静脉很难找吗?

明：是的呢。有些人是会这样的。

明在一瞬间毫不犹豫地将针扎入手指按着的地方。

血被抽了出来。明用精湛的手法抽了三管血。

明：好了，您辛苦了。请您按住，但是不要揉。

明用脱脂棉按住扎过针的地方。香织在旁看着。

明：之后就拜托你啦。

香织：好。

明从注射器上拔下针筒（装着血的针筒），放进盒子。

然后去往隔壁的诊室。

× × ×

感觉到明进来了，栗田转向她。

明也用水壶倒水喝。

栗田：哦哟。不愧是你呀，真快。

明：栗田医生，你欠了我一个人情。

栗田：哈哈，下次请你吃饭呗。想吃啥?

明：我开玩笑的。真是对不住你。

栗田：为啥？

明：是我没教好。

栗田：唔……在槙野的指导下还能存活下来，柚月已经够厉害的了吧。

明：拜托，我以前的前辈可要比这严厉多了。

栗田笑了。明继续准备 X 光片，打开电脑。

香织从隔壁诊室打开门。

香织：栗田医生，麻烦您了。

栗田：我来了。

栗田穿过门。明勾了勾手指。香织用背在身后的手关上了门。

香织：对不起。

明：你已经是第二年了吧。这也太离谱了。

香织：是。

明：别慌。别表现出慌乱。不要让患者不安。

香织：是。

明背对香织，开始整理病历卡。

香织低下头，返回诊室。

6　PORTO 的某个房间（白天）

鹈饲看着工作坊的宣传单。

鹈饲：哎呀，谢谢你们为我做了这么棒的东西。

河野：不不，没有的事。到现在还问这种事真是不好意思，但我还是想确认下，工作坊在这个空间里举办真的没关系吗？当天我们也可以把这里当作集合点，然后带大家去更大的场地。

鹈饲：啊，没关系的。也不会有那么剧烈的运动。

河野：需要准备什么吗？比如用投影仪放一下鹈饲先生至今的活动之类的。

鹈饲：不，不用。

河野：那么……当天的流程就基本上交给鹈饲先生了，可以吗？

鹈饲：好嘞，看那会儿的兴致吧。

河野：兴致？

鹈饲：不不，我是指看那时的进展而定。

河野：明白。

鹈饲：顺便问下，现在大概有多少人报名？

河野看向芙美。

芙美：现在有七人报名。

鹈饲笑了。

鹈饲：这哪里需要什么大场地呀。这样呀。七个人。

河野：对不起。可能是我的宣传没做好，让大家有点看不懂这个工作坊到底是做什么的。

鹈饲：不不，是我的内容本来就不明确，你只是如实地宣传了。

河野：没有的事。

鹈饲：原来如此。我感觉有点对不起你们呀。

芙美：可能还会有其他人报名的。我相信之后会有的。毕竟宣传单也做得很好。

河野：嗯。

河野点头。

芙美：就内容来看，我觉得恰恰是因为不太好懂所以才有魅力。只是，内容不好理解的话，就必须把活动信息传达给能够理解的人。如果可以的话，鹈饲先生也问问您身边的人吧？

鹈饲：好的。

芙美：我们这里也会继续推进的。不好意思。

鹈饲：没有没有，谢谢你们。

芙美与鹈饲互相低头致意。河野也跟着低下了头。

7 樱子的家（夜）

樱子、大纪（15）、满（70）围坐在桌子边吃饭。

满：樱子，你做的味噌汤真好喝。

樱子：啊，太好了。

大纪：不觉得有些淡吗？

满：你妈妈特意为我改了口味。因为我昨天说了有点咸。

樱子：不是那样的。我也觉得今天的味道刚刚好。

大纪站起身来。

大纪：我吃饱了。

樱子：还有可乐饼呢。

大纪：不吃了。再吃的话要变胖了。

樱子：说什么鬼话。

大纪：谢谢款待。

大纪下楼。

樱子：妈妈，您喝茶吗？

满：好的，谢谢。

樱子去厨房准备茶水。

满：大纪很爱读书呀。良彦小时候，想让他回房间可不容易呢。

樱子：但是成绩完全没上去呀。

满：是吗？

樱子：最近有手机了，就算在自己房间里，估计也是和朋友一起玩之类的。

满：那你应该时不时地开门看一眼呀。不行吗？

樱子：这个年纪的孩子很讨厌这样呀。不过想想我自己初中的时候也一样。

满：这样呀。良彦上初中的时候，我一开门也抓到过他吸烟呢。

樱子：是吗？明明现在也不吸。

满：那个年纪的孩子都那样。

樱子：您那时是怎么处理的呀？

满：那自然是噼里啪啦打一顿啦。

樱子端来了茶。

樱子：真厉害。我可做不到。这种事情可能会交给良彦去做吧。

樱子递茶。

满：谢谢。不过因为我是一个人，所以有点又当妈又当爸的感觉。

樱子：这样呀。

满：话说回来，你真的很可靠呀。良彦和大纪有你照顾，我也就放心了。

樱子：哪有。

二人喝茶。

8　PORTO 事务所—玄关前（夜）

芙美读着登在网上的 Art Press 对鹈饲的采访。

芙美看了看表。

河野正在打电话。

河野：是的。之前发给您的新闻公告，希望能帮我们报道一下。啊，是的，是的。总是麻烦您。不好意思，好的，好的。

河野看着电话，放下话筒。邻席的木津看着河野。

木津：河野呀。

河野：在。

木津：你刚才给哪儿打电话呢？

河野：Art Press。

木津：你托他们什么事？

河野：啊，因为我之前给他们发了鹈饲景先生的工作坊公告，但是他们没有登载，所以我就再拜托他们一下。

木津：负责人是八木先生吧？

河野：是的。

木津：发送了公告却没有被登载，那是因为被八木先生筛选掉了。那位老法师不可能忘记要登什么文章。

河野：是。

木津：发送了却没被登载，是因为八木先生觉得没必要登。

河野：是。

木津：不要追问。这是我们和八木先生之间的约定俗成。

河野：对不起。

木津：还有一点是你的语气。

河野：语气。

木津：就算你不知道这种约定俗成，你也是在请求对方吧？

河野：是的。

木津：你是不是觉得对方登载我们PORTO发的公告是理所当然的事？

河野：不是的。

芙美看着河野和木津的对话。

木津：你刚才的语气就像是在自动贩卖机那儿买果汁一样。

河野：呃。

木津：你脑中没有对方的脸。

河野：脸。

木津：这些事可都是人在做的。

河野：是。

木津：你最好注意点吧。真是的。

木津拿起香烟后离席，走出事务所。

芙美手持行李站起身来。走到河野面前。

芙美：河野呀。

河野：在。

芙美：木津说话比较难听，但是他说的都是对的。你要注意点。

河野：好。

芙美：今后你再负责什么项目的时候，直到你失败可能也没有人会告诉你问题所在。所以你应该庆幸有人对你说实话。

河野：是。

芙美：我已经邀请明她们来工作坊了。

河野：真的假的。难不成，算上明小姐她们才七个人吧？

芙美：是的。

河野：怎么会这样。我本来还指望你呢……

芙美笑了。

芙美：喂！虽然鹈饲先生看上去不像是会介意的样子，但你也别太过分了。

河野：好。

芙美：那我先回去了。

河野：好的。

芙美背过身去。河野起立行礼。

河野：您辛苦了。谢谢您。

芙美：辛苦了。

芙美开门离去。

× × ×

PORTO 的门前停着一辆车。

拓也（33）坐在驾驶座上，正在读书。

响起敲窗的声音。拓也望向声音的方向。是芙美。

芙美绕到副驾驶座并上车。

芙美：抱歉我来晚了。

拓也：完全没关系。

芙美系上安全带。

拓也发动车子。

9　医院·吸烟点（夜）

明在吸烟。灭烟后，她走出吸烟点。

× × ×

电车中。一个人回家的明露出疲惫的表情。

突然有一名男性向明搭话。明吓了一跳。

10　车内（夜）

拓也正在开车。芙美坐在副驾驶座上。

芙美：真好吃。

拓也：嗯，真好吃。

芙美：如果刚才能喝酒的话就好了。

拓也：你应该喝点的。

芙美：但是一个人喝醉不会像个傻子吗？

拓也笑了。

拓也：才没那种事呢。喝醉酒不是挺可爱的嘛。

芙美：啊，这样的吗。

芙美笑了。

芙美：明年去北野附近怎么样？

拓也：去吃长田的烤内脏吧？

芙美：结婚纪念日吃内脏吗……

拓也：对，还要喝韩国米酒。

芙美：我倒是也挺喜欢的。我们买点酒回家喝吧？

拓也：抱歉，今天零点左右会有一份原稿发过来，我必须要读一下。

芙美：这样呀，那我也去写扶助金申请的材料吧。

拓也：这样呀。

拓也笑了。

拓也：我俩真是没劲呀。

芙美：不也挺好的吗。因为已经过零点了，所以要回到平时的我们。

芙美笑了。

11　酒吧（夜）

在酒吧。明与汤泽并排坐在吧台边。

桌子上放着喝了一半的酒和一些小食。

汤泽：我平时一直是坐JR回去的。

明：是吗？那为什么今天坐山阳[1]？

汤泽：因为有人跳轨了。

明：这样呀。

汤泽：所以我很偶然地坐了山阳。

明：这样。那还真是偶然呢。

汤泽：是吗。但是也有些微妙。

明：你是指什么？

汤泽：说起来，其实我觉得自己运气很好。

明笑了。

明：是的呢。在我这个护士看来确实有点儿。

1　通称“山阳电铁”，贯穿、连接山阳明石站与山阳姬路站的电车路线。

汤泽笑了，拿起杯子。

汤泽：我可以再点一杯吗?

明：好的，你点吧。

汤泽：这个点了，你没关系吗?

明：没关系呀。我比较担心你，铃香不要紧吗?

汤泽：啊。

明：她不是一个人在家吗?

汤泽：今天送她去幼儿园留宿了。

明：真的吗?

汤泽：真的呀。这也是偶然。

明：那我就放心了。

汤泽：难不成你一直在介意吗?

明：是啊，我一直在想铃香不要紧吗。

汤泽：我应该一开始就告诉你的。对不起。

明：没有的事。

汤泽：你人真好呀。（对店员）不好意思。

店员走到汤泽身边。汤泽又点了一杯酒。

明一边喝酒一边瞥了汤泽一眼。

汤泽：你现在有正在交往的对象吗?

明：欸? 没有。

汤泽：这样呀。

明：怎么了。

汤泽：没有，只是觉得自己可能真的运气很好。谢谢。

汤泽点的酒送来了。明垂目。

明：我现在呢。

汤泽：嗯。

明：没心思谈恋爱。

汤泽：嗯。

明：现在可能也是我的工作最充实的时候。

汤泽：嗯。

明：我感觉自己最近行动力很强。

汤泽：这样呀。

明：身体总是不假思索地动起来。

汤泽：这样呀，真厉害。

明：是的呢。虽然这也不是什么像样的理由，但我现在不考虑和别人一起生活。

汤泽：嗯，嗯。

明：我现在不想找恋爱对象。可能没有那种心情吧。

汤泽：真厉害。

明：为什么？

汤泽：其实我也没有在找恋爱对象。

明：那你的意思是……

汤泽：嗯。

明：你是在帮铃香找妈妈吗？

汤泽：单刀直入地说的话，就是这么回事。但也不是随便找个人都行。

明喝酒。

汤泽：我们可以再见面吗？

明看着汤泽。

汤泽：铃香很少这么亲近一个人。

明：铃香很怕生呢。

汤泽：我很信任铃香看人的眼光。

明：这样啊。

汤泽：我很久没见铃香那么开心了。

汤泽看着明。

明：我也想见铃香，但是也不能因此就让她生病呀。

明笑了。

汤泽：我不是那个意思。

明看着汤泽。

明喝了一口酒。

12　樱子的家（夜）

樱子在沙发上打盹。

良彦：我回来了。

樱子醒了，看到井场良彦（37）正站着。

樱子：你回来啦。饭吃过了吗？

良彦：随便吃了个半饱。

樱子：是吗。

良彦：有茶泡饭之类的吗？

樱子：嗯。

樱子走向厨房，用电热水壶烧水。

她取出用保鲜膜包好的米饭放进微波炉。

樱子：你妈妈说。

良彦：嗯？

樱子：政府机构简直像黑心企业一样。

良彦：唔。

樱子：她问我议会不是已经结束了吗，为什么你还那么忙，我不知道该怎么回答她。

良彦：你也不用那么较真，随便应付一下她就好了。

樱子：也不能那样吧。

良彦：她总是没完没了的。

樱子：唔。下个月呢。

良彦：嗯。

樱子：我可以和纯她们一起去温泉旅馆住一晚吗？

良彦：住一晚？

樱子：大家一下子来劲了。

良彦：好吧，可以吧。什么时候？

樱子：八月初吧。可能会照顾同行的朋友，把日子定在周一之类的。

良彦：这样呀。

樱子：我会准备好早晚饭再去的。

良彦：大纪正好也休假，你去也没关系。不过，在妈妈住在我们这儿的期间还是……

樱子：嗯，我会节制一点的。

良彦：妈妈是那种会自己动手的人。如果你不在的吧，估计她会开始自己做早饭之类的。

樱子：那样呀，那我也挺慌的。

良彦：我也会和姐姐商量一下的。不过她俩真的很像，所以这次吵架可能会拉长战线。

樱子：我倒是没关系，其实妈妈帮了我很多。

樱子的手机响了。

樱子：啊，是纯呀。

樱子站起身。

良彦：帮我问声好吧。就说我也想去温泉。

樱子：嗯，啊。喂喂？怎么啦？……唔。

樱子打开窗，走到阳台。

微波炉响起“叮”的声音。良彦看向阳台。

樱子表情凝重地说着话。

13　电车　车站—天桥（白天）

乘坐电车的纯。

×　×　×

检票口。樱子背靠墙壁等待着。

纯走出检票口，看到樱子就站住了。

纯：樱子。

樱子：纯。

纯：走吧。

樱子跟着纯迈出步伐。

×　×　×

二人过天桥。

纯：对不起呀。吓到你了吧？

樱子：吓到我啦。

纯：抱歉抱歉。

纯笑了。二人走着。

樱子：因为我是第一次见到那样的纯。

纯：那确实，一直都是樱子比较爱哭呢。

樱子：说啥呢。

二人走上天桥。

樱子：为什么要告诉我呢？

纯：我原本打算一个人承担的，但好像承受不住了，抱歉。

樱子：没有的事，你能告诉我，我很开心。只是……

纯看着樱子。

纯：只是什么？

樱子：我不像你，我肯定会藏不住事的。

纯：我懂了。你是指明和芙美吧？

樱子：我没有自信能够假装没事。今天也不知道该用什么表情面对她们。

纯和樱子在天桥的台阶上拉开了一些距离。

纯察觉到这一点，追上了樱子。

纯：如果樱子想告诉她们的话，就全说了吧。

樱子：怎么可能。我说不出口呀。

纯一把将樱子拉近了自己。樱子露出些许笑容。

14　PORTO · 走廊（白天）

纯和樱子一起来了。芙美也在。

芙美：啊，早上好。

纯 · 樱子：早上好。

芙美致谢。

芙美：真是谢谢你们能来。

工作坊会场里已经有零星的参加者。

其中有风间雄大（28）、鹈饲日向子（29）、玉田淑惠（28）。

河野正在对参加者们解说。

河野：请在胶带上写下自己的名字，然后贴在胸前。

淑惠：可以贴在腰上吗?

河野：啊，可以。

明已经换好了方便活动的衣服，正在拉伸。

明：噢！你们来啦。

纯：啥？你怎么干劲这么足呀。

芙美：是的呢。

明躺下后，抓住自己的脚踝，拱起了背。

明：这个嘛，我这人既然要做了就一定会认真做的。

纯：真酷呀。

纯笑了。看着这一幕的樱子也笑了。

15　PORTO · 看得见海的房间（白天）

参加者们坐在椅子上。

鹈饲背对窗户，把手肘放在长桌上，面对参加者们坐着。

鹈饲：那个，我叫鹈饲景。请多多指教。

鹈饲低下头。工作坊参加者们也低下头。

鹈饲：那个，很感谢大家星期天还特地来参加活动。在活动正式开始前我想先介绍一下自己。我是土生土长的神户人，三年前东北震灾的时候，我去东北做重建志愿者。虽然我只是跟着朋友去的，但是因缘际会，我在那儿待了一段时间。

参加者们看着鹈饲。

鹈饲：为什么要举办这个活动呢。让大家直接看的话可能就一目了然了，我先示范一下吧。

鹈饲、芙美与河野对了下眼神。鹈饲招呼河野。

河野把桌子挪开。

鹈饲把一条椅腿贴住地面，将手指放在椅子的一角上，晃动椅子。

大家的视线集中在鹈饲的手指上。

鹈饲放开手指。椅子自己站住了。

参加者们发出了几声惊呼。

鹈饲：我在东北闲来无聊的时候，就会像这样把冲上海岸的瓦砾立起来。然后，在海岸上就会立着一长排瓦砾。那个景象后来流传出去了。也有当地人看了以后很生气，但是我当时已经沉迷其中，不知怎的就是停不下来。持续做了一段时间后，很多人开始谈论我，各种地方也来邀请我。这三年间，避难所、艺术中心甚至是宗教团体都来邀请过我。不过……

鹈饲用指尖推了推椅子。椅子发出声响，倒地。

鹈饲：这只是一种把戏罢了。只要稍加练习，谁都能做到。我自己也已经厌倦了。现在，好不容易有各种各样的人愿意像这样扶持我，我想借此机会思考的是，“重心”是什么?

鹈饲指了指白板上写着的标题。

鹈饲：今天的标题就是“聆听重心”。可能大家会有点云里雾里，但我还是想让大家试着探索一下平时不常见的交流方式。那么，我们先来热热身吧。大家不想试着立起自己的椅子吗?

鹈饲对着参加者微笑。

鹈饲：那我们来试一试吧。

鹈饲打手势让参加者站立。参加者们站起来。

鹈饲扶起椅子,像刚才一样用手指抵住。参加者们模仿鹈饲。

鹈饲：像这样轻轻地前后左右摇晃，寻找椅子的重心。在某个地方，有一个重量消失的点。那就是重心与地面垂直的状态。

参加者们盯着鹈饲的手指。

鹈饲：重量从指尖消失。就像羽衣一样轻。就在这儿……

参加者们看样学样地寻找重心。

鹈饲：放手。

鹈饲松开手指。参加者们也松开。但只有鹈饲的椅子兀自立着，其他椅子都倒下了。

鹈饲：现在，就让我们进入正题吧。

鹈饲笑了。用手招呼河野，并让参加者们坐下。

鹈饲和河野背对背坐下。

鹈饲：就像这样,把自己和对方的背面尽可能地贴在一起。双肩，还有腰部。想象你和对方像是合为一体似的。然后用脚跟贴住臀部，再向小脚趾施力。

鹈饲与河野把脚收回自己的方向。

鹈饲：好了，那么，3、2、1。

鹈饲和河野彼此配合着一下子就站起来了。大家发出惊叹。

鹈饲：好了，那么请大家也和旁边的人组队，一起试试看吧。

明和樱子靠得比较近，就一起组队了。纯和日向子对上了视线，她们也组了队。

熊田与龙见、奥斯与风间、淑惠与伊藤分别组队。

大家纷纷蹲下，背对彼此。

鹈饲：站立的要点在于不要过于依靠自己，要信赖对方。但是，也不能太过依赖别人。请寻找只属于你们两个人的重心。

明和樱子站起来了。

明：噢！

陆续传来大家成功站起的声响。

鹈饲：请大家不断地增加人数试试看。

纯、日向子、熊田组队。奥斯、风间、龙见组队。明、樱子、淑惠、伊藤组队。大家蹲下身，试着站起来。

也有没能站起来的组。鹈饲一边走动一边解说。

鹈饲：这其实就是交流。我们意外地不知道自己身体真正的大小。因为顾虑别人而过于缩小自己的身体是行不通的，这样身体很容易就会脱力。

三人组、四人组也陆续站立起来。芙美开始拍照片。

鹈饲：很好，很好。那么，接下来我们交换成员，继续增加人数吧。

明、樱子、纯、奥斯、龙见组队。

熊田、风间、日向子、淑惠、伊藤组队。

鹈饲：我们必须告诉别人自己身体真正的大小。挺起胸来，告诉大家，你的身体就这么大。不这样的话，就没法交流了。

试了几次后，终于能做到五个人背对背站起身了。鹈饲在旁看着。芙美则在拍照。

鹈饲：很好，很好，很棒。那么，现在开始稍微改变一下方向吧。

鹈饲让大家集合坐下。他指了指白板。

鹈饲：下一个环节是对准中线。可能大家没听说过中线。中线就是穿过人体重心的线，是那个人的中心线。那么，河野先生。

鹈饲用手招呼河野。二人面对面。

鹈饲：是的。在我的重心有一条像这样贯穿的中线，河野也有。现在我们要对准这两条线。

明、樱子、纯面露惊讶地看着。

鹈饲：用一种像被人从上面钓着一样的感觉，然后彼此的线就会慢慢显现了。好了，出现了。

鹈饲像用手刀砍似的在河野的中间比画出一条线。

鹈饲：现在，把那条中线，和自己的中线对准。

鹈饲开始横向摇晃自己的身体。

鹈饲：和摇晃椅子寻找重心时的诀窍一样，摇晃自己，然后等待自己和对方的中线对准的瞬间。是这里吧？

鹈饲停下。

河野：啊，好像……

鹈饲：感觉到了？

河野：感觉到了。

鹈饲：好的，那大家就先组队试试看吧。

明困惑不解地和纯相对。樱子与河野相对。

风间与淑惠、熊田与伊藤、奥斯与龙见分别组队。

日向子落单了。

鹈饲和日向子组队。

大家不安地一边互相交流，一边开始寻找中线。

参加者们各自探索、摇晃着自己的身体。

鹈饲：如果明确感觉到中线了，就像画圆圈一样移动看看。如果自己动了，对方应该也会跟着动。

鹈饲与日向子移动。

参加者们尝试移动。芙美讶异地看着大家。旁观的鹈饲站到房间的靠走廊侧。

鹈饲：好。那么接下来，让我们增加人数吧。

× × ×

龙见、熊田、伊藤像画圆一样绕着圈。

鹈饲：请大家像跳长绳一样，按照自己的节奏加入。

淑惠加入。蹲坐在外侧旁观的日向子。

鹈饲：好。接下来请一位参加者照自己的节奏退出来。

伊藤退出来。

鹈饲：人数产生变化后，你们自己的中心有变化吗？中心现在在哪儿？

× × ×

转圈的明、樱子、纯。三个人笑着。

明：这要转到啥时候呀。

鹈饲笑了。拍手。

鹈饲：好。就到此为止。我们来听一下大家的感想吧。

鹈饲用手势示意大家围坐成圈。参加者们坐下。

× × ×

感想。

× × ×

鹈饲站起身。

鹈饲：好，谢谢大家。现在，我想进一步探讨一下今天的题目“聆听重心”。

鹈饲指了指白板上的标题。

鹈饲：说到我们身体的重心在哪里，很多人会觉得是在这儿。

鹈饲按了按自己肚脐的下方。参加者们也按了按肚子。

鹈饲：也就是丹田，特别是被称为下丹田的地方。顺便一提，从中线的上方开始分别是上丹田、中丹田和下丹田。那么，正如我们的标题，让我们听一下自己的重心吧？

鹈饲把耳朵贴在河野的肚脐下方。河野笑了。

鹈饲：唔。

明凑近纯。

明：这是要我们干啥呀。

纯：感觉我快没力气了。

鹈饲：听上去咕噜噜的呢。

河野：真的吗？可能是在消化刚才吃的东西。

鹈饲：是的。这里有内脏和肠道。所以，接下来的环节就是听腹。

参加者们苦笑。

鹈饲：那么就请大家组队吧。

明与纯、樱子与日向子、淑惠与伊藤、龙见与熊田、风间与河野分别组队。

参加者们把耳朵贴在彼此的肚脐互相聆听。大家意外地都很开心。

纯把耳朵贴在明的腹部，二人交换位置。

明把耳朵贴在纯的腹部。旁观的芙美准备拍照。

明：怎么听着有“噗噗”的声音。

纯微笑。

× × ×

另一组参加者（新 / 奥斯）和明与纯的组正在对话。

明把耳朵贴在纯的腹部。另一组是男子组。

大家聊着昨晚吃了什么。

纯：我昨晚吃了炸猪排。你吃了啥?

新：昨天吃了啥来着。我去喝酒了呢。

参加者笑了。

纯：前天呢?

新：前天呢……

明把耳朵贴在纯的腹部。

× × ×

两组人坐下聊感想。纯按住自己的腹部。

纯：感觉就算这里有个孩子，我也完全不会介意了。

明：真的吗?

纯：嗯，倒不如说感觉很安心。能有另一个体温。

新：那还真是非常女性的说法呀。怎么说呢，用腹部孕育孩子的安心感？

鹈饲：假想怀孕之类的吗？

新：可能是那样吧。

明、纯、樱子、芙美看着参加者。

奥斯：一开始呢，并不是我自己想做这些事，而是被人要求去做的，所以感觉是用胸腔这块儿在说话。

鹈饲：嗯，是这样的。

奥斯：然后我一边想起前天的事，一边开始说话的时候，就感觉自己开始适应了。然后我就觉得我的腹部开始动了。

鹈饲：啊……怎么说呢。腹部这种部位呢，可能只有在你感觉到什么的时候才会动。

明与纯看着鹈饲。

鹈饲：那么，现在让我们更进一步。

鹈饲站起身来。参加者们都看着鹈饲。

鹈饲：能配合我一下吗？

鹈饲靠近明的方向。

鹈饲：让我们额头贴额头吧。

明：欸？

鹈饲把自己的额头贴到明的额头上。抓住对方的脖子。芙美有点担心地看着。

鹈饲：你也抓住我的脖子。就这样，就好像彼此的神经相连的感觉。那个……明女士。

明：在。

鹈饲：请向我发送一些信息。试着强烈地默念。

明：欸欸欸？

鹈饲：可能短一点的那种会比较好。

鹈饲闭上眼睛。明也闭眼。纯、芙美、樱子、日向子等人看着他们。

鹈饲：我觉得我们的节奏渐渐一致了。

鹈饲睁眼，离开明的额头。稍许沉默。

鹈饲：是猫吗？

明：欸？不对，但是很接近了……吧？

鹈饲：啊……那是什么？

明：是大猩猩。

鹈饲笑了。明露出惊讶的表情。

明：啊……不过我原本以为你会给出完全不一样的答案。比如说今天的天气真好之类的。

鹈饲：毕竟我也不是超能力者呀。那么就请大家也试试看吧。

鹈饲笑了。

× × ×

淑惠与日向子抵住彼此的额头。龙见与熊田组队。奥斯与河野组队。

鹈饲对伊藤说。

鹈饲：试试看吗？

伊藤：啊，好的。

芙美纳闷地看着。

落单的樱子与风间对上了眼神。

风间：那个……一起组队吗？

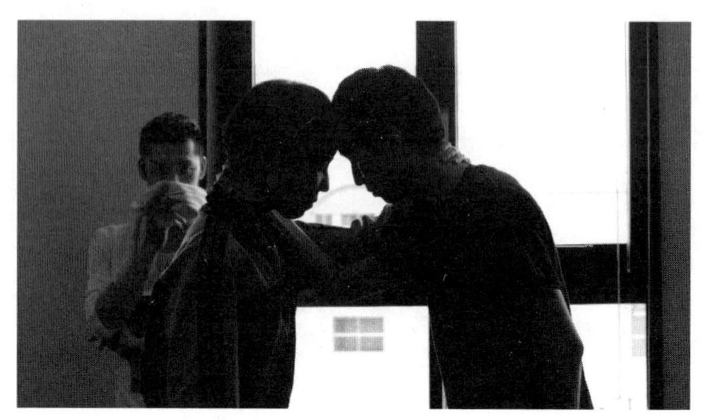

樱子：啊。好的。

风间与樱子慌慌张张地抵住彼此的额头。

一直抵住额头的风间与樱子。

风间：搞不懂呀。

樱子：嗯。

二人分开。

风间：你刚才有发送什么信息吗?

樱子：啊，我还以为是你来发送呢。

风间：那样呀，哎呀，我也在想到底是谁负责发送来着。

樱子：那肯定传达不到了呀。

二人笑了。

× × ×

最后，所有人背对背地站了起来。

大家鼓掌。

× × ×

大家一起围坐成圈，发表关于工作坊的整体感想。

参加者：我在想，如果和第一次见面的人也可以通过额头对额头传达这么多信息，那么和亲密的人试试看的话，不知道会怎么样呢。

鹈饲：是的呢，请您一定要试试看。

芙美与河野微笑。

鹈饲：谢谢您的感想。您又是怎么想的呢?

鹈饲指了指樱子。

樱子：怎么说呢。我在做这些事情的时候啥也没想。虽然这种感觉也非常不错，但我觉得自己以后不会再做这种事了。

樱子笑了。

樱子：不过我现在心情变好了。谢谢您。

风间看着樱子。鹈饲笑了。鹈饲看向纯。

纯：一般来说，我们不是很少和人这样肌肤相亲吗?

鹈饲：嗯。

纯：所以我觉得非常幸福。谢谢。

鹈饲：谢谢。

鹈饲颔首。和纯相对而笑。鹈饲转向明的方向。

鹈饲：您怎么想?

明：嗯。我是一名护士。

鹈饲：这样呀。

明：我之前总是轻视触碰别人的身体这件事。没想到我的每一次触碰都会像这样传达给对方，觉得有点吓人。不过我很庆幸自己参加了这次活动。

芙美微笑。

明：谢谢。

鹈饲：谢谢。

鹈饲面向日向子。鹈饲笑了。

鹈饲：怎么样？

日向子：想听实话？

鹈饲：是的。

日向子：不是很明白。

鹈饲：嗯嗯。

日向子：贴额头也好，听腹部也好，中线也好，全都不知道在干啥。

参加者们看向日向子。

日向子：我想让你好好解说一下。

鹈饲：解说吗？不过，关于你现在所说的疑问，就算我解说了最终也是无法打消的。

日向子：难道不是因为你一解说就会露出更多马脚吗？

鹈饲笑了。河野面露忧色地看着。

鹈饲：说到我为什么要做这些事呢……

淑惠、日向子看着鹈饲。

鹈饲：背对背站立、听腹、贴额头等是不是真的有意义，我也不知道。这个嘛，那么，我就来说一些正经话吧。

日向子垂目。

鹈饲：我们今天所做的，是平时不怎么进行的一种交流。这虽然是与别人的交流，但是实际上也是通过别人在与自己交流。

淑惠看着鹈饲。鹈饲手舞足蹈地说着。

鹈饲：与别人互相探索重心，其实就是在寻找自己的重心。当我们找到重心，或者说找到完全的平衡时，反过来说，也就是重量消失的瞬间。

鹈饲看着周围。参加者们看着他。纯点头。

鹈饲：我认为在那个时刻，那已经不是单纯的交流了，我想称之为一种更坚实的联结、订婚，或者说是结婚之类的状态。

鹈饲把自己的双手紧紧地握在一起。

鹈饲：如果能和别人达到这种状态，那可能会是非常幸福的时间。但是因为你感觉不到重心，所以有时你回过神来才发现已经失去了重心。这时候就会崩塌。

鹈饲松开自己的双手。缓缓走近。

鹈饲：那时，为了重新找回重心，我们就不得不再次交流。不管是和别人还是和自己。我觉得这个过程会不断反复。虽然这是一个不怎么日常的活动，但我觉得还是可以给大家的日常生活带来一些影响的。大家觉得呢?

鹈饲笑了。日向子还是低垂着视线。鹈饲和纯对上了眼神。纯也点了点头。

鹈饲看了眼河野。河野点头。

鹈饲：好了。那么今天就到这里。感谢大家。

参加者们：谢谢。

参加者们互相致谢。

16　PORTO · 走廊（夜）

樱子对着镜子补妆。

×　×　×

换完衣服后，樱子走出多功能厕所。

整个空间很暗，只有自动贩卖机亮着灯光。樱子走近自动贩卖机。

换完衣服的风间也走出了厕所。樱子听到开门声回头。

风间：啊。

樱子：啊，辛苦啦。

风间：辛苦啦。

风间取出钱包走向自动贩卖机。

樱子：真是有些奇怪的工作坊呀。

风间：是的。

两个人走向自动贩卖机。

樱子：不过挺好玩的。

风间：樱子小姐。

风间把钱投入自动贩卖机。

樱子：啊，怎么啦。

风间：你接下来有安排吗?

樱子：欸?

风间：如果有时间的话要不要去吃点东西之类的（怎么样）?

樱子：不好意思，我是和朋友一起来的。

风间按下自动贩卖机的按钮。响起易拉罐掉落的声音。

樱子：不好意思。

二人沉默。风间取走易拉罐，随后离开了自动贩卖机。

风间：没关系。我也是和朋友一起来的。

樱子：欸?

樱子笑了。

风间：怎么了?

樱子：不是，如果你是和朋友一起来的话，那刚才的算什么呢?

风间：只是在给自己找台阶下罢了。我刚才的邀请绝对不是随便说说的。

樱子：没关系。辛苦了。

风间：辛苦了。

风间打了招呼就离开了。

自动贩卖机中掉出了一瓶水。樱子蹲下取水。樱子站起身来，把水贴在自己的脖颈后。一边摇晃着水，一边向走廊走去。

17　PORTO 咖啡馆前・走廊

樱子拿着水走来。

纯和明已经换好衣服坐在沙发上了，芙美也坐着，明和芙美正在互相打闹。

樱子：你们干啥呢。

樱子用手给脸扇着风。

明：我想听芙美的肚子。

芙美：绝对不行。

樱子：你好沉迷呀。

樱子笑了。芙美站起身想逃。

明：谁沉迷了。

纯：明，你那个时候肯定超级心动的吧。

明：那个时候？

樱子：啊，是不是贴额头的时候？

芙美：啊。

明：啊……那个呀，怎么可能心动呢。我不是说了，我已经很久没和男人贴那么近了吗。

纯和樱子笑了。

芙美：对了。我是来邀请大家参加庆功会的。就在那里的咖啡馆办。

明：庆功会是我们也可以去的吗？

芙美：当然啦。别的参加者也会来。

明：唔，但是呢。

明张望了一下咖啡馆，看了看钟。

纯看着明的举动。

纯：明，你是不是害怕去庆功会?

明：说啥呀。

纯摇头。芙美看着明。

纯：那庆功会就算上我吧?

芙美：嗯，如果大家愿意来的话。

明：去就去呗。

纯看着明和樱子。樱子点头。

芙美走向咖啡馆。纯跟在芙美后头。

明一边挠着脑袋一边跟上去。

看上去有点不安的樱子迟迟地跟在后头。

18　PORTO 咖啡馆（夜）

在咖啡馆的一个大桌子边，鹈饲、河野、日向子、淑惠、风间已经落座。

芙美、纯、明、樱子一行拿着饮料过来了。

芙美：辛苦了。

河野：辛苦了。

鹈饲：辛苦了。

纯：打扰啦……

风间与淑惠挪开椅子，在桌边腾出空间来。

芙美坐下。明坐在鹈饲对面，纯坐在鹈饲的邻席。

樱子与风间对上眼神，稍稍致意。

芙美：那么，河野，你来致一下辞吧。

河野：啊，好的。感谢各位莅临鹈饲景工作坊的第一次活动。鹈饲先生的老家就是神户，希望我们今后也能够一直合作下去。请多多指教。

鹈饲：请多指教。

河野与鹈饲互相低头行礼。

河野：大家都辛苦了。干杯！

所有人：干杯！

大家一起碰杯。

纯：这次是河野君策划的吗？

河野：是的。应该说鹈饲先生是我第一次邀请的艺术家吧。

纯：河野君，真的做得很棒。我玩得很开心。

河野：噢噢，谢谢。

鹈饲：谢谢。

纯：河野君为什么想邀请鹈饲先生呢？

河野：我亲眼见到过鹈饲先生在沿海地区立起来的那些瓦砾。

纯：是吗。

河野：那是我去南三陆[1]做志愿者的时候，空无一物的沿海地区只有飘来的瓦砾以一种不可思议的模样倒立着。

日向子看着鹈饲。

河野：非常的异样，我正想着这是啥呀，那个瞬间，一阵强风吹来，那些瓦砾接二连三地倒下。我到灾区的第一天就看见这个。超级吓人。

---

1 南三陆町，位于日本宫城县本吉郡的南部。

明：那确实挺强烈的。

河野：我心里一直惦记着，有一次看到鹈饲先生的报道就想到，啊呀，是这个呀。然后读到他现在在做身体工作坊之类的活动，我就想我们这里也能做。应该说是某种命运一般的东西吧。这就是原因。

鹈饲笑了。

鹈饲：谢谢。

河野：不不，我感谢您才是。

二人互相低头致意。日向子、风间、淑惠看着他们。

纯：大家都参加了工作坊吧?

日向子：是的。

纯：那个……日向子小姐。

日向子：对。

纯指着淑惠。

纯：淑惠小姐。

淑惠：噢，好厉害。

纯向风间伸出手。

纯：那……个……

风间：喂喂，为什么独独忘了我呀?

纯笑了。大家一起笑。

樱子：这是风间先生。

风间：谢谢！樱子小姐。

纯：纯能记得人的名字真是稀奇呀。

樱子笑了。

樱子：因为我和风间先生贴过额头了呀。

风间：那么近距离的时候，你有闻到我的口臭吗？

樱子笑了。

樱子：没闻到哟。

风间：鹈饲，如果你早告诉我有这种环节，我就带口气清新剂来了。

鹈饲笑了。

日向子：啊，真恶心。

淑惠：在这种情况下，不管有多臭，大家都不会告诉你实话呀。

淑惠拍风间的背部。

风间：为啥呀？

淑惠：你怎么就不明白呢？女性就算被问这种问题也不会说真话的。

樱子笑了。

日向子：风间就是不会从失败中学习呀。

风间：等等，等等。别这样了。

风间捂住胸口。大家一起看着风间笑。

明：大家认识很久了吗？

鹈饲：是的呢。应该说是老家的朋友吧。

明：什么呀，那我刚才还心惊肉跳的，真是不值得。

鹈饲：心惊肉跳？

明：日向子小姐不是说什么搞不明白之类的吗。

鹈饲：那个呀。

明：我当时想着，欸？说那种话真的可以吗？

日向子：可是你不觉得很可疑吗？刚才的工作坊。

明：确实很可疑哟。我当时还想，最后肯定会让我买很贵的壶之类的。

大家一起笑。

明：这个人原本就是这种感觉吗？

日向子：唔……

日向子、淑惠、风间看着鹈饲。

风间：变是没怎么变吧。

淑惠：不过我觉得鹈饲好像变得柔和了。

明：柔和？柔和是指什么呀？是说以前更加尖锐吗？

淑惠：是的呢。今天也是，我原本还以为他会让我们接吻呢。

大家一起笑了。

淑惠：接吻的话不是比贴额头更加容易传达吗？背贴背、额头贴额头，那么接下来肯定就是嘴对嘴啦。

明：我绝对不干。

鹈饲笑了。

淑惠：所以说鹈饲还是有所节制的。啊！你真是长大成人了呀。

明：原本到底是有多离谱呀。

日向子：可能他原本就想变成现在这个样子吧。

大家一起看着日向子。

日向子：我讨厌现在的你。

鹈饲笑了。

鹈饲：啊，这样呀。

纯：不过，日向子小姐在参加工作坊的时候也挺开心的吧？

日向子：是开心的呀。但是也有点不甘心。

纯笑了。日向子笑了。明看着日向子。

日向子：纯小姐也说过，我们平时没机会像那样一直和人贴着。那感觉还挺强烈的。

纯看着明。

纯：我也很开心。能让明听我的肚子。

明：纯的肚子一直噗噗噗噗的呢。

纯笑了。

纯：谢谢。

鹈饲：没有的事。

纯：唔。单纯来说，没有目的地互相触碰真的很快乐。像我们小时候会做的那样。

鹈饲：啊，是的。

淑惠：我能明白。没有任何目的，但就是黏来黏去、摸来摸去的感觉？

鹈饲：嗯。

淑惠：说起来，以前有很多身体碰触的游戏呢。

风间：啊，就像阿尔卑斯一万尺[1]那样的。

淑惠：啊。

淑惠看着风间。

淑惠：阿——尔——卑——斯——

风间：啊，一——万——尺——

1 日本童谣，改自扬基歌。有配套的拍手游戏。

淑惠和风间开始玩阿尔卑斯一万尺的游戏。大家惊奇地看着。

淑惠：在小枪的上——方——，欸——真厉害。

风间：围——成——一——圈——跳——舞——吧。身体还记得呢。

淑惠 · 风间：啦啦啦啦啦啦啦……啦啦啦啦啦啦……

渐渐加快拍手游戏的速度。

淑惠 · 风间：啦啦啦啦啦啦啦，啦啦啦啦啦，嘿！

淑惠与风间搭起手臂后笑了。大家鼓掌。

淑惠：真厉害，风间，你怎么这么会？

风间：因为我家有个姐姐呀。

淑惠拍了拍风间的背部。风间龇牙咧嘴的。大家一起笑了。

纯看着樱子。

纯：喂，樱子，你还记得吗？

樱子：欸？

纯抓住樱子的手。

纯：一、二、三，开始！

樱子：啊，这啥来着。

纯与樱子开始拍手游戏。

纯：夏——天——临——近——八——十——八——夜——[1]

樱子：嫩——叶——遍——山——又——遍——野——

二人逐渐加快拍手游戏的速度。

纯：看——见——一——群——采——茶——人——

1　此处为日本的《采茶》歌，歌唱初夏采茶光景的歌谣。“八十八夜”是指从立春开始数起的第八十八天。

樱子：系——红——衣——带——戴——草——帽——

二人在唱罢后搭起手臂。又响起鼓掌声。

明：这啥呀，完全没听说过。

芙美：阿尔卑斯一万尺我以前倒是玩过。

明：时代不一样吧。

纯：我们以前是历史俱乐部的呀。

樱子：是的呢，差点忘记了。

纯：还做过儿童拍手游戏的志愿者。

樱子：做过的。

明：真的假的。

纯：因为不想参加社团活动。

樱子：也是为了调查书[1]好看点。

纯和樱子笑了。

鹈饲：大家都是上学的时候就认识了吗？

纯：我们是从初中就认识了。

纯与樱子笑了。

日向子：认识好久呀！

明：我们是30岁之后才认识的。

淑惠：这样呀。

鹈饲：这几位是芙美小姐的朋友吗？

芙美：是的，是我邀请她们来的。

鹈饲：啊，感觉像是被逼着来救场的。

1　日本学生在升学时，其毕业学校会综合考察该学生的成绩、性格、课外活动等方面并写一份调查书提交给该学生的报考学校。

鹈饲笑了。

芙美：是呢。有活动的时候我总会叫她们。

河野：其实我也经常见到各位。

纯和樱子笑了。鹈饲也笑了。

鹈饲：哎呀，是那样呀。让大家费心了，真是不好意思。

明：不过，如果我们真的没兴趣的话也不会来的。

纯看着明微笑。

明：正好我也想知道更多关于身体的事情。

鹈饲：虽然是个可疑的活动。

明：就像我刚才说的，在这个工作坊里接触的一些东西，我也可以在自己的职业中活用。我很庆幸自己今天来了。

鹈饲：谢谢。

淑惠：对了，你是护士来着。

鹈饲：护士是很辛苦的职业吧。

明：不不，你说这种话又有什么意思呢。

鹈饲看着明。

明：别小瞧人了。别人说的话是不是真心的，这个我还是能判断的。在刚才那些环节之后还说这种话真是没意思。

纯：是的呢，我们已经是推心置腹的伙伴了。

明：是的，就是这个理。

鹈饲笑了，低下头。

鹈饲：对不起。

明：欸？你别这样。

鹈饲：我确实是仅凭印象就那样说了。明明完全不了解护士。

明：没关系啦。别这样了。

鹈饲抬起头。

鹈饲：所以我可以问吗？

明：问什么？

鹈饲：护士真的是很辛苦的职业吗？

明：我要是聊那种破事，大家肯定会扫兴的。

大家都看着明。

鹈饲：所以是什么样的呢？

明：那个嘛……简单来说就是少子高龄化的问题。大家不是都觉得这种问题和自己无关吗？但这些全是真的，是正在发生的真事儿。

鹈饲：所以？

明：直说的话，就是患者都死不掉。

鹈饲：嗯嗯。

明：以前会致死的情况，现在可以通过手术和用药让大家继续活下去。这样会有什么结果呢？最后就是会有越来越多的患者，在患病的同时并发认知症。

鹈饲：啊……

明：发生那种情况的话，首先，这些患者会在医院里游荡。我们这边稍不注意，他们就会逃跑。就算不至于到逃跑那一步，可能也没办法维持一直以来的服药习惯，比如说饭后吃哪种药、吃几颗之类的，也没办法自己吃饭。护士的工作方式和工作量都会完全不同。

鹈饲：唔……

明：然后就是，虽然也不是现在才开始人手不足，但最近的工作量真的是超出极限了。就算患者的人数不变，我们的工作量也已经很大了。患者人数再增加，那就真的忙不过来了。如果出现顾不上的情况，那么就可能发生最糟糕的事情。

鹈饲：嗯。

明：比如说逃跑的人在医院外面遇到事故，或者说自杀之类的。那样的话就会变成护士的“职务过失致死”。如果打官司的话一定是护士输。

淑惠：那不是很过分吗。

明：很过分吧。

淑惠：不合理呀。

明：但现状就是，这种不合理成了合理。有好多护士因为赔偿金而断送了将来。所以说，护士们最近都给自己买保险了。

风间：还有那种保险呀？类似护士的官司险？

明看向风间。

明：有的呀。真是世风日下。我也买了，付了很贵的保险金。

风间：够呛的吧。

明：真够呛的。

樱子、芙美、纯看着明。

明：我也很想做点什么来改变现状。但是……

鹈饲：但是？

明：最让人难受的，还是因为刚才说的种种问题，导致我没有办法尽心尽力地照顾患者。

大家看着明。

明：我们必须保护患者和自己。但现在，只要患者一动传感器就会响，还有监控系统，甚至还会把患者绑起来，这些事情都开始变得稀松平常了。这样真的合乎伦理吗？这和理想的看护也差太远了。

樱子、芙美、纯看着明。

明：渐渐地，我们没办法温柔地对待患者，工作也开始变成一种机械的操作。带后辈的时候，还要把这一套包装得理所当然，反而教训后辈不要再说那些天真的话了。感觉我越来越没办法摆脱这个矛盾的自己了。

鹈饲看着明。

明：但是，这是不对的。大家最初想要成为护士，都是因为憧憬那个“温柔的护士”的形象。虽然大家不会说出口，但心里都是这样想的。但是，我觉得现在的自己和最初的目标相差太远了。每次我这么想的时候，都会陷入一种自我嫌恶一般的状态。可能这才是最难受的地方。

大家静默地等待明的下一句话。明笑了。

明：看吧，我就说会变成这种气氛。

鹈饲：明小姐是怎么做的呢？

明看着鹈饲。

明：什么意思？

鹈饲：你是怎样挨过去的？

明：玩。

大家一起笑了。

明：总而言之，浪了再说。喝酒、听Live、健身、买衣服、和朋友侃上一整天。

明看着樱子、芙美和纯。纯对明微笑。

明：挨着挨着也就过去了。如果玩的时候不够尽兴，就没办法转换状态了。所以说今天的工作坊我也是认真参加的。

芙美微笑。

鹈饲：谢谢。

明：不不，我感谢你才是。

鹈饲与明互相低头致意。

鹈饲：恋爱呢？

明：恋爱？

鹈饲：谈恋爱的话会对工作有帮助吗？

纯：鹈饲先生觉得明怎么样？

明：突然搞啥呢？

鹈饲：我觉得明小姐非常棒。

明：所以说这是在搞啥呢。

明笑。

鹈饲：明小姐和纯小姐是单身吗？

明：不，这位已经结婚了。

明指着纯。

明：芙美也结婚了。

明指芙美。

明：这位呢，已经有一个上初中的儿子了。

明指了指樱子。樱子笑了。风间看着樱子。

淑惠：噢噢。

明：所以你为什么觉得我是单身？

鹈饲：因为你没戴婚戒。樱子小姐和芙美小姐都戴着呢。

明：你都盯着哪里看呢。

明笑了。

鹈饲：倒不是我故意去看的，就明摆在那儿不是吗。

纯看着鹈饲，露出惊讶的表情。两个人的视线对上，微笑。

纯和樱子对视，又移开视线。

鹈饲：那么，明小姐是怎么想的呢？关于恋爱。

明：你干吗要逼问我呀。

淑惠：不过，现在终于看到以前的鹈饲的影子了。

鹈饲笑了。

明：这样呀。原来他以前是这样的呀。怎么说呢，我觉得恋爱是很重要的事。但是，准确地说，这是可以说的事吗？

明问纯。

纯：说吧说吧。

明：我离过一次婚。

风间：欸？

鹈饲、日向子、淑惠看着风间。

明：虽然这也不是原因吧，但我现在确实没心思恋爱。

风间：我懂那种感觉，明小姐。

明：什么呀。

风间：我可以说吗？

淑惠：事到如今也只能说了吧。

风间：我也离过一次婚。

明：真的假的？欸？你看上去好年轻啊。多少岁？

风间：28岁。

明：然后呢？

风间：我26岁结的婚，婚姻生活大概持续一年吧。不过大部分时间都在打官司，所以实际上只过了几个月的婚姻生活。

明：打官司，真的假的。

淑惠：明小姐离婚的时候呢？

明：完全没有，离婚这种事，敲个章不就完事了。

淑惠：好酷啊。

淑惠笑了。鹈饲看着明。

樱子看着纯。樱子和纯视线相对。纯对樱子微笑。

明：那个，你为什么离婚呢？

风间：因为对方出轨了。

明：真的吗？

明站起来，走到风间旁边的位置。

明：风间呀，喝吧喝吧。

明坐到风间旁边，搭住他的肩。

风间：喝！

二人交杯。众人齐笑。

明：你是怎么发现的？

风间：欸，明小姐呢？

明：是那家伙自己吐出来的。我都没问过他，结果他自己跪到我面前来。

风间：啊……

明：真是个白痴。说什么敌不过自己的良心。是个男人的话，出轨一两次这点破事，就给我带进坟墓里去吧。

鹈饲：明小姐没发现什么蛛丝马迹吗？

明放下杯子。

明：我确实觉得有点奇怪。

鹈饲：你的怀疑肯定也传达给了对方吧。

明：那他也该给我忍着呀。风间你呢？

风间：我呢，这个就说来话长了，没关系吗？

鹈饲：没关系的。

明：说吧，没事儿。

风间：我会发现，是因为气味。

明：气味？

风间：她的气味变了。

淑惠：你是狗吗？

大家一起笑了。

风间：不是的。是因为我真的很喜欢她的气味，只要闻到那种气味就能睡得很香。

樱子笑了。

风间：但是呢，有一个晚上，她很晚才回来。她钻进被窝的时候，我突然觉得气味变得不一样了。

明：香烟味之类的？

风间：也不是。她身上不是有自己原本的气味嘛，那一天她的气味很不一样。

明：也不是因为换了洗发水？

风间：不是。我自己一开始也那样觉得，我还问了她“你是不是换洗发水了？气味和之前不一样呀”，结果对方突然就发火了。

明：也是那种说不来谎的类型呀。

风间：然后我就觉得“不是吧，为那种事生气不是很奇怪吗”，然后我越想越不对劲，她最近总是很晚回来，好奇怪呀之类的，然后就逼问对方了。

明：怎么逼问？

风间：我不会生气的，所以你说实话吧。

明：好弱！

风间：是的，然后她就开始哭了，说在结婚前就有别的男人了。

明：那可真是……

风间：但是，她说已经准备断掉了，还说自己一直很痛苦。然后我就想，那我也不计前嫌吧。结果怎么说呢，我好像也没办法像以前那样信任她了。只要她一个人外出，我就会想，她是不是去见那个男人了。

明：那也是没办法的事呀。

风间：但是老这样也不成呀。于是我决定了，好，以后都要相信她。我准备去买她喜欢的蛋糕，回家和她好好谈谈，然后就重新开始吧。

明：真是个好人呀。

风间：但是，结果我又撞见了她和那个男人在一起。

明：呃。

风间：那是一家像咖啡馆一样的蛋糕店，他俩就坐在窗边。那个男的握着她的手。

明：然后呢？你怎么办？走进那家店了吗？

风间：我逃跑了。

明：你搞啥呀！

风间：当时我的心脏狂跳，真的办不到呀。

明：喂喂喂。

风间：然后我就回家了。她很晚才回来。然后我就和她说“我都看到了”。

明：噢噢。

风间：她回答我“你跟踪我了？”，我说是偶然撞见的，但是她完全不相信我，还说什么“跟踪别人最烂了，你这不是完全不信任我吗”之类的话。

明：是你太弱了吧。

风间：她就这样离家出走了。然后就有律师来联系我。调停也没啥用，最后打了官司。

纯：为什么打官司呢？是因为你不同意通过调停离婚吗？

风间看着纯。

风间：不是的，我已经觉得离婚也无所谓了，但是对方想来分我的财产。

明：真是有种呀。

风间：我觉得可能是那男的教她的吧。我觉得分财产也太过分了，所以也雇了律师打官司。

明：嗯。

风间：太惨了。

风间看向远方。

明：喂。

纯：但是，那种官司你是不会输的吧？

风间：本来是不会输的，但我完全不懂这个，什么证据都没留。

纯：啊。

风间：然后呢，对方是真的拼了命想赢，所以胡编乱造了一堆。还说我家暴她之类的。

纯：那你真的有家暴她吗？

日向子：风间才没那个出息打女人呢。

纯笑了。

风间：多谢夸奖。不过呢，虽然只是很短的婚姻生活，但我们是从大学开始交往的，难道不算曾经相爱过吗？

明：所以有时候会心软是吧。

风间：是这样的。有时候会那样的。

日向子：那种情感赶紧忘了吧。

风间：好的。然后呢，为了能打赢官司，双方都要抹黑这段婚姻生活。我从一开始就很讨厌这种做法。

纯：嗯。

明：你真是够呛的呀。

风间：所以呢，最后我实在忍不下去，就去找对方谈和，最后被分走了一半财产。

明：真是惨败呀。

风间：你说得没错。

明：但是风间呀，你真是个好男人呀，喝吧！

风间：谢谢。

明和风间交杯喝酒。大家一起笑。

风间放下玻璃杯。

风间：所以呀，我想奉劝已婚的各位，千万不要打官司。

明：意味深长。

风间：对方的脸呀，会慢慢地看不清，变得越来越陌生。

纯和樱子对视。纯移开视线。

鹈饲与纯对视。

纯开口。

纯：风间君，我现在正在打离婚官司。已经打了快一年了。

大家都看向纯。一片沉默。

纯：你的前妻真是幸运。是你戒备不严，否则她不会那么顺利得逞的。

风间：真的假的。

明与芙美震惊地看着纯。

樱子看着明与芙美的脸色。

明：等一下。

纯看着明。

明：那种事情我之前没听说过。

纯：因为我之前没有说。

明：是只有我一个人不知道吗?

芙美摇头。

纯：这是我第一次说。

明看向樱子的方向。

明：樱子你是知道的吧。

樱子回答不上来。

纯：我出轨了。

明看着纯。

纯：是和河野君、风间君差不多年纪的人。我说这些话，明一定会生气的吧。

明：你为什么觉得我会生气。

纯：你这不是正在生气吗。

明：那是因为你没告诉我呀。那么重要的事情为什么要在这种场合说。

纯：那你刚才为什么要说工作的事情?

明：欸?

纯：那种事情我也没听说过。

明：我是因为被问到了所以才说的呀。

纯：那我也是呀。因为你们谁都没来问，所以我就没说。我现在说只是因为我想说了。仅此而已。

芙美、樱子、明看着纯。

鹈饲：官司，现在是什么进展?

大家看向鹈饲。

纯：不知道能不能离成。因为我丈夫不想离婚。如果没办法证明对方有过错，就离不了。

鹈饲：那您的丈夫实际上有没有过错呢?

纯看着鹈饲。

纯：我不认为错全在丈夫。但是……

鹈饲：但是?

纯：但是，如果我那样说的话，就打不赢官司了。

纯笑了。

纯：那才真的是胡编乱造呢。我真是过分。

纯看着风间笑。

明：纯和出轨对象还保持着关系？

纯：是的。

明：你那么过分，公平先生没说你才奇怪呢。

芙美和樱子看着明。

明：你搞错顺序了吧。如果像你那样随心所欲，那结婚算什么，承诺又算什么。

日向子：虽然我没有结过婚。

大家的视线转向日向子。

日向子：但也是会有那种事的吧？我们又不是按照顺序活着的。

明：我知道会有那种事。只是，我的意思是，这种事情是不对的。

日向子：那您想怎样呢？已经发生的事情没办法改变的吧。

明：你问我想怎样？

日向子：是想让她道歉吗？

明：这和你没关系吧。

风间：确实会想说对方两句。

风间对日向子说。大家的视线转向风间。

风间：我当然知道，出轨这种事情，错不全在对方，自己或许也有问题。但是，但是，我还是想说对方两句。

风间对明说。明看着风间。

风间：如果这真的不是任何人的错，那为什么最后受伤的是我？

受了这么多伤，肯定会想说两句的吧？

明垂目。

明：我回去了。

芙美：明。

明：是我多嘴了。

明站起身来，拿好随身行李，走了出去。

芙美：不好意思。我去追一下她。鹈饲先生、河野，下次再会。

鹈饲：辛苦了。

芙美致意后拿起行李离开。

风间：是我接错话了吗？

樱子摇头。风间挠头。

纯看着樱子微笑。

纯：是我不好、是我做错了之类的，这些话我现在一句也不想说。

大家的视线转向纯。

纯：我不觉得你们能理解我。但我也无所谓。

鹈饲：虽然我什么都不懂，但我觉得，那样不是挺好的吗？

纯看着鹈饲。

鹈饲：非常好。

纯笑了。大家都看着纯。

19　路上（夜）

明快步走着。芙美从后头快步追上。

明察觉到了芙美，却没有慢下脚步。二人并肩走了一会儿。

明：你怎么了。

芙美：不知道。可能我也有点生气。

二人走着。

明：只有樱子知道那事吧。

芙美：那也是没办法的事。

明：嗯。

芙美：她俩认识那么久了。

明：那我俩就不过如此吗。

明驻足。

明：对不起，可以让我自己一个人待一会儿吗？

芙美回头看着明。

明：我不想再乱说话了。感觉现在说什么都会变味。

芙美靠近明。抚摸她的手臂，摸了好几次。

明：晚安。

芙美：晚安。

芙美转身离去。明一个人在街灯下站着。

20 三之宫站台（夜）

纯与樱子坐在站台的长椅上。二人无言。

樱子情绪低落。纯向樱子搭话。

纯：别那副表情啦。

樱子：都是我的错吧？所以纯才会说出来的。

纯：嗯？

樱子：因为你觉得我守不住秘密。

纯：根本不是那样的。

樱子面向纯。

纯:就像我刚才说的。我只是想说就说了。我不是因为谁才说的。我完全没想过要为了你。

樱子和纯对视。

纯：对不起呀。

樱子：什么呀。搞不懂你。

电车进站。纯看着电车。

纯：庭审，你要来看吗?

樱子：庭审。

纯：看了那个你就明白了。我要走了。

电车的门打开。

纯笑了。纯站起来。

电车发车。

电车开走后，纯还在站台上。

纯朝后倒下。樱子接住了她。

21 芙美的家（夜）

芙美开门进来。

客厅的灯还亮着。芙美打开客厅的门。

芙美：我回来了。

拓也睡在客厅的沙发上。他的腹部放着笔记本电脑。

芙美放下行李。从隔壁房间拿来毛毯。

她坐到睡着的拓也边上。轻轻地把笔记本电脑从拓也的腹部移开。

她正准备给拓也盖上毛毯，却突然转而把耳朵贴到他的腹部。

拓也的腹部起伏着。

芙美换另一个耳朵再次贴上去。能听到拓也的呼噜声。

芙美闭上眼。

22 樱子的家（早晨）

樱子正在厨房准备早餐。

良彦坐在桌旁一边嚼着面包一边读报。

纯看着樱子的举止，喝着咖啡。

樱子放下手头的活，对着楼下喊话。

樱子：大纪，快给我起床过来——！

纯一边笑一边看着樱子。樱子察觉到纯的视线。

纯：你真的已经是个妈妈了呀。

樱子：这还用说。

良彦喝咖啡，放下报纸。

良彦：纯，我开车送你去车站吧。

纯：谢谢。

良彦：现在能走吗？

纯：嗯。

良彦和纯拿起行李和外套。

大纪爬上楼梯。

樱子：早上好。

大纪：早上好。

良彦：早上好。

纯：早上好。

大纪看着纯。

大纪：纯阿姨，你怎么在这儿。

纯：我留宿啦。

大纪：难怪昨晚吵吵闹闹的。

纯：对不起呀。不过，大纪你真是长大了呀。现在多高了？

大纪：欸？163、164的样子。

纯：我们一起去卡拉OK是什么时候的事？

大纪：不清楚。

樱子：两三年前吧？你快点吃。

纯：大纪，拜拜。

大纪致意。

良彦、纯、樱子下楼梯。

× × ×

良彦在玄关前穿鞋子。

纯已经在门外等着了。

良彦出门。

良彦：我出门啦。

樱子：一路平安。

纯：樱子，真的谢谢你。

樱子：没事。再联系。

纯：嗯，拜拜。

樱子：拜拜。

纯和樱子互相挥手。

樱子走上楼梯。

× × ×

樱子上楼来。大纪没吃早餐。

大纪：奶奶呢?

樱子：和俳句会的人一起去登山了。一大早就出门了。

樱子走进厨房。

大纪：就是之前说的那个要去京都的活动?

樱子：好像是奈良吧。你快点吃。

大纪摸着额头。

大纪：怎么感觉发烧了。

樱子：真的吗。

樱子一边用围裙擦手，一边靠近大纪。她把手贴在大纪和自己的额头上。

樱子抓着大纪的脖子，和大纪额头贴额头。大纪有点惊讶。

大纪：体温计呢?

樱子还是贴着额头不放,并闭上了眼。大纪扭着身子躲开了。

大纪：真恶心。

大纪起身下楼。樱子对楼下喊话。

樱子：早饭呢?

大纪：不吃了。

樱子：热度呢?

大纪：没事了。

大纪关上自己房间的门。

樱子转身。餐桌边空无一人。

23　芙美的家（早晨）

芙美在床上醒来。她听到了声音。是拓也磨豆子的声音。

×　×　×

芙美起床。拓也正在喝咖啡。

芙美：早上好。

拓也：早上好。咖啡煮好了。

芙美：谢谢。

拓也：谢谢你给我盖毛毯。

拓也抓着沙发上的毛毯说道。

芙美：啊……没事。你工作到一半睡着了吗？

拓也：不是，我是在读鹈饲先生的采访。

芙美：Art Press的那个？

芙美倒咖啡。

拓也：嗯，挺有趣的。

芙美：是吗？

拓也：他花了很多篇幅，却只是在重复“我不明白”这句话，我很喜欢这一点。

芙美：鹈饲先生吗？

拓也：嗯。

芙美：这样呀。你喜欢就好。

拓也：能势小姐的朗读会，就是那个下次要在你们那儿办的活动。

芙美：嗯。

拓也：对谈嘉宾可以邀请鹈饲先生吗？

芙美：呃……

拓也：不行吗？

芙美：他和能势小姐可能不太合得来吧。

拓也：合不来才有意思呀，不是吗？

芙美：鹈饲先生也没啥知名度。

拓也：能势小姐也差不多呀。

拓也笑了。

拓也：有什么问题吗？

拓也饮尽咖啡，把玻璃杯放进水槽。

隔着整体厨房和芙美相对。

芙美：这种事情，你应该在拜托我们开朗读会的时候提出来。

拓也：嗯。

芙美：我不喜欢把工作和私情搅在一起。

拓也：这样呀。

芙美：老是批准自己老公策划的活动也有点……

拓也把水倒进杯子里，开始洗杯子。

拓也：我不是要拜托你，只是想听听你的意见罢了。

芙美：是吗，可能吧。

拓也：我也搞不懂了。在我们结婚前，你就批准过我策划的活动了。我也很喜欢PORTO的氛围。我只是觉得如果能够借用一下的话也不错。

芙美：嗯。

拓也：我得走了。

芙美：是吗。

拓也转向书桌，把笔记本电脑放进包里。

拓也：能势小姐的朗读会，你就当我没说过吧。我也可以看看一些书店空间。反正你们也还没开始宣传吧？

芙美：你这样说我也很难做。

拓也抓起夹克，走向玄关。

拓也：这样，那我考虑一下别的嘉宾吧。

拓也系鞋带。芙美走到玄关。

芙美：我让你不开心了？

拓也：欸？

拓也站起来，转身。

拓也：完全没有。倒不如说是我不好。因为你一直没说，我就没注意到这一点。我出门啦。

芙美：一路平安。

拓也出门。玄关的门关上。

芙美回到客厅，发现车钥匙。

芙美拿起钥匙走向玄关。

玄关的门打开。是拓也。

二人在玄关意外相遇。芙美笑了。

芙美：在找这个？

芙美递出车钥匙。拓也笑着收下。

拓也：就是这个。谢啦。

芙美：请鹈饲先生当嘉宾的事情，我会试着问一下的。

拓也：不用，那件事（已经没关系了）。

芙美：鹈饲先生是由河野负责的，我擅自拒绝也有点奇怪。所以我会问问看。

拓也：嗯。那就拜托了，谢谢。

芙美：一路平安。

拓也：我出门了。

二人互相挥手。门关上了。

24　车内（早晨）

良彦正在开车。纯坐在副驾驶座上。

纯：井场，你幸福吗？

良彦：说啥呢突然。

纯：贤惠的妻子，可爱的孩子。

良彦：确实呢，看上去肯定很幸福吧。

纯：其实不幸福？

良彦：你只看家里的情况肯定觉得我幸福啦。

纯：你在外面很辛苦？

良彦：可以这么说吧。

纯：工作顺利吗？

良彦：也谈不上顺利吧。基本上就是见招拆招。

纯：很辛苦？

良彦：没有不辛苦的工作吧。

纯：井场，虽然我一直没有告诉你。

良彦：啥。

纯：你开始像样了呢。变得靠谱啦。

良彦：啥呀。

纯：但是，也不怎么笑了呢。

良彦：是吗。

良彦龇牙笑给纯看。纯笑了。

纯：看前面。

良彦：不好意思。

纯：你要好好对樱子呀。

良彦：你到底想说啥呀。

纯：这么好的老婆打着灯笼也找不着呢。

良彦：樱子和你说什么了吗？

纯：啥也没说。

良彦：那你干吗要对我说那些话。

纯：只是想说就说了。我从以前就一直看着你俩了。

良彦：我有好好对她的。虽然不会每天都说我爱你，买花回家之类的。

纯：嗯。

良彦：我主外，樱子主内，两个人一起好好过日子的感觉。

纯：真好呀。

良彦：这不是很普通的吗？

纯：一点也不普通呀。你俩聊过这些事吗？

良彦：这种事还用聊吗。

纯：你喜欢樱子吗？

良彦：我有件事想拜托你。

纯：什么？你尽管说吧。

良彦：我希望你不要再来约樱子了。

纯沉默。

良彦：你们下次要去有马住宿吧。

纯：嗯。

良彦：要是老有这种聚会的话，我会很头疼的。

纯：我要离婚的事情，你已经听樱子说了？

良彦：嗯。

纯：打官司的事情也？

良彦：嗯。

纯：那我就安心了。

良彦：为什么？

纯：你们还是会对话的。

良彦：说啥呢。

纯：你听了以后有点不安？

纯笑了。良彦没笑。

良彦：我们家和你家可不一样。我和你老公不一样，樱子也和你不一样。

纯：是呀。

良彦：大纪今年也要考试了。那个年纪的孩子总会盯着妈妈。

纯：别担心了。我不会再约樱子了。

良彦：我不是说从今以后都别约了。只是今年而已。

纯：没关系。自然而然就不会约了。

良彦看着纯。

车抵达环形交叉口。纯下车。

纯：谢谢。

良彦：回头见。

纯：嗯，再见。

纯挥手，然后向着车站检票口走去。

良彦发动车子。

25　王子动物园（白天）

铃香在动物园兴致勃勃。明和汤泽照看着她。

26　港口岛[1]·公园（白天）

明、汤泽、铃香正在放风筝玩。

铃香高声笑着。

27　明的家（夜）

明回到家，打开家里的灯。

她脸朝下地倒在床上。手机响了。

明并不抬头看，只是循声找到手机，接起电话。

明：喂？啊，什么呀。怎么啦。什么？

明突然直起身来。

明：你嘀里咕噜些什么呢？啊，那样呀。

明脸朝上躺下。

明：恭喜了。嗯？啊，那不是很值得祝福吗。结婚典礼？才不去呢。不可能去的吧。你未婚妻说也可以叫我？你这家伙是呆子吗？

1　建造于神户市中央区神户港内的人工岛。

明慢慢起身，移动到别的房间。

明：喂？喂？喂……？

明换好睡衣出来。把为约会准备的洋服挂起来。

明看着手机。

明：呆子。

电话来了。明接电话。

明：我不是说了不去了吗。

电话那头没反应。

明：啊,是樱子吗？对不起。我搞错人了。嗯？庭审又是什么呀。啊，纯的吗。

明叹息。坐在餐桌边的椅子上。

明：那个嘛，我不知道。我也不知道我能不能去。对不起，有电话打进来了。嗯，给我留个信息吧。抱歉。

明按了下手机，把手机贴到耳边，站起来，在室内绕着圈走来走去。

明：噢。因为你是个不说大白话就搞不清状况的呆子，所以我现在给你说说清楚。在这个世界上是不会有新娘愿意在自己的结婚典礼上看到新郎的前妻的。至少我结婚的话是绝对不会请你的。

明挂断电话。甩开手机。

× × ×

明在阳台抽烟，火怎么也点不着。

28　家事法院[1]（白天）

明走在法院的走廊。

×　×　×

明进入法庭。

纯站在证人席。她笔直地看着前方。

已经在旁听席就座的樱子和芙美对视。

樱子脸上只有少许的微笑。明坐到樱子和芙美的附近。

公平的律师（桝井）向书记员提交作为证据的CD。

桝井：这是乙2号证据的第一部分。请大家听一下录音。

桝井让书记员播放录音。录音播放。

公平的声音：你有人了吗?

纯的声音：有人是指?

公平的声音：你有别的男人了吗?

纯的声音：是呀。你的预感没错。我喜欢上别人了。

公平：是吗。他是谁?

纯的声音：是你不认识的人。今天我也和他见面了。

公平的声音：你和那个人已经……

纯的声音：已经睡过了。这种关系持续一年以上了。

桝井抬起手指。

桝井：好了，就到这里为止。

书记员停止播放录音。

桝井：原告，你在这里明确承认了出轨的事实。这与你刚才所

1　日本法院的一种类型，拥有审判与调停家庭相关事件的权限。

说的“自从结婚以来没有不忠”的证词不是互相矛盾吗？这个你要怎么解释？

纯：那个时候我不够冷静。一心只想要伤害丈夫，所以说了谎。

桝井：原来如此。你是想伤害你的丈夫。为什么呢？

纯：什么为什么？

桝井：你刚才做证说，被告没有对你造成过人身伤害。

纯：暴力不只有身体上的暴力。我的丈夫一直在对我精神暴力。

桝井：原来如此。你是指被告在日常生活中经常对你言语辱骂吗？

纯：不。倒不如说，我们几乎不说话。

桝井：从什么时候开始的？你们同居了八年左右吧。

纯：是渐渐变成这样的。现在回想起来，可能他从一开始就有不说话的时候。

桝井：我们现在讨论的是夫妻间到底有没有对话。如果你说“有不说话的时候”，那么意思就是说你们基本上还是有对话的是吧？

纯：并不是实质性的对话。我觉得我理解不了他的话，他也没理解我的话。

桝井：但是，对话还是有的。并不是说你的丈夫没有交流的意愿。

纯：我感觉他并不关心我。没有关心的对话形同虚设。

桝井：原来如此。因为自己没有得到关心，所以就感觉到孤独了吗？

纯：是的。

桝井：你是如何应对这种孤独的？

纯：我还有朋友。和朋友们在一起的时候，我有了心灵支柱。

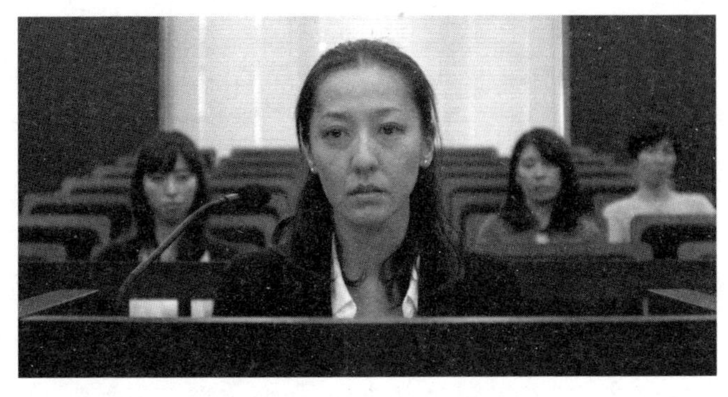

桝井：所谓的朋友是女性吗？还是男性？

纯：女性。

桝井：一个男性友人也没有吗？

纯：也不是完全没有。

桝井：那就是有了。

纯：有。

桝井：和男性友人有单独碰面过吗？

纯：有。但是不多。

桝井：和被告有性生活吗？根据被告的证言，直到你们分居之前都还是没有问题的。

纯：并非没有问题。

桝井：此话怎讲？根据被告的证言，你主动的次数比较多。

纯：我从刚结婚的时候，就想要一个孩子。

桝井：是。

纯：因为我觉得如果有孩子的话，也许能解决我们之间的问题。但是我们一年只做几次，次数已经这么少了，他还总是拒绝我。分居前的一年间，几乎已经没有了。

桝井：你刚才说，你是“一心想要伤害丈夫才说了谎”，对吧？

纯：对。

桝井：如果是那样的话，听起来就像是因爱生恨。

纯笑了。

桝井：你笑什么？

纯：我在想，你可真是浪漫啊。律师先生到底还是个男人呢。

法官：请不要进行与本案件无关的发言。

纯沉默。桝井清了清嗓子。

桝井：被告做证说，他对你的感情一如既往、从未淡去。他也有和你继续沟通的意愿。他觉得只要你愿意，就有修复关系的可能。如果你对被告也还有感情的话，那么难道不是应该放弃离婚，转而努力修复你们的沟通问题吗？

纯的律师：异议。提问的方式有诱导性。

法官：认可异议。

桝井：据被告说，是你自己从某个时期开始拒绝沟通的。

纯：他说得没错。但是，我也不想那样的。

桝井：那你为什么要那样呢？

纯沉默了。

纯：我，被我的丈夫杀死了。

桝井：什么意思呢？

纯：有一段时间，我确实爱着丈夫。我曾经想，要把自己最重要的部分献给丈夫，要做一个好妻子，要支持丈夫。

大家都看着纯。

纯：而丈夫给我的回报，就是践踏这一切。他每天都在向我展示，我所做的一切是多么的毫无价值。我感觉，我最重要的部分在逐渐被他杀死。

桝井：请展示具体的事例。

纯：总结来说就是，丈夫什么都没有做。他就是这样杀死了我。

桝井很困惑。公平凝视着纯。

法官：虽然我理解你的心情，但如果不展示具体的事例，那么我们就无法做出相应的判断。事态会对你越来越不利。

纯的律师抿起嘴唇。明、樱子、芙美目不转睛。

29　家事法院·外（白天）

明、樱子、芙美站在出入口的外侧。

纯走出来。樱子朝纯的方向举起手。

樱子：纯。

纯和律师打了声招呼，就向明她们的方向走去了。

纯：谢谢你们能来。

樱子：你没事吧？

纯：这个嘛……没想到会让你们看到这么难堪的场面。

纯对大家展露笑容。三个人都笑不出来。樱子紧紧地抱住纯。

明和芙美看着她俩。公平在大楼门口远远地看着四人。

明和芙美察觉到公平的存在。公平致意后离去。

30　塚本家（夜）

拓也在厨房舀了一勺咖喱汁尝味道。芙美开门回家。

拓也：欢迎回来。

芙美：我回来了。太好了。

拓也：怎么啦?

芙美：我在路上闻到咖喱味，正想着如果是我们家在做的话就好了。

拓也笑了。

× × ×

两个人面对面站在厨房里。

换好睡衣的芙美在盛饭。拓也接过饭并往上面浇咖喱汁。

芙美：那个……

拓也：嗯?

芙美：公平先生是个什么样的人呀?

拓也：公平先生?

芙美：你不是之前经人介绍还采访了他吗?大概两年前。

芙美从拓也那儿接过盘子，放在书桌上。转向拓也的方向。

芙美：纯的丈夫。

拓也：啊。那个理研[1]的人呀。日野先生。

芙美：是的，就是他。

拓也：为什么问起他?

芙美：没为什么。

拓也从抽屉里取出勺子，递给芙美。

拓也：这个嘛，感觉就是个研究者。虽然他说的话有八成我都

1 全称为“日本理化学研究所”，属于文部科学省的大型自然科学研究机构。

听不懂，但应该是个挺厉害的好人。

芙美：是个好人吗。

拓也：我印象很深，当时能势小姐气势汹汹的，一直在逼问他，但是他完全没有不开心的样子，而是认认真真地一一回答了。

芙美：这样呀。你那个时候也采访了能势小姐呀。

拓也：对呀。她那时候有点迷失，甚至还说要写SF[1]题材呢。

芙美笑了。拓也从冰箱里取出茶，递给芙美。

芙美：迷失得也太远了吧。

拓也：怎么说呢，那会儿我也很嫩。啊，对了。我应该可以开车送你们去有马。

拓也从碗柜里拿出杯子。

芙美：真的？

拓也：能势小姐要写温泉题材的东西。正好要在那段时间去有马取材。

芙美：能势小姐要写温泉题材呀。

拓也坐在桌边。

拓也：我开动了。

芙美：我开动了。

拓也：我也想去露个脸，所以如果时间对得上的话，我可以送你们，说不定还能捎你们回来。

芙美：嗯。谢谢，但是也不用勉强。

拓也：嗯，不会勉强的。

1 Science Fiction的英文缩写，科幻。

芙美：谢谢。

拓也：好吃吗？

芙美：嘻嘻，好吃。

二人吃着咖喱。

31　神户市（早晨）

神户街景。

32　樱子的家（早晨）

良彦正在吃早餐。樱子洗完碗，端着茶坐到桌边。

樱子：昨天呀。

良彦：嗯？

樱子：我去看纯的庭审了。

良彦：庭审，离婚的？

樱子：嗯。

良彦：怎么样？

樱子：看了很难受。

良彦：是吗。

樱子：这样的话是赢不了的。

良彦：唔。

樱子：你不感兴趣？

良彦：不是。

樱子：我们有没有能帮上忙的地方呢。

良彦：什么样的忙？

樱子：不知道。

良彦：那种事情，不是别人可以插手的吧。

樱子：别人？

良彦：你连谁对谁错都不知道。

樱子：谁对谁错都不重要吧？那可是纯啊。

门开了，谁上楼的声音。满上楼来了。

满：我回来了。

樱子：欢迎回家。

满：早上好。

良彦：早上好。你走到哪儿啦？

满：走到车站那儿才回来的。路上遇到了大纪。他可真早呀。

樱子：他说他要去篮球部的晨练。

满：他已经三年级了吧？前阵子大赛不是刚结束吗？

樱子：是的，所以我觉得后辈肯定都很避讳他。

樱子笑着站到厨房。满坐下。

满：这个嘛。啊，不知道我是不是该说。

良彦：啥呀。

满：上周日呀，大纪带女孩子回家来啦。

良彦：欸？

满：说要一起学习，就进屋了。

良彦：你知道这件事？

樱子：不知道。

满：你去打高尔夫了，樱子好像去了什么坊。

良彦：这样啊。

满：我从俳句会回来的时候，那女孩就在了。那之后真是累死我了。我假装自己是个不识相的老婆子，一会儿去房间送水果，“咚咚”，你们要果汁吗？吃晚饭吗？就像这样每30分钟进一次房间。

樱子：这样啊。

满：傍晚的时候女孩子打了招呼就回去了。虽然是个挺可爱的女孩儿，但是……

良彦：但是？

满：但是我今天也碰见那女孩儿啦。刚和大纪擦肩而过，就撞见她了。他们应该是约好的吧。

樱子：这样。

满：你们和大纪谈过避孕之类的事情吗？

良彦：欸？

满：别说我们那个年代了，就连和你们的年代比，大纪这个年代都要开放很多啦。

樱子和良彦对视。

33　病房（白天）

明抱起年长的男性患者远山，把他挪到轮椅上。

栗田笑看这一幕。

远山：好痛好痛。你真是粗暴呀。

明：啊……不好意思。

远山：小柚月可比你温柔多了。

明：真是不好意思呢。小柚月被借去门诊部啦，下周才回来。

远山：还比你柔软呢。

明：真的吗？那真是太不好意思了。

栗田：远山先生，你这属于性骚扰了。

远山：啥呀，你那张脸看上去才像是会性骚扰的人呢。

栗田：那真是非常抱歉了。

栗田笑了。香织穿过走廊。

远山：噢——小柚月——

远山挥手。香织也挥手。

明：你以为她是偶像吗。

远山被安置在轮椅上。

明：好嘞，那我们就出发了。

明推着轮椅，把患者推入走廊。

34　食堂

明与香织面对面吃饭。

明：远山先生那之后也一直“小柚月、小柚月”地叫呢。

香织：他那股劲头是怎么回事呀。

明：应该是马上要手术了，心里很慌吧。

香织：可能是吧，远山先生虽然嘴硬，但其实很胆小的。

明：噢？

香织：和我爸爸很像呢。

明：你明天会回来住院部吧？

香织：是的，请多多指教。

明：你也差不多该独当一面了，否则我也很头疼呀。

香织：是。

明：柚月你呀。

香织：是。

明：你最好犯一次大错。

香织：欸?

明：现在总是在重复一些很小的失误吧。

香织笑了。

香织：是。

明：所以如果能犯一次大错就好了。

香织：大错。

明：度的把握真的有点难，得是那种差一点点就无法弥补的大错。

香织：超级难呀。

明：这种错也不是想犯就能犯的，但如果不来一次的话，你就不会知道这份工作真正恐怖的地方。

香织：真正恐怖的地方。

明：你现在完全是因为紧张感不够，所以总是有小失误。

香织：对不起。明前辈犯过错吗?

明：做这份工作没有不犯错的人。我也会犯错。

香织：是。

明：我曾经犯过那种差点就要转行的大错。

香织：这样呀。

明：那个时候是前辈帮了我。所以我在想，如果在我还带你的时候，你能够犯一次大错，那就好了。

香织低下头。

香织：谢谢。

明：干啥呀。

香织：感觉前辈很可靠。

明：别依靠我呀，呆子。

香织：啊，对不起。

明喝着味噌汤。香织垂目。

香织：怎么说呢，有点难以想象。

明：什么？

香织：我是不是有天也能像槙野前辈那样自信地指导别人呢。

明：柚月你吗？我也难以想象呢。

香织笑了。

香织：确实难以想象呢。门都摸不着。

明：哎呀，但是呢，我觉得总有一天你会一步一步地、一边犯错一边成长起来的。

香织：是。

明：倒不如说，我现在对自己也很宽容，觉得犯点小错也可以。

香织：这样吗。

明：因为人不能一直绷着呀。需要在不那么危险的地方歇口气。稍微犯点小错，就会觉得“不行不行”，然后再把皮绷紧。就这样循环下去。

香织：这境界，真厉害。

明：嘿嘿嘿。

明喝茶。

35　肉店（白天）

纯在肉店劳作，用板刷打扫地板。

×　×　×

纯炸着可乐饼。

×　×　×

纯笑着把便当递给客人。

36　纯的公寓前（白天）

拿着购物袋的纯爬着石阶来到公寓前。能看见海。

在公寓前，穿着便服的公平一动不动。一看见纯，他便站了起来。

纯看着公平。公平也看着纯。

纯：我要叫律师了。

公平：你叫吧。在律师来的这段时间里，我想和你说两句话。

纯打开公寓的门，走进去。

×　×　×

纯爬上楼梯。公平问她。

公平：我可以进来吗？

纯没有回答。公平爬上楼梯。

×　×　×

纯在厨房把买的东西取出来。公平进来了。

公平：这房间不错呀。

纯没有回答。

公平：租金多少？

纯：三万五千。

公平：真厉害呢。

纯取出手机。公平看着窗外。能看见海。纯打电话。

纯：喂？我是吉川。不好意思。我丈夫到我家门口来了。是的。他现在硬闯进来了，我现在把自己反锁在厕所里。您能来一趟吗？

公平看着纯。纯也看着公平。

纯：是的，拜托您了。报警？不，还没到那个地步。没关系。

纯挂断电话。看着公平。

公平：你是没有胜算的。

纯不回答。

公平：我连精神鉴定都做了。结果完全正常。

纯：那种东西本来就不可信。

公平：你收手吧。都不需要等判决结果。你这是在浪费时间和金钱。

纯：收手了又能怎么样？

公平：我希望你回来。

纯打开冰箱，放入买来的蔬菜。

纯：你要大麦茶吗？

公平：你如果之后要对大家说我是硬闯进来的，那就不能给我倒茶送水吧。

纯：能帮我开一下窗吗？

公平开窗。纯从冰箱里取出大麦茶。

纯：我是不会回去的。不管判决结果是什么样，我都不会回到你身边。

公平：那也没关系。但是，我们终归是夫妻。

纯：那种东西，只不过是一张废纸罢了。只要持续分居六七年，就算你不愿意也得离婚。

公平：你离婚后打算怎么办呢？让你现在的情人养你？

纯：肯定不会那样。

公平：如果我不管你的话，你到死都会是一个人的。

纯：那样的话，不是和之前也没什么差别吗。

纯双手端着装了大麦茶的杯子，走近公平，在他面前停下。

纯：我一直都是一个人。

纯往公平的头顶倒大麦茶。

公平掏出手帕擦脸。

公平：你呀，真是不擅长这种事情。

纯：什么意思。

公平：我不会生气的，也不会打骂你。

纯：真无聊。

公平：我该怎么做呢？

纯：啥也别做。

公平：我想做出改变。

纯：不可能的吧。

纯把两个杯子放到窗边。

纯：事到如今，我也不想让你改变了。

纯退了一步，抱着胳膊，看着坐在窗边的公平。

公平透过窗往下看。

公平：二楼死得掉吗？

纯：如果折到脖子的话应该会死吧。

公平：你想杀了我吗？

纯走向公平。把手放在他的肩上并向后推。

公平没有完全向后倒下。纯跪倒在地。

公平抱紧纯。纯扭过身子走开了。

纯：请你回去。

公平站起来，喝另一个杯子里装着的大麦茶。

公平走下楼梯。能听到海浪的声音。

37　路上（白天）

樱子一个人站着，纯向她走去。

互相微笑的樱子与纯。

明来了，对二人挥手。

明：早上好。

樱子·纯：早上好。

明：芙美和拓也先生呢？

樱子：还没到呢。我去买点喝的。

樱子离开。明伸了个懒腰。

纯：昨天值夜班啦？

明：嗯。

纯：辛苦啦。

明：要是现在泡进温泉里，感觉整个人都会化开来呢。

纯边笑边看着明。明看着纯。

明：你看啥呢？我脸色很差吗？

纯：不是的。只是觉得你最近一定很受欢迎吧。

明笑了。

明：说啥呢，这么突然。

纯：我觉得你好棒呀。

明：啊，这样呀。

对话中断了。明没有看纯，开始说道。

明：之前对不起了。说了很过分的话。

纯：没事，那些话也算是我引你说出来的。

纯看着明。

明：我不能原谅谎言。如果你对我说谎了，那我们就做不成朋友了。

纯：我明白了。对不起。

明：基本上你说什么我都会相信的。所以如果你对我撒了谎，对我来说就像是地动山摇一样。所有东西都晃晃悠悠的，人都要站不住了。

明做出一副“站不住的样子”。纯笑了。

明和纯对视后笑了。樱子回来了，看着正在笑的二人。

樱子：怎样？和好啦？

明：说啥呢。我们不是一直都很好吗。对吧？

纯：对的。

樱子笑了。车抵达环形交叉口。

芙美：早上好。怎么啦？看上去很开心嘛。

拓也从驾驶席上下来。

拓也：早上好。

明 · 樱子 · 纯：早上好。

拓也把后车厢打开，把大家的行李搬进去。

38 车内（白天）

拓也开着车。芙美坐在副驾驶席上。纯和明占据了后座，樱子位于二人中间[1]。

明：拓也先生，今天真是不好意思呢。

拓也：没有的事。没关系的。我今天也是有工作要去那儿。时间能对上真是太好了。

明：是取材之类的吗?

拓也：一起合作的作家这次要写温泉题材的短篇系列，不是有草津、箱根、别府之类的地方吗?

明：这样呀。

拓也：但是我们也没有经费跑那么多地方，所以就先从有马开始了，现在正在写呢。

明：传说中的闭关写作呀。

樱子：是哪位作家呢?

拓也：能势梢你们有听说过吗?

樱子：没有。

拓也：没听说过吗。果然呀。

明：我记得她很年轻来着?

1　原文是“纯与樱子占据后座，纯和明把樱子夹在中间”。但是既然樱子已经占据了后座之一，那她就不会被夹在中间，所以此处译者判断原文有误，做出了相应的修改。另外，电影里大家实际的位置是明和樱子把纯夹在了中间。

拓也：今年25岁。出道很早，也算小有名气吧。

纯：是写了《白玉》的人?

拓也：啊是的。你知道呀?其实我们也采访过公平先生。

纯：啊。我读《白玉》的时候哭得可惨了。

拓也：欸?有那么催泪吗?

纯：刚好很符合我当时的心境。原来那本书是拓也先生做的呀。

拓也：真的吗。听你这么说我很开心。

樱子：这样呀。

拓也：下次我们会在PORTO办朗读会。

芙美：是的是的，鹈饲先生会来当嘉宾。

明：真的假的?那家伙靠谱吗?

拓也：大家都那么说呢。虽然现在还有点早，但我希望大家有时间的话一定要来。

明：好嘞。这样呀，嘉宾是鹈饲君呀。什么时候办?

明掏出手账。樱子紧随其后。纯看着她俩，也掏出手账来。

拓也：十月的第一个星期六来着。

芙美：啊，是的没错。

明：能去!

樱子：原来时间这么近呀。

明：没关系吗?

樱子：星期六是吧?晚上吗?

拓也：是晚上。

樱子：没啥大事的话就能去。

纯：我也想去呢。

樱子：去不了吗？

纯：我真的非常想去。但是还定不了日程。

明：哎呀，你决定日程的时候把想去的活动优先排在前面不就好啦。

纯：好有道理。

拓也：等宣传单做出来，我给大家发一份。能势小姐在有马写的短篇，我们应该能在出版前就读到。

明：拓也先生这次也在有马住一晚吗？

拓也：对的。

明：和25岁的女性作家一起？

拓也：你好像八卦杂志呀。

拓也笑了。明从后面摇芙美的肩膀。

明：等等，等等。芙美，你不担心吗？

芙美：你好吵呀。

拓也：不不不，如果有啥的话，我就不会带大家去了吧。

拓也笑了。纯与樱子看着这一切，也笑了。

39 旅馆的房间（白天）

四人进入旅馆房间。明打开窗。

明：噢噢，哎——呀！

纯：那么，我们要上哪儿转悠呢……

四个人坐在桌边。

40　温泉街（白天）

四个人一边吃着在店里买的小吃，一边走着。

大家挑选着有马的特产店。

41　马路（白天）

纯一边看地图一边走着。其余三人跟着纯走。

大家一起在川边走着。

明：啊。

明在对岸看见了什么。其余三人也看向那个方向。

拓也与能势梢（25）在对岸并肩走着。

梢戴着遮住眼睛的帽子，几乎看不见她的脸。

明：喂——

拓也察觉到四人。拓也笑了，挥手。

四人挥手。拓也在对岸向梢说明情况。

梢也向四人打招呼。四人笑着回礼。

对岸的拓也与梢往四人的反方向走去。

四人也重新上路。

42　鼓泷前（白天）

瀑布飞流直下。有几个观光客在那儿。四人接近瀑布。

纯：声音真响。

樱子：真的。

芙美凝视着瀑布飞流。纯看着芙美。

纯：我们拍纪念照吧。

芙美：欸?

纯拜托位于附近的叶子（28）。

纯：可以帮我们拍张照吗?

叶子：啊，好的。

纯：拍我们四个。

纯让大家在瀑布前站好。

纯搭着樱子和芙美的肩。

明：怎么还有这种环节。

纯：拍照一定要笑呀。快点，芙美也笑一个。

芙美：嗯。

明抱住芙美的肩。四人勾肩搭背。

纯：如果能笑着拍照，那之后翻照片的时候，就算不记得当时发生了啥，还是会觉得那会儿真是开心呀。

明：说啥呢，实际上也确实很开心呀。

樱子和芙美笑了。

叶子：准备好了，我要拍啦。

叶子按下快门。

叶子：啊，再来一次。

叶子变换各种角度，按了好几次快门。明笑了。

明：你到底要拍几张呀。

叶子把相机递给纯。

叶子：不好意思。但是大家的笑容都很美。

纯：谢谢。

明·芙美·樱子：谢谢！

四人确认纪念照。

四人搭肩笑着的照片。

43　旅馆房间（夜）

四人穿着浴衣围坐在麻将桌边打牌。

明：噢，来了。

樱子拿起明扔掉的牌。

樱子：好嘞，食和啦。

芙美：啥——你又和啦——？

樱子：七对两番。

明：不是吧——！

纯一边笑一边看着大家。芙美翻看规则册。

芙美：食和的话，除了明我们都不用付钱的吧？

纯：是的是的。

芙美：太好啦。

明：樱子你真是深藏不露啊。

樱子：我奶奶很喜欢麻将，小学的时候经常陪她玩。

芙美：这样呀。

樱子：大家都说这么小就接触这么好玩的东西，以后的人生就废掉啦，被那样说了以后就更想玩了。

芙美：真意外。

纯：人生不颓废点还有啥意思呢。

明：没啥意思。

樱子笑了。

樱子：长大以后几乎没怎么玩了。最近会玩的人好少呀，连那些男的都不太会了。

明：良彦先生会玩吗？

樱子：他从来不玩。我也没告诉过他自己会玩。

明：啥呀，装什么淑女。

樱子：才没有呢，只是没有机会告诉他。

芙美：拓也会玩的呢，我记得。

樱子：真的吗？他那张扑克脸玩起来一定很强。

纯：那把他叫来吧？

明：叫来吧，和芙美组队玩不是挺好吗。可以让他教教芙美。

芙美：没关系，还是算了。

四人沉默。

明：芙美，你是不是有点烦躁啊。

芙美：烦躁？我吗？

明：因为你看到了那个。

芙美：那个？他们只是在走路吧。

明：唔……

芙美：干吗？

明：今天很想追问一下你呀。

纯：你就饶了她吧。

芙美：我的事情你们就别管啦。

明：我总觉得，你和你老公有点奇怪。

芙美：哪里奇怪？

明：你们不是也会对话吗？

芙美：嗯。

明：但是总觉得有种很表面的感觉。虽然这最多只是我这个外人的感觉，你俩之间的事我也不是很清楚。

芙美：表面？

明：我也不是很明白，但总有那种感觉。就像是，你们之间有一层隔膜一样的东西。怎么说呢，没有彼此触摸的感觉。

芙美沉默了。

明：那层隔膜呢……是叫能势吗？你老公和她走在一起的时候，就没有那层隔膜，看上去也更放松。

芙美：你这番话。

明：唔。

芙美：我听了以后又能怎么样呢？

明：也不是说非要怎么样。

芙美：那你说这些干吗呢……

明：你生气了？

芙美：也不是生气。

纯：大家都在担心芙美噢。

芙美：担心？

纯：你是不是想说“还是担心一下自己吧”？

纯和明笑了。芙美摇头。

纯：我能感觉到你一直在替大家担心。总是在考虑最好的方案。总是想着，有没有大家都不受伤的办法。

芙美：也没有吧。

纯：但是，这样的你也令我们担心呀。我们会担心你真的有在开心吗，真的说了自己想说的话吗？

芙美沉默。

芙美：我一直都很开心呀。和大家在一起就会开心。但是……

纯：但是？

芙美：但我也不觉得想说什么就非要全说出来。我不觉得如果我把想说的话全部说出来，大家就会接受我。

明：说啥呢。

芙美：其实我呢，真的是非常任性的人。

明·纯：早就知道啦。

四人笑了。

芙美：是吗。

纯：完全藏不住呀。

明：而且还很顽固。

芙美：那我不是白白忍耐了吗。

芙美笑了。

纯：是的呢。芙美和樱子是顶级任性的呀。

樱子：我也任性？

纯：是的呢。

明：我呢？

纯：明也有让人担心的地方。因为你是胆小鬼呀。

明：有些事情就是很吓人的嘛。纯呢？你已经没有害怕的东西了吗？

纯：我也有超多害怕的东西呀。

明：是吧。

纯：总是踟蹰不前的。

明：嗯。

纯：但我现在也不想放弃了。

三人看着纯。

纯：我感觉我现在能看清真正的生活中的点点滴滴。

明：真正的？

纯：不知道别人会怎么想我。但是，当我有想要的东西的时候，我就会直说。我已经不想再放弃了。

芙美看着纯。

明：好贪婪呀。

纯：是吧。

樱子：但是怎么说呢，我现在……

纯看着樱子。

樱子：感觉纯在做自己了。

纯：啥呀。

纯笑了。

樱子：这样呀，原来纯是这样的人呀。明明我一直都知道的，但有种现在才知道的感觉。

纯：真的?

樱子：嗯。

纯：那，初次见面。

樱子：嗯，第二十五年的初次见面。

明：真厉害。

芙美：四分之一个世纪。

纯：你的名字是?

樱子：欸？啊，我是井场樱子。

纯：真是个好名字呢。

樱子：谢谢。你的名字是?

纯：我叫纯。

樱子：啊，真是个好名字。

纯：初次见面。

纯对明说。

明：初次见面。我是明。

纯：真是人如其名呀。

明：真的吗?

纯：感觉只要有你在，周围就会明亮起来。初次见面，我是纯。

纯对芙美说。

芙美：我是塚本芙美。初次见面。今后请多多关照。

芙美把手叠起来行礼，低着头。

纯：什么呀，我正要说真是个好名字呢。

芙美：才不要，我对这种事情很害羞的。

纯：不需要害羞！

明：就是说。我们已经是互相从头发丝看到脚后跟的朋友了。

樱子：你是大叔吗。

纯去到芙美身边，强硬地把耳朵贴到芙美的腹部。

纯：今天一定要听芙美腹部的声音。

芙美：不要，我不喜欢这个。

纯：要的要的。

明：要的要的。

明和樱子也站起来，跑到芙美身边。

芙美：等等，你们干吗。喂！

三个人交错着叠在芙美身上。

四个人笑着。夜更深了。

44　旅馆前·停车场（白天）

明、樱子、芙美乘上拓也的车。

三人在车中挥手。纯也挥手。

发车了。只剩下纯留在原地。

×　×　×

纯独自行走在有马温泉。

纯把脚伸进足浴温泉。

45　巴士（白天）

纯在咯噔咯噔的车内坐下。

叶子：啊。

纯循着声音的方向看去。是叶子。

二人打招呼。

纯：你是之前帮我们拍照片的人。

叶子：你是那个四人组的。

纯：是的，那时候真是多谢你了。

叶子：没有的事，我拍得怎么样？

纯：拍得很好。啊，对了，看这个。

纯笑了，向叶子展示手机。

叶子怯生生地坐到纯的邻座。

纯的手机屏保是四人勾肩搭背的照片。

叶子笑了。

叶子：啊，像乐队一样。

纯：是的呢，我也觉得。

纯笑了。巴士发车。

纯和叶子并排坐在巴士后方的座位上。

纯：你不是当地人吧？

叶子：嗯，我是从三重那边来的。

纯：这样呀，为什么来这里呢？

叶子：因为我喜欢瀑布，所以想走遍全国。

纯：这样呀。

叶子：其实连我的名字也叫泷[1]野叶子。

---

1 “泷”在日语里有“瀑布”的意思。

纯：这样呀。

叶子：总觉得自己和瀑布很有缘呢。

纯：你已经要回去了吗？

叶子：我本来计划要晚点回去的，但是突然有点事情必须要回老家。

纯：欸？那个……

叶子：嗯。

纯：我可以问吗？

叶子：啊，嗯。都可以问。

纯：是因为你的家人生病了吗？

叶子：唔，也可以这么说吧。我也不太清楚。

纯：不太清楚？

叶子：那个，好像是我爸爸受伤了。

纯：哎呀。

叶子：但是我的父亲总是撒谎。

纯：噢……

叶子：其实我也挺纠结的，不知道这种事情可不可以对第一次见面的人说。

纯：可以的哟，也有些事情只能对第一次见面的人说。

叶子：嗯，我老家在三重经营培育橘子的温室。昨天我爸爸好像是在修葺塑料棚之类的东西，结果从梯子上掉了下来。

纯：唔，是平安无事的故事设定对吧？

叶子：故事设定？

纯：那个，你刚才不是说你父亲是在说谎吗。

叶子：据说好像是没什么事情，但是不清楚呢。

纯：怎么说?

叶子：因为爸爸总是说谎呀。以前爷爷去世的时候，我当时大概6岁左右，我爸爸和我说爷爷去大阪工作了。

纯：这谎撒得真是微妙呀。

叶子：是的呢。太微妙了。然后，我被爸爸骗了大概有一整年。

纯：噗……

叶子：我真的完全没有察觉到。

纯：应该有葬礼之类的吧，没有办吗?

叶子：我爸爸说那个是在办派对。

纯：不是有瞻仰遗容的环节吗，还会往棺材里放花之类的。

叶子：我那时候太累了，已经睡着了。

纯：那样呀，没想到你爸爸的谎撒得那么顺利。

纯笑了。

叶子：是的。爷爷去世以后，家里人也不太提到爷爷了。

纯：嗯嗯。

叶子：我也以为爷爷在大阪过得很好，没在意这件事。然后，有一天晚饭后。

纯：嗯。

叶子：有个人来我们家拜访。好像是爷爷生前的朋友。

纯：嗯。

叶子：这个人进门后，我们给他上了茶。然后，这个人就开始缅怀爷爷了。

纯：那也是很自然的呀。

叶子：然后，我就想这个人有点奇怪呀。怎么说得像是我爷爷死了一样。

纯：嗯。

叶子：我就有点不开心了。因为我以为我爷爷还活着。

纯：为什么还没发现呀？

叶子：这个嘛，人的认知是很难改变的东西呀。

纯笑了。

叶子：然后，那个人说他想给爷爷上香，我就想我必须要说点什么了。如果爸妈因为照顾客人的面子不能说真话，那就由我来说吧。

纯：嗯，然后呢。

叶子：然后，爸爸就把客人带去佛坛了。我正觉得奇怪，就瞄了眼佛坛。结果，那里明明白白地摆着爷爷的照片。

纯：那肯定摆着的呀。

叶子：是的呢。清清楚楚地摆着呢。

纯：为什么没注意到爷爷已经去世了呢？

叶子：怎么说呢，这就是所谓的灯下黑吧。

纯：真有那种事吗。

叶子：也是呢。

纯：说谎的人确实不太对，但是被骗的人也有问题呀。

纯和叶子笑了。

纯：然后，那个骗子老爸现在又说自己受伤了。

叶子：是的呢。我爸爸那副样子，他说什么我都没法相信了。

纯：是的呢。

叶子：我觉得，可能爸爸其实是因为别的原因而身体不好吧。

纯：为什么那么想？

叶子：昨天的电话是妈妈打来的，妈妈的声音有点奇怪。

纯：奇怪？

叶子：是的，可能是在哭。

纯：啊。

叶子：她肯定是在哭，嗓子都有点哑了，都这个状态了还和我说爸爸是从梯子上掉下来的。我听了立刻就慌了。

纯：那倒是。

叶子：所以我就想今天回去吧。

纯：那倒是。

叶子：和你说了莫名其妙的事情，真不好意思。

纯：没事，在问你之前我就有心理准备了。

叶子：真的吗，谢谢。

叶子轻微地低下头。

纯不说话了。

叶子：对不起，说了这么阴沉又奇怪的事情。

纯：没有的事，谢谢你能告诉我。

叶子：不过，也可能只是轻微的扭伤。

纯：到底是怎么回事呢。

叶子：是的呢，所以我想回去确认一下。

纯：一定会是好结局的。

叶子：嗯。

纯：说回来，这故事还真是奇怪呀。

叶子：啊，真是不好意思。

二人笑了。

叶子：啊，你的三位朋友呢？

纯：她们三个下午都有事，所以我想一个人再在有马待一会儿。

叶子：大家都是学生时代的朋友吗？

纯：不是的，大家都是30岁之后认识的。

叶子：这样呀。

纯：准确地说，只有一个人是从初中开始就认识了。

叶子：认识好久呀。

纯：是的呢。

叶子：那大家是怎么互相认识的呢？

纯：是我把大家拉到一块儿的。

叶子：啊，你看上去确实挺热心的。

纯：嗯，我喜欢把大家聚到一起。

叶子：啊……

纯：你现在也觉得我看上去确实挺爱管闲事的吧。

叶子：不是的。

叶子笑了。

纯：我和那三个人是在不同的地方认识的。然后我就想着，应该让这么好的人们碰面，想看看她们认识的话会怎么样。

叶子：结果呢？

纯：中大奖了呀。

纯笑了。叶子也笑了。

叶子：真是好厉害呀。

纯：哪里厉害？

叶子：等我过30岁的时候，也能遇到那样的朋友就好啦。

纯：你现在几岁呀？

叶子：28岁。

纯：肯定能遇到的啦，之后也会自然交上很多朋友的。

叶子：是很自然的事吗？

纯：很自然的。因为真的有很多很好的人。想不喜欢上他们都难呀。

叶子：是的。

叶子笑了。

纯：如果你能喜欢上很多人的话，其中也会有喜欢你的人吧。

叶子：不过，我觉得那是因为你自己就很好呀，所以才能喜欢上很多人，也被很多人喜欢。

叶子用手指了指纯。

纯：欸？

叶子：你很好。只是和你聊了会儿天，就知道你很好啦。

纯：谢谢，我自己从来没注意到。

叶子笑了。

纯：你也很好哟。

叶子：谢谢，你是做什么工作的呀？

纯：现在没有工作。

叶子：啊。

纯：更简单地说，我原本是个家庭主妇。

叶子：原本？

纯：准确地说，今天会知道结果。

叶子：今天？

纯：我现在正在打离婚官司。马上要出判决结果了。就是今天。

巴士放慢速度。

叶子：这样呀。

纯：是的。

叶子看着纯。纯笑了。

叶子：我要下车啦。

巴士停下。叶子站起来。

纯：谢谢你给我们拍照片。

叶子：我才要向你道谢。

叶子低下头。纯挥手。叶子下车。

巴士出发。咯噔咯噔的车内，只剩纯一人。

巴士驶入隧道。车内被黑暗笼罩。

46　行驶中的电车（白天）

驶出隧道后，电车的窗外是海。

大纪和由纪（15）并排坐着，互相倚靠着睡觉。

大纪：我会想办法的。

电车继续行驶。

47　路上（白天）

明穿着无袖上衣，向咖啡馆走去。她在红绿灯的地方停下。

48　咖啡馆（白天）

明走进咖啡馆。樱子、芙美和公平已经沉默地坐在桌边。

明也入座。对店员说道。

明：冰咖啡。

店员：好的。

明：所以是怎么回事？

公平：正如我在电话里说的那样，我联系各位是想打听一下，关于纯的下落各位有什么线索吗？

明：我们这边也有很多想问的事呢。

公平：槙野小姐，您真的什么都不知道吗？

明：不知道。纯失踪多久了？

公平：已经过去三周了。

明：为什么你不早点告诉我们呢？

公平：那也不是对谁都能说的事吧。我自己也在到处找她。

樱子：她的家人也一无所知。还有，虽然还不确定……

樱子看向公平。

樱子：纯怀孕了。虽然她没有明确和我说过。

公平：我知道。我向她本人确证过了。

明叹气。

明：她的情人也一起消失了？

公平：他什么都不知道。而且，纯很久以前就和他分手了。

樱子：怎么会。

明：也可能是假装分手。

公平：我雇侦探查过了。确实是分手了。

明抱起胳膊看着公平。

芙美：公平先生，找到纯的最简单的方法，就是您接受离婚。

公平：我知道。

芙美：如果您担心纯，希望她回来的话，您就应该那样做。

公平：我做不到。

芙美：为什么？

公平：她违反了规则。

明：哈？

公平：结婚，就等于认同社会规则，并进入这种规则。

明叹气。

公平：结婚并非绝对的契约，当然也可以消除这种关系。但是，既然结婚了就必须要遵守规则。我从来没有违反过规则。就算要离婚，也要按照规则来。

明：规则规则的，你烦不烦啊。

公平：您说我烦，这难道不是很奇怪吗？我这是在回答您的提问。

明：我明白纯为什么要离开你了。

公平：是吗，那请您告诉我为什么。

明：你这人一点温度也没有。

公平：温度。

明：感觉我不是在和人说话。受不了你这种。

公平：那我应该怎么办呢？

明：怎么着都没用了。纯也是那样想的吧。

公平：那么，我希望能听到纯自己亲口说。那很奇怪吗？我只是想和她谈一谈而已。

樱子、芙美看着公平。

明：庭审的时候，你看到纯那样受伤，就一点想法都没有吗？

公平：是她想要上法庭的。我完全无法理解。

明：算了吧，你这辈子都没有办法理解的。

公平：那种官司，对她而言是没有胜算的。只是在浪费时间和精力，还会损害彼此的社会形象。

明：那种事情根本无所谓吧。

公平：是的，确实无所谓。

樱子：公平先生，您真的完全不知道纯去哪里了吗？

公平：完全不知道。

樱子：我很担心纯的身体状况。

公平：是的，我想为她准备一个良好的生育环境，也想见孩子。

明、芙美、樱子看着公平。

樱子：但是，那样您不会难过吗？

公平：那是我的孩子。

明：你这家伙，现实一点吧。

公平：我计算过日子了。是我的孩子。

大家沉默。

明：你该不会是来硬的了吧？

公平：我不会做那种事的。

芙美：等一下。那就是说，纯现在是怀着您的孩子失踪了，是这么回事吗？

公平：是的。在纯失踪前我们谈过好几次，毕竟有孩子的话情况就不一样了。如果纯愿意回来的话，可能我们的关系也终于能有一些改变了吧。如果有孩子的话，或许我们还能够继续在一起。

明、樱子、芙美愕然地看着公平。

公平：如果你们有什么消息的话，请联系我。

公平放下名片，拿起账单离去。

明换了个更为松弛的姿势。

明：脑子没病吧。

樱子：是真的吗。

芙美：你是说纯怀了公平先生的孩子这件事？

樱子点头。

明：那是他的幻想吧。

樱子和芙美沉默。

明：如果不是那样的话，那不就变成纯在骗我们了吗？

樱子：骗我们……为什么？

明：因为很丢脸不是吗，和正在打官司的老公做……

芙美：明。

明：都是假设而已。

樱子：到底该怎么办呢。

明：怎么办是指？

樱子：该怎么做才好呢。

明：已经没有我们能插手的地方了吧。纯一步步都准备好了，这些都在她的计划之内。

芙美和樱子看着明。

樱子：有没有可能是遇到了事故之类的？

明：没可能的。租的屋子也全部好好地退租了不是吗。

樱子叹气。

樱子：为什么纯一句话也没和我们说呢。

明：别搞得好像只有你自己受伤了一样。

樱子吃了一惊。

明：芙美和我也在努力消化这一切呀。

明看着樱子。

明：纯什么都没和你说吗？

樱子点头。

明：怀孕的事情呢？

樱子：她没和我说过。

明：为什么什么都不说呢。

樱子：可能纯也不知道这件事情能不能和别人说。

明：什么叫别人呀，你这说法算什么。

芙美：明，樱子和我们是不一样的。

明：哪里不一样了。我们是朋友吧。和认识多久这种事情没关系吧？

芙美：我也觉得没关系。但是，还是不一样。

明：什么意思。

芙美：我觉得这样也没关系。如果这真的是纯自己的选择。

明：就算被骗了也没关系？

芙美：也不能说是被骗吧。纯只是什么都没说而已。明之前不是也说过吗，有些事情一旦说出口就会变味。那种感觉我也会有。有时候如果不想说谎的话，就什么也说不出口了。

明看着芙美。

芙美：但是，我也不觉得所有人都能够想法一致。因为我也不能直接体会到樱子有多难过，明有多难过。

樱子看着芙美。

明：芙美，你为什么总是那样。

芙美：我总是哪样？

芙美看着明。

明：我很难过。那么重要的朋友，出了那么重大的事情却不和我说，我真的很难过。我也知道自己这样很孩子气。但是我也控制不了呀。

芙美：嗯。

明：什么事情都用脑袋处理，那不就和纯的丈夫一样了吗？

芙看着明。明沉默了。

樱子：明，你为什么要说那种话呢。

明看着樱子。

樱子：你有没有想过，也许让纯难以开口的正是我们？

明：是我们？

樱子：纯没告诉我们，难道不是因为她觉得我们没办法理解她吗？

明：那只是你自说自话（那样想的吧）。

樱子：自说自话的到底是谁呀。

明看着樱子。无言。三个人都沉默。

樱子：如果我有重要的事情，我也不会对明说的。就算和你说了，你也只会用自己的标准来衡量别人罢了。在你这种人面前，是说不出真心话的。

樱子看着明。

明：是吗，那你自己又好到哪里去？别拿我撒气了。

樱子起身离去。只剩下明和芙美。

49　医院·护士站—走廊

明正在确认要给病人注射的胰岛素。

明：柚月，你来做一下双重确认。

香织：啊，好。

香织用手点着指示表。

明：横田先生，餐前血糖值242。

香织：对。

明：吃了七成饭，九成菜，所以和之前一样，4个单位。

明向香织展示针筒刻度。

香织：对，4个单位。

明：远山先生，餐前血糖值290。

香织：对。

明：饭菜都吃完了，所以和之前一样10个单位。

明再次向香织展示针筒刻度。

香织：对，10个单位。

香织瞄了眼用餐表，露出稍许讶异的神色。

明：广濑先生。

香织：啊，嗯。

明：餐前血糖值189。

香织：对。

明：饭吃了四成，菜吃了两成，所以要比上次减2个单位，就是2个单位。

香织：对，2个单位。

明再次向香织展示针筒刻度。

50　医院·走廊（白天）

明从电梯出来。

她推着装着注射用具和档案的推车走着。

香织从逃生楼梯的门中冒了出来。她的呼吸十分急促。明吓了一跳。

香织：槙野前辈。

明：什么？怎么啦？

香织：对不起。

香织从推车中取出用餐表确认。

香织：果然。

明：什么呀。

香织：远山先生今天午饭剩了一半以上的饭菜。

香织向明展示表格。

香织：如果不减2个单位的话就过量了。

明叹气。

明：谢谢，是我把今天的表和昨天的搞混了。

香织：今天中午，我偶然去了一趟远山先生的病房，所以……

明瞄了眼香织。

香织沉默。明看着香织。

明：你过来一下。

明打开逃生楼梯的门，把香织拉了进去。

× × ×

逃生楼梯处只有她们二人。

明：你为什么刚才双重确认的时候不说呢？

香织答不上来。

明：你是在顾虑我吧？

香织：对不起。

明：我不是要你说对不起，我是在问你为什么。

香织：因为我觉得槙野前辈不可能搞错，一定是我自己看错了。

明叹气。

明：你想让我成为杀人犯吗。

香织：对不起。

明：不要道歉了！

香织看着明。

明：太奇怪了吧。

香织垂下视线。

明：我有那么不好说话吗？我如果犯错，你直接指出我的错误不就好了吗？

香织：对不起。啊，对不起。

明：你写下来，险些医疗过失。

香织：这个没有严重到要写进报告吧。

明：你是呆子吗？你说这话是认真的吗？

明看着香织。

明：如果这都不算险些医疗过失，那什么算呢？你有点自觉吧。这不是夸大其词，我们的手里可是捏着别人的命啊。

香织：是。

明走下楼梯，回头。

明：可以把推车推来吗？

香织：欸？

明：要全部重新确认。

香织：别的都没有问题呀。

明：我没办法信任你。

香织看着明。

明：你完全没起到双重确认的职能。如果只是想和别人和和气气地工作，那你还是去别的地方吧。真是添麻烦。

明走下楼梯。

香织叹气，打开门，回到走廊。

无人的空间。从下面传来一声“啊啊！”的叫声与乒零乓啷的声响。

香织开门回到楼梯间，赶紧下楼。

51　井场家（傍晚）

樱子在客厅叠衣服。

楼下传来前门打开的声音。

有谁上楼的脚步声。是大纪。

大纪：我回来了。

大纪站到樱子身旁。

樱子：怎么了。

大纪：那个呢。

樱子：嗯。

大纪：我有事想和你商量。

樱子：什么呀。

大纪：那个呢。

樱子：嗯。

大纪：我有一个女朋友。

樱子站起来。

大纪：唔，她怀孕了。

樱子：欸?

大纪：能不能借我点钱。

樱子：等等。

樱子打手势制止大纪。

樱子：我有点听不懂你在说什么。

大纪：因为要堕胎，所以想借点钱。

樱子条件反射地打了大纪一巴掌。

52 PORTO（夜）

芙美与鹈饲坐在桌边，没什么交流。

鹈饲瞄了眼朗读会的宣传单，看着芙美。

芙美看着窗外。

鹈饲：这个朗读会……

芙美：是。

芙美看向鹈饲的方向。

鹈饲：是芙美小姐的丈夫策划的吧。

芙美：是的，请多多关照。

鹈饲：这位小说家还很年轻吧。

芙美：是的呢。

鹈饲：好漂亮呀。

芙美：是的呢。

鹈饲：虽然她的书我一本都没读过。

芙美：如果您需要的话，我可以借给您。

鹈饲：果然还是必须要读的吧。

芙美：读不读都由您决定。也可以选择不读，到时候就聊聊当天的感受。

河野来了。

河野：不好意思，这是合同条款。

鹈饲：啊，不好意思。

鹈饲戴上眼镜，开始读合同。

河野：您的居留期为一年，我们会支付住宿费和作品制作费。不过，因为您老家是在神户，所以也可以把住宿费全部挪用到制作费。

鹈饲：这一年间必须要一直留在神户吗？

河野：不用，只要成果是在我们这里发表的就行了，其他方面我们不想限制您，您尽情地自由活动就好。

鹈饲：原来如此。

一阵沉默。

河野：有什么问题吗?

鹈饲：怎么说呢，事到如今才说这种话真是不好意思，总觉得如果被定义为驻地艺术家的话，就好像承认了自己是个艺术家一样。

河野：啊……

鹈饲：咦，我算是个艺术家吗? 会有类似这样的感觉。我明明只是把东西立起来而已。

芙美：如果您觉得哪里别扭的话，请好好正视这份感觉。

鹈饲看向芙美。

芙美：我们觉得，如果和您合作的话也许能做一些有意思的事情。但是，这也是一种互相选择的关系。

鹈饲：不不，我不是对PORTO的各位感到别扭。我很感谢你们能邀请我。这只是我自己的感觉问题。

芙美：嗯，所以说我们还能再等一阵。您什么时候觉得可以没有顾忌了，就请您告诉我。我觉得我们也可以再一起想想办法。

鹈饲：啊，谢谢。

芙美：没有的事，那就拜托您了。

河野：拜托您了。

三人互相低头致意。鹈饲看着抬起头的芙美。

芙美：怎么了吗?

鹈饲：不，我只是觉得真是够呛的呀。

芙美：什么事情?

芙美看着鹈饲。鹈饲笑了。

53 井场家（夜）

良彦和大纪相对坐在沙发上。二人的位置成90度。

樱子与满坐在稍远一些的桌边。

良彦：你这家伙是呆子吗?

良彦用手指摁着眼睛。大纪没有应答。

良彦：你这家伙，在班里没有朋友吗?

大纪：有的。

良彦：有的话，你不会去问你的朋友借吗?

大纪看着良彦。樱子表情惊讶地看着良彦。

良彦：我之所以生气，是因为你说出来的话都太蠢了吧。

大纪看着良彦。

良彦：我们这一代在你这个年纪的时候，就算发生这种事情，也会去让朋友帮忙。不管男生女生都是这样。

樱子看着良彦。

良彦：像过家家一样随便做爱，完了怀孕，最后再让父母出钱什么的，你没搞错吧? 别看不起人了。

大纪：她……

良彦：嗯。

大纪：她说她不想让班里的其他人知道。

良彦一把抓住大纪的头发。樱子站起来，抓住良彦的手腕。

良彦：你那么喜欢她的话，最初就应该为她的身体着想呀。你不可能不知道的吧? 做了那种事就会变成这样。喂!

樱子：不要使用暴力。

良彦放开大纪的头发。

大纪：痛……

良彦：她什么她，说名字。名字！我们必须上门道歉，不可能只出个钱就算了。

大纪：三泽由纪。

樱子：三泽……

良彦：你认识？

樱子：一起参加过PTA[1]。

良彦：是吗。睡吧。

大纪站起来，下楼梯。

良彦松开领带。

樱子：怎么办？

良彦：事到如今，也只能向对方展示我们的诚意了。

良彦看着樱子。樱子移开视线，叹气。

樱子：我明天给他们打个电话。你什么时候有空去？

良彦：这周下周都没时间。

樱子：周末也没空？

良彦：世界港湾都市会议明年要在神户办，那些要员现在都来视察了。

樱子：但是下下周的话也太晚了吧。

良彦：是的，要不你去一趟吧。

樱子：我一个人？

良彦：这十天里，我要负责伺候二十个人，从早到晚的。这期

1 “Parent-Teacher Association”的缩写。由各学校组织的监护人与教职员的社会教育关系团体。

间肯定还会有意外。我真的去不了。

樱子看着良彦。

良彦：我没跟你提过吗？

樱子：没提过。你只说了你很忙，但是没说你在忙什么。

良彦：你从银行账户里取点钱吧。

樱子：取多少？

良彦：50万。我明早之前会写好道歉信的。

樱子：靠这种东西有什么用，你脸都不露一下，对方怎么能感受到我们的诚意呢。

良彦：那你能代替我出去挣钱吗？

樱子看着良彦。

良彦：你挣不了钱的吧。所以说拜托了，家里的事情就给我管管好吧。

良彦用双手摁住双眼。

良彦：给我倒杯茶吧。

满站起来，对着良彦的头挥下了拳头。

良彦吓了一跳。

满下楼梯。良彦四周张望。

良彦和樱子的视线相遇。

樱子站起来，准备茶水。

良彦目瞪口呆地望着她。

54　由纪的家·客厅（白天）

满猛地低下头。

满：真的非常抱歉。我们也不知道说什么好。

樱子也跟着低下了头。

由纪的祖父母抱着胳膊。

满：樱子。

樱子：是。

樱子从包里拿出信封。

满：虽然这一点点根本无法补偿你们，但是请收下吧。

由纪的祖父瞥了眼信封。

祖父：你们可以保证绝对不再见面吗？

樱子：您是指转校之类的吗？

祖父：不，我是指在校外不见面。两个孩子也都要考试，现在是最关键的时候。

满：我一定会好好教训我们家孩子的。再次向您道歉，真的对不起。

满低下头。樱子也低下头。由纪的祖父母脸色铁青。

× × ×

满与樱子在玄关低头致意后离开。

樱子不经意地看了眼二楼，窗边的由纪正在向外张望。

由纪拉上窗帘。

55 路上（白天）

满和樱子并排走在路上。

满：真奇怪呀。明明是两个孩子两情相悦，为什么只有我们低下头来，一个劲地向对方道歉呢。

樱子：是呀。

满：竟敢来勾引我的孙子！我也想说说看这样的台词呀。

满笑了。樱子无力地笑笑。

满：对不起呀。

樱子：欸？

满：那孩子有点口不择言的。

樱子：您是说大纪吗？

满：啊，不是，我是说良彦。

樱子：这样呀。

满：是的。可能大纪也遗传到他爸爸这一点吧。

樱子：是的呢。

满：樱子你呀，可能也太认真了。

樱子：是吗。

满：有些事情怎么纠结都没有用的。你也别觉得所有事情都是你的错。

樱子：好。

满：有可能也会意外地变成一种傲慢。

樱子：傲慢。

满：你要是老这样呀，周围的人也会筋疲力尽的。

樱子：嗯。

满：要学会得过且过，正好才是最好。

樱子：我本来也是打算得过且过的呢。

满：我女儿来电话了呢。

樱子：嗯。

满：她向我道歉啦。然后我说，看吧，我早就说是你不好了。

满笑了。

满：所以说，这个周末我就要回自己家啦。

樱子：真的吗。

满：你刚才松了一口气吧。

满笑了。

樱子：才没那回事呢。

满：良彦就拜托你啦。

满驻足，低下头。

樱子：请别这样。

满笑着抬起头，又开始走。

满：其实呀，因为两情相悦而走到一起的人要艰难得多。像我们呀，某种意义上来说还是比较轻松的，因为只要忍耐就好了。

樱子：您现在……

满：嗯。

樱子：是怎么想的呢?

满：结婚这种事呀，往前一步是地狱，退后一步还是地狱。既然都是地狱了，那还不如往前走算啦。

樱子看着满。

满：老婆子就是这样想的。

满笑了。

满：啊。

满远远地看见了什么。

满：在这一带转悠大概也是最后一回了吧，我散个步再回去。

樱子：好。

满进入小道。樱子继续前进。

大纪在路的前方等着。二人会合后并肩行走。

大纪：三泽。

樱子：嗯。

大纪：她在吗?

樱子：在的。虽然没露面。我回来的时候，隐约看到她在二楼。

大纪：这样。

樱子：很可爱的女孩子。

大纪没回答。

樱子：我之前打了你，对不起。

大纪没回答。

大纪：不，我才应该道歉。

樱子：好好道歉吧，你做的事情怎么道歉都不够。

大纪：嗯。

樱子：铭记一辈子吧。

大纪：嗯。

樱子：大纪你呀，大概一辈子都没办法幸福了。

大纪看着樱子。

樱子：我刚才说了很过分的话吧。

大纪摇头。

樱子：你觉得爸爸妈妈都是成年人，对吧?

大纪看着樱子。

樱子：其实我们意外地都不是。就像你也意外地不是孩子一样。

大纪：嗯。

樱子：所以呀，别总觉得可以依赖我们。

大纪：爸爸和妈妈。

樱子：嗯。

大纪：是从初中的时候就开始交往的吧。

樱子：嗯。

大纪：谁先告白的呢？

樱子：不记得了。

大纪：不可能吧。

樱子：都是因为纯两头说好话。

大纪：纯阿姨？

樱子：一会儿对我说，井场好像喜欢樱子哟，一会儿又去和你爸说，樱子好像喜欢你哟。然后我们就开始在意对方了。

大纪：这样呀，真是管家婆呢。

樱子：是呀。现在的初中生也会这么说话吗？

大纪：不知道，反正我会说。

樱子浅笑。二人走着。

56　栗田的车（夜）

栗田在开车。明坐在副驾驶席。明的手机响了。明把手机切换到静音模式。

栗田：你接吧。

栗田把音乐的音量调低。明瞥了眼栗田。接起电话。

明：喂喂。对不起，可能是我的说法不对，让你担心了……嗯，完全没事。嗯嗯……现在正在回家路上呢……没关系的。都这个时间了。不用不用……不过，这样的话可能终于可以去找铃香玩了。

栗田调高音乐的音量。明继续打电话。

57　明的家（夜）

明拄着拐杖爬楼梯，栗田出手相助。

明来到门前。

栗田没有要回去的样子。

明：不给你倒杯茶是不是说不过去。

栗田：既然你这么盛情邀请，那我就接受吧。

明：你一定在动歪脑筋吧。

栗田：才没有呢。

明：车停很久的话会吃罚单的哟。

栗田笑了。

×　×　×

明进屋，连脱鞋都费劲。

栗田脱了鞋进屋。

栗田：还是我来倒茶吧。你歇着就好了。

明看着栗田。

栗田去厨房，把水倒进水壶，开火。

明进了自己的房间，坐在床上。

栗田看到用吸铁石贴在冰箱上的宣传单。

是“能势梢朗读会”的宣传单。

栗田：槙野，你要去什么朗读会吗。

明：别东张西望的。

栗田：槙野，没想到你还挺少女的呀。

明：吵死了，快回去。

栗田来到客厅，和卧室里的明视线交错。

栗田靠近明。

明用拐杖捅栗田。

明：你别过来。

栗田：你好凶呀。

明：滚回去。我不是说过我不可能和医生交往的吗。

栗田：我懂你的心情，我也不可能和护士交往。

明：那不就得了，我俩是不可能的。

栗田用手挡开拐杖，抱紧明，把她推倒在床。

明：喂。

栗田：槙野。

明：喂！

明狠狠地用拐杖敲了栗田，推开了退缩的栗田。

栗田一屁股摔倒在地。明站起来，再次用拐杖捅了栗田。

明：快滚。

明俯视栗田。栗田看着明。水壶里的水沸腾了，发出声响。

58　渡船码头—船（白天）

大纪抱着背包，坐在候船室的椅子上，看着手机画面。

纯：大纪。

大纪抬起脸。

大纪：纯阿姨。

大纪吃了一惊。

纯：你在干吗呢?

大纪：呃。

纯：你要坐船吗?

大纪：不是。

纯：来送别的?

大纪：唔……

纯：什么呀。

大纪：你怀孕了吗?

大纪指了指纯鼓起的腹部。

纯：啊，嗯。要摸摸看吗?

大纪摸了摸纯的腹部。

纯：刚才好像踢了一下。

大纪：没啥感觉。

纯：你要听听看吗?

大纪：欸，什么呀，好羞耻啊。

纯：没事的啦。机会难得噢。

大纪把耳朵贴过去。

大纪：在动呢。

汽笛鸣响。

纯：我要走啦。

大纪离开纯的腹部，站起身来。

大纪：我送送你。

纯：真的？好开心。

二人出发。

× × ×

二人向渡船的乘船口走去。

纯：谢谢呀。

大纪：没事，这样的话我也算是没白跑一趟。

纯：是吗，你是来干啥的呀。

大纪：我原本是来私奔的。

纯：这样呀。

大纪：结果好像被甩了。

纯：哎呀。

大纪：空等一场了。

纯：你说话好老气呀。

大纪：经常被人这么说。你别告诉我妈妈噢。

纯：那当然啦。

纯乘上渡船。

× × ×

纯与留在码头的大纪[1]相对。

二人对视，互相微笑。船开始发动。纯挥手。

纯：保重呀。

大纪：纯阿姨。

大纪为了让逐渐远去的纯听清而扯着嗓子说道。

---

1 原文是“纯留在码头”，译者对比上下文与相应的电影场景后认为可能是笔误，故修正。

大纪：多亏了你的多管闲事，我才会出生的吧。

纯笑了。

纯：没错。

大纪：谢谢。

纯笑了。大纪挥手。

纯：拜拜！

纯向留在港口的大纪挥手。二人互相挥手。

渐渐看不到彼此。

× × ×

纯来到甲板。船钻入桥下，变暗。

船穿过桥下，在阳光下出航。

59　井场家（白天）

趴在桌子上的樱子醒了。

她揉了揉眼睛，拭去眼泪。

樱子系上围裙后下至一楼。

× × ×

樱子来到一楼，敲了敲大纪的门。

樱子：大纪，你晚饭有想吃的东西吗？

樱子打开房间的门，空无一人。

樱子回到二楼。

× × ×

樱子回到二楼。整个家除了樱子谁也不在。

樱子在冰箱前驻足。

冰箱上贴着“能势梢朗读会”的宣传单。

60 PORTO · 朗读会会场（白天）

会场布置中。拓也检查麦克风。

拓也：啊——啊、啊。

梢：塚本先生。

拓也回头，看到穿连衣裙的梢。

拓也：啊，挺漂亮的。

梢：是衣服漂亮。今天要用麦克风吗？

梢指了指音响。拓也按住话筒。

拓也：啊，因为今天有嘉宾对谈。朗读就和之前一样不用话筒吧。

梢：好。

拓也：我知道的啦。啊。

拓也看见芙美来了。梢也转过身去。芙美与梢对视。芙美低下头。

芙美：今天就拜托您了。

梢也低头。

梢：啊，谢谢您让我今天在这儿举办活动。请多多关照。

芙美：请多多指教。

拓也笑了。

拓也：拜托了。

芙美转向梢。

芙美：我一直很期待这场活动。

梢：谢谢。

梢再次低头。

芙美微笑。拓也又开始确认麦克风。

61　电车（傍晚）

樱子一个人坐电车。

62　PORTO · 某间房间（夜）

在舞台对面的观众席上坐着大约四十名来客。

鹈饲、芙美、河野位于房间的后方。

樱子入场并签到，和芙美对视。

芙美看上去很高兴。

樱子：明来了吗？

芙美摇头。樱子点头。

樱子环视四周，找到鹈饲，低头致意。

樱子就近坐下。

前方只有椅子和麦克风立架。

拓也站上去主持。

拓也：感谢大家今天来参加能势梢的新作朗读会。

公平入场。拓也惊讶，下意识地致意。

樱子与芙美看见公平也很惊讶。公平入座。

拓也：我是能势小姐的编辑塚本。这场朗读会将由能势小姐来朗读未公开的原稿，这篇拟题《热气》的新作计划于明年出版。朗读后，我们将邀请艺术家鹈饲景先生进行对谈。我们期待大家对这篇未公开原稿的反响。接下来有请能势梢小姐。

大家鼓掌。梢进入房间。

拓也退到后方。

梢站在麦克风立架前。

梢：感谢大家今天来场。朗读会让我有点紧张。请多多指教。

梢行礼。开始安静地朗读。

观众们侧耳倾听。

梢：《热气》。看到他，感受就自然涌现了。

梢的朗读持续着。

芙美看着拓也。拓也倾听着梢的朗读。

鹈饲看着芙美，他追随芙美的视线，看到拓也的后背。芙美走出房间，来到走廊。

× × ×

芙美深呼吸。鹈饲出来。

鹈饲：芙美小姐。

芙美看着鹈饲。

鹈饲：开溜吧，就我们俩。

芙美：您说什么呢？

鹈饲：我说什么奇怪的话了吗？

鹈饲看着芙美。

芙美：回去吧。

鹈饲：我去一趟厕所。

芙美回到场内。鹈饲走下楼梯。

63 PORTO·吸烟点（夜）

PORTO 外的吸烟点。鹈饲从口袋里掏出烟。

车来车往。明拄着拐杖来了。

鹈饲注意到明。

鹈饲：啊。

明：这不是鹈饲君吗。挺帅的呀。

明微笑。鹈饲指了指明的脚。

鹈饲：怎么啦？

明：说来话长。

鹈饲：都这样了你还能来呀。

明掏出香烟。鹈饲为她点烟。

明：因为我想着说不定能见面呀。

鹈饲：见谁？

明：见你呀。

鹈饲：噢噢。今天的你很可爱呀。

明笑了。

明：开玩笑的。朗读会怎么样了？

鹈饲：正在办呢。

明：你不用去听吗？

鹈饲：明小姐。

明：嗯？

鹈饲：开溜吧，就我们俩。

明看着鹈饲。鹈饲吐烟。

64 PORTO · 朗读会会场（夜）

梢的朗读会还在继续。

芙美也在后方听着。河野拍拍芙美的肩。

河野：塚本小姐，看这个。

河野给芙美看自己的手机。画面上是一封邮件。

发件人：鹈饲景，主题：退出，正文：今天的朗读会，我觉得作品的文本非常好，但是我也许无法适任对谈。之后的事就拜托了。另外，我想拒绝驻地艺术家的邀请，用邮件通知真是不好意思。望勿见怪。

芙美叹气。河野小声说。

河野：电话也打不通。

芙美：给拓也看一下。

芙美来到走廊。

× × ×

芙美在走廊。拓也和河野也来了。

拓也：电话打不通吗？

河野：对不起。

拓也：怎么办？马上就要结束了。

芙美：只能老实告诉大家了吧。

拓也：不能够吧，这不是让能势小姐丢脸吗。

芙美：是的。但是我觉得没有别的办法了。鹈饲先生肯定不会回来了。

拓也：你为什么一副事不关己的样子？

芙美：我不是早就说了可能会搞砸的吗。

芙美看着拓也。拓也叹气。

拓也：芙美，你可以上场吗？

芙美：欸？

拓也：你去和能势小姐对谈吧。你是PORTO的策展人，你上场也挺合理的。

芙美看着拓也。

芙美：我不要。

拓也：呃。

芙美：我不想上场。我也没好好听朗读，这样对能势小姐也很失礼。

拓也看着芙美。

拓也：我知道了。

拓也回到会场。河野看着芙美。

芙美捂住自己的嘴。

河野：你还好吗？

芙美没有回答，回到会场。

× × ×

朗读会会场。拓也沉思。梢的朗读持续着。

拓也像是想到了什么一样，迈出步子。

拓也走到坐在最后方的公平身边同他说话。

65 出租车内（夜）

明与鹈饲一起坐在出租车里。

鹈饲看邮件。

鹈饲：好像开着呢，去吗?

明：那就去呗。

鹈饲：今天的你，总觉得很有魅力呀。

明：你没关系吧?

鹈饲：没关系。

明笑了。

明：真搞不明白你。

鹈饲：你没关系吗? 朗读会。

明：纯也没来吧。

鹈饲：是的。

明：所以我也没关系呀。

明把脸靠在窗上。

66 朗读会会场（夜）

梢的朗读。

梢读完最后一页，行礼。

梢：感谢聆听。

河野上前准备对谈。

芙美在房间的最后方。

拓也小声地对梢耳语。芙美看着他俩。

拓也通过麦克风对参加者说道。

拓也：真是谢谢大家。现在进入对谈环节。非常抱歉，我们的内容有所变更。艺术家鹈饲景先生因为身体不适而退出活动。今天的对谈，我们想请偶然来场的活动参加者、生命物理学者日野公平先生来进行。请多多关照。

樱子吃惊。公平从观众席上站起来。

他来到房间前方，坐在梢的对面。

河野将话筒递给二人。二人互相致意。

公平：辛苦您了。好久不见。

梢：我才要感谢您。

公平：不好意思，我应该从何说起呢。

梢：不，我们才应该道歉。

公平：小说。

梢：是。

公平：非常棒。

梢：谢谢。

公平：这篇还没有出版吧？

梢：是的，这是刚写好的，新鲜出炉。

公平：新鲜出炉。

梢：是的，我想写一个温泉系列。

公平：这样。

梢：有热海和别府之类的，这附近的话有马比较近。

公平：那别的短篇还没有写？

梢：是的。

公平：那个，我还没介绍自己。刚才主持人介绍我是生命物理学者，我现在在研究受精卵的发育动态。

梢：是的，我之前也听您说过。

公平：是的。

梢：日野先生是做什么的呢？

公平：嗯，我所做的事情，简单来说，就是观察受精卵的细胞分裂，以及各细胞功能发展的动态过程。

梢：嗯。

公平：我们的身体，手在这里，脚在这里，腹部中有内脏。虽然这些我们全都理所当然地接受了，但其实这一切并非理所当然。为什么手不从腰上长出来呢？为什么头不从肚子上长出来呢？我就是在研究像这些功能从何时、如何被决定。

梢：嗯。

公平：目前只能得出一个结论，最终是我们的DNA决定了那样的方案。在进化的过程中，我们的四肢在那种形态之下是最有利于活动的，所以继承了那种DNA的我们才存活了下来。只能这样解释。

梢：这样呀。

公平：即便如此，确定细胞何时何地在细胞分裂的过程中起作用是很重要的事情。一开始只是一个受精卵而已，那么手在什么时候变成手，脚在什么时候变成脚？比如说手部细胞可以替代足部细胞吗？如果可以，那又是在哪个过程之中？

梢：这样。

公平：很难懂吧？

梢：也没有，但如果说我听懂了，那也是在说谎。

公平：我在做的事情就是很难懂的。如果说得太简单易懂的话，那我也变成是在说谎了。

梢：是。

公平：最简单明了地说，我的工作就是持续观察事物是如何发生的。

梢：这样呀，那样的话，和我的工作可能差不太多。

公平：是的。您之前确实也那样说过。

梢：不好意思。

公平：没事。我也是那样想的。

梢：嗯。

公平：我可以谈谈您小说的优点吗？

梢：啊，好的。

梢摆正姿势。

公平：我觉得非常棒。

梢：谢谢。

公平：我们由声音进入小说，这一点很棒。我觉得不加修饰的声音也很美。

梢：哎呀，谢谢。

公平：小说的主人公弥生应该是和您同龄的女性吧。小说采用她的第一人称叙述。

梢：对。

公平：说出来非常不好意思，其实我一边听，一边觉得自己简直变成了女性一样。

梢：是吗。

公平：是的。真是不好意思。

梢：不，很高兴听到您这么说。

公平：对我而言，女性是长年以来的谜。

梢：嗯。

公平：当我意识到的时候，我感觉我正在成为女性中的一员。当然，这并不意味着谜底已经揭晓。但是我有一种非常生动的感觉，女性的身体对于她们自己而言，也是一个谜。

梢：是的。

公平：这种感觉不是随便什么小说都能唤起的。我觉得这完全是出于能势小姐的描写力。更进一步说，是出于您的眼力。

梢：啊。

公平：视觉描写从小说开篇就持续不断。有一场关于电车的描写吧。

梢：是的，写的是有马电车。

公平：我觉得小说整体非常具有象征性。在大多数时候，事物总是匆匆地掠过我们眼前。但是，您的眼睛并不强求要去抓住那些逝去的东西。只是忠实地描写着那些逝去。

梢看着公平。

公平：我觉得这一点真的很棒。是您让我懂得，就算没有那种慢动作，我们也可以如此忠实地捕捉自己生活的时间与世界，如果有心的话，还能够做到如此细致。这就是您的小说给我的印象。

梢：哎呀……您可真厉害哪。

公平：您真的去有马了吗?

梢：去了。

公平：果然如此呢，肯定是去了。所以您是根据实际的感受来写的。

梢：是的呢。电车呀，温泉呀，大部分都是把自己感受到的东西原原本本地写出来了。不过人物关系这块儿都是虚构。

公平：那好像有点难以置信呢。

梢：啊，为什么呀?

公平：怎么说呢，这和这篇小说的另一个优点也有关。就是作者的知觉在这篇文本中的精密转移。从视觉到知觉，这成了这篇小说的独特体验。

梢看着公平。

公平：很多事情在弥生小姐的眼前转瞬即逝。但是，这些事物肯定也会对她产生影响吧。

梢：对。

公平：我感觉这篇乍看上去很平静的小说其实是非常戏剧、动态的。因为在弥生小姐的内部产生了非常大的变化。最终，她肯定了自己之前一直为之自卑的歪膝盖。而这一切都是通过“看”来达成的。

梢：对。

公平：弥生小姐的身体感觉，通过描写被读者，或者今天的情况应该说是被听众所共享。我在听您读这个文本的时候，感觉自己仿佛得到了弥生小姐的身体，或者说是进入了她的感觉之中。

梢：我很开心。谢谢您。

公平：可能说出来有点奇怪，我获得了一种强烈的感觉。

梢：嗯。

公平：原来进入女浴池就是这么一回事呀。这种感觉还是第一次。

梢：如果不是第一次的话就糟糕了。

公平也笑了。

公平：像这样描写身体感觉的文本，再由您本人的身体来朗读，这又带来了二重、三重不可思议的体验。通过这个朗读空间，梢小姐、弥生小姐以及聆听的我们都混合起来了。真是一段非常美妙的体验。

梢：唔。

公平：不好意思。我单方面地一直在说。明明大家是为了听能势小姐发言才来的。

梢：没有的事，真的谢谢您。

公平：到目前为止，您觉得我所说的话中有什么不自然的地方吗？

梢：没有，非常感谢。只是……

公平：嗯。

梢：如果说把我和弥生小姐等同起来的话，那也是不对的。虽然这里头的平衡感有点微妙。

公平：是。

梢：不好意思，对自己小说中的登场人物也要加上“小姐、先生”

的，是我的坏习惯。

公平：没关系。

梢：我确实在弥生小姐这个人物上托付了许多自己的感受。

公平：是的。

梢：但是，我也必须是其他人物，比如说茜小姐。

公平：是的。

梢：虽然不至于像落语家一样，但有很多完全不同的人物，我必须让所有人物都具有真实性。

公平：是的。

梢：我必须是茜小姐，也必须是缟田先生，必要的时候还得是绪方教授。

公平：是。

梢：但是问题在于，如果所有人都是我的话，那也挺无聊的。

公平：对。

梢：我呢，还挺喜欢这个世界的。

公平微笑。

梢：虽然也有很多讨人厌的事情，我也没有到达那种连讨厌的事情也能喜欢的境界，但是总的来说我还是喜欢这个世界的。

公平：嗯。

梢：所以说，我也不想轻视这个世界。

公平：嗯。

梢：不想轻视。首先，世界肯定比我要巨大得多。那么，我最初要考虑的就是，要怎么做才能让小说不仅仅是表现我自己，而是表现这个世界呢。

公平：嗯。

梢：所以说，我采取的具体做法就是让自己变小。尽量让自己成为一个渺小又无知的存在。那时，我就附身在了弥生小姐身上。

公平：是。

梢：弥生小姐不知道的事情，我也不知道。这些事情虽然是连事件都称不上的小事，但是对她来说都是突然发生的，所以她会惊讶。

公平：是。

梢：应该说我只是在陪伴她那时的反应吗，有一种类似穿过隧道的感觉。

公平：嗯。

梢：我想写的，是有着相同的身体却抵达了不同地方的人。

公平：我觉得您已经做到了。有一种我们也被允许一起参加旅行的感觉。

梢：谢谢。

公平：确实如此，只是……

梢：嗯，只是?

公平：不，还是算了。感觉我又会一个人说太多话。

梢：才不会呢，请说吧。

公平：不了。还是请各位观众提问吧?

拓也：啊，好的。

公平：大家觉得如何?我想听听各位的感想。

公平转向观众的方向。进入观众的答疑环节。

× × ×

梢正在回答问题。

公平：差不多到时间了吧？啊，好。那么，活动就此结束。非常感谢您。

梢：我才应该道谢，谢谢您。

二人互相低头，再转向观众席低头致意。掌声响起。

拓也：谢谢大家。如果可以的话，麻烦大家写一下手头的问卷调查。

公平和梢站起来。

公平回到自己的座位。

有几个参加者向梢搭话。

河野回收问卷。

公平和樱子对视，互相致意。

芙美来了。芙美低下头。

芙美：多谢您的帮忙。

公平：客气了，感觉也没怎么帮到你们。

芙美：没有的事，我觉得非常棒。

公平：谢谢。

公平也致意。

公平：我想告诉二位，我得到了一点纯的消息。

公平把包背在肩上，看着芙美和樱子。

公平：她的身体似乎并无大碍。总之，请你们安心。

樱子：也就是说（你知道纯现在在哪儿了吗？）。

拓也来到公平身边。

拓也：公平先生，感谢您为我们救急。

公平：没事，没什么问题吧？

拓也：没问题，真的帮大忙了。最后甚至还麻烦您主持……

公平：有帮到你们就好。

拓也：结果今天纯小姐没有来？

芙美点头。

拓也：这样呀，我还以为你们是一起来的。

公平：欸？

拓也：那个，纯小姐之前说想来。所以我就觉得她应该来了吧。

公平：这样呀。

对话中断。

拓也：如果有时间的话，要不要来参加之后的庆功宴？

公平：庆功宴？

拓也：因为您在对谈的时候好像还有没说完的话，所以请您一定要来。

公平：没有，都是一些很琐碎的事情。

芙美：请一定要来。樱子也来吗？

樱子：如果我不打扰的话。

公平：好的，那我就去吧。谢谢邀请。

拓也：请多多指教。那就之后见了。

公平：我在外面等你们。

公平低了低头就出去了。拓也也低下头。

拓也：一会儿见。

芙美：嗯。

拓也离场。只剩下樱子和芙美。

67　夜店·NOON（夜）

明和鹈饲进入夜店。

年轻人在抽烟喝酒。

鹈饲：不好意思，让我们过一下。

年轻人瞥见拄拐杖的明。

明：大家都像看怪物一样看我。

鹈饲：确实。

明：你经常来这里吗?

鹈饲：在神户的时候常来。你呢?

明：大概十五年前左右来过吧。那时候最爱玩了。

鹈饲：你也浪过呀。

鹈饲笑了。明也笑了。

音乐听着更大声了。在对面的舞池里可以看见跳舞的年轻人。

二人在吧台入座。

明：怎么有种浦岛太郎的感觉。

鹈饲：今天的你。

明：什么?

鹈饲：是不是有点没精神呀?

明移开视线。

明：你刚才明明还说我看上去很棒。

鹈饲：两边都是真话。

明看着鹈饲。

明：没有精神但是很棒，这算什么呀。

鹈饲：我觉得你的声音听上去就是那样的。

明：怎样的?

鹈饲：像在裸奔一样的声音。

明笑了。

明：什么鬼呀。

鹈饲：所以说，非常棒。

鹈饲笑了。

明：不知道。也可能是因为碰上了你。

鹈饲为明准备了座位。

明：你对谁都是这样的吧。

日向子来到吧台。

日向子：啊。

鹈饲：哟。

日向子：哟你个头。

明惊讶地看着日向子。

日向子：晚上好。欢迎光临。

明：晚上好。

日向子看着鹈饲。

日向子：你今天不是有活动吗。

鹈饲：我开溜了。

日向子：我就料到你肯定会干那种缺德事。

鹈饲：嘻嘻。

日向子：这一点也不好笑。

鹈饲看着日向子。

日向子：别再不自量力了。

鹈饲：是吗。

日向子：会给大家添麻烦的。

鹈饲：是吗。

明叹气。

68　六甲啤酒餐馆（夜）

庆功宴上，樱子、芙美、拓也、公平、梢坐着。

一场安静的聚会。大家仿佛在互相打量彼此的脸色。

芙美的手机响起邮件通知的声音。

芙美：河野说他还剩一些工作，所以就不来了。

拓也：这样。

芙美：他还说，真的非常抱歉。

拓也：河野君没必要道歉的吧。

芙美：因为河野是鹈饲先生的负责人。

拓也：你替我转告他，不必在意。

芙美：嗯。

拓也：结果来看也非常好。这多亏了公平先生。

公平：没有的事。

梢：那个。

芙美：嗯。

梢：鹈饲先生为什么走了呢?

芙美：不清楚，您不用在意，他就是那种人。

梢：那种人?

芙美：只能这么说了。我觉得，他会走这件事和您的小说本身是没有关系的。

梢：真的吗？

芙美：真的。

对话又中断了。拓也喝啤酒，环视席间。

拓也：如果可以的话，樱子小姐。

樱子：在。

拓也：我可以听一下你的感想吗？

樱子：呃。

拓也：如果方便的话，可以直接对能势小姐……

梢：啊，请务必告诉我您的真实感想。

樱子：欸欸？

沉思的樱子。

樱子：这个嘛。可能对于身为作家的您来说是理所当然的事，我发现就算我们看着同样的东西，感受也天差地别。

梢：同样的东西？

樱子：我最近也去过有马，我们还擦肩而过了呢。

梢：啊，对的。是有那么回事。

樱子：是的，远看的时候觉得真是可爱的女孩呀。

梢：哪有，只是个子比较小罢了。因为旁边的塚本先生特别高大，所以显得我更加小了。

拓也笑了。樱子也笑了。芙美看着他们。

樱子：是的，我也去了有马，也泡了金汤，也爬了坡道。

梢：嗯。

樱子：公平先生说梢小姐的文章好在不会强行抓住流过眼前的

事物。

樱子和公平对视，樱子的视线稍有闪躲。

樱子：而我呢，别谈什么抓住了，我甚至都没有在看。

樱子垂下视线。芙美看着樱子。

樱子：可能我什么都没有看，什么都没有感觉。

樱子抬起脸。

樱子：是的，所以稍微有点低落。不好意思，这也称不上什么感想。

梢：没事。

樱子：但是，我会那样想也是因为作品很优秀。有一种您替我捡起了我错过的东西，拍了拍我的后背，然后递给了我的感觉。然后我才发现，啊，原来这些东西是这么的美好呀。

梢：啊。

樱子：所以说，真的很感谢。

梢：没有这回事。我才要谢谢您，很开心听到您这么说。

二人低头致意。

梢：如果可以的话，也想听听芙美小姐的意见。

拓也：啊，怎么样？

芙美：呃。

无言的芙美。

梢：不好意思，我直呼了您的名字。

芙美：啊，那个没有关系。但是不好意思，我一直因为各种事进进出出的，没能听全您的朗读。真的抱歉。

梢：没事，那是因为工作。完全没关系。

芙美：嗯。不过……

梢：嗯。

芙美：我在听的过程中，一直觉得您的声音很美。

梢：哇。不会太轻吗？

芙美：是呢。

芙美垂目。

芙美：是那种我们必须要去主动聆听的音量。

梢：啊。

芙美：并不是那种，听众光是等着就能听到的声音。

梢：我得反省一下了。

芙美：不，我觉得这样才更好。虽然我没有听全，真的很遗憾。对不起。

梢：不不，没有的事。谢谢您。

拓也：总觉得有点无聊呀。

梢：为什么？

梢笑了。

拓也：大家都只说好听的话，这样能势小姐也不会进步呀。

拓也笑了。

拓也：公平先生怎么看？我记得对谈的时候您还有没说完的话。

公平：没有。是一篇很棒的小说，这是我的第一感想。

梢：谢谢。那么，第二感想是……

公平笑了。

公平：这个嘛。

梢：是什么呢？

公平：因为我只是个门外汉，所以我的话不用太当真。

梢：唔。

公平：弥生小姐，那本小说的主人公。

梢：嗯。

公平：我觉得那个人，其实谁也不喜欢吧。

樱子、芙美、拓也看着公平。

公平：至少我是这么感觉的。对弥生而言，缟田这个男人其实根本无所谓。

梢：为什么会有这种感觉呢?

公平：真的喜欢一个人的话。

梢：嗯。

公平：就做不到克制和隐藏。如果真的想要一个人的话，就会突破旧自我，冒出一个自己也不曾见过的新自我。

樱子看向公平。

公平：所以，我觉得主人公弥生小姐其实并不喜欢这个叫缟田的男人。

梢：联系对谈时您所说的话。

公平：嗯。

梢：您是不是想说其实我从来没有喜欢过别人呢。

芙美和拓也看着梢。

公平：作者不等于登场人物。您之前说的这句话我也能理解。但是，我感觉您把自己身体的感觉，尽可能正确地、诚实地转移到文章中去了。

梢看着公平。

公平：在那种情况下，作者的认知界限就会成为作品世界的界限。

梢：也就是说，其实我并不懂得喜欢一个人的情感。

公平：是。

梢：您的意思是作品世界有点狭隘吗？

公平：在我看来是这样的。在您的小说中，没有那种，明知不可能得到流过眼前的东西，却还是伸出手去的近乎疯狂的情感。

梢看着公平。公平低下头。

公平：在听您的小说时，我真的觉得写得很好。

梢：嗯。

公平：但是，我想感受更多的残酷。

梢：残酷？

公平：据我所知，这个世界是更加残酷的地方。最重要的东西有一天突然就被夺走了，就像风穿过树林一样。

梢：唔。

公平：我今天才发现，我真正想读的是那种描绘世界残酷本身的小说。

梢看着公平。拓也开口了。

拓也：我觉得呢。

公平：是。

拓也：作家不应该迎合读者的喜好来写小说。

公平：是。

拓也：我认为作者需要基于自己对世界的认知来构筑作品，不管那会造就多么不成熟的作品。如果脱离自己的认知，那么就失去了根基。作者也就不会成长了。

公平：是。

拓也：我非常喜欢她的小说。虽然身为编辑这样说可能不太好。

公平：不会。

拓也：我最信任她的一点是，她会在世界是残酷的之类的定义前停下脚步。她会如实地描绘她所看到的世界。这就是她的根基。虽然她可能确实还不懂得许多事情。

拓也看着梢。梢也看着拓也。

芙美目睹这一切。

拓也：不过，如果哪天公平先生所说的残酷世界出现在能势小姐的面前，我相信她也会如实地描绘。

公平：原来如此。我很期待。

拓也：嗯。我也很期待。不好意思。我刚才插嘴了。

公平：没事，我这个外行说了些无聊的话。

梢：没有的事。非常感谢。只是，我有点震惊。

公平：对不起。

梢：没事。不过，我心里对这份“喜欢”是很确信的。

芙美看着梢。

梢：所以被人说这不是真正的“喜欢”时，我有点不知所措。

公平笑了。

梢：怎么啦。

公平：说不清楚。可能我也在变化。

梢：变化？

公平：在某个时间点，我突然注意到，原来自己是这样的人呀。

梢：这样呀。

樱子看着公平。拓也看着梢。芙美看着拓也。

梢：您说的真正喜欢的人，是您的妻子吗？

梢指了指公平的婚戒。

公平看着自己左手的无名指，回答道。

公平：是的。

梢：真了不起。

公平：不。我们前些日子还在打离婚官司。没有你想的那么美好。

梢：呃。

梢看着公平。

梢：那现在呢？

公平：我赢了。所以我们现在还是夫妻。

樱子：这种自说自话也算是喜欢吗？

大家看着樱子。

樱子：喜欢是那么自私的事情吗？你从来没有考虑过对方的感受。

拓也和梢惊讶地看着樱子。

樱子：公平先生，你有站在纯的立场考虑过吗？

公平：理论上来说，我无法成为纯。所以，我没有办法站在纯的立场。所谓站在某人的立场，是一种傲慢的想法。

樱子看着公平。

樱子：我不是那个意思。

芙美看着樱子。

樱子：你和梢小姐的对谈真的很棒。我听了很感动。

公平看着樱子。

樱子：我感觉到，原来你不是完全不能理解别人的感受，你也可以这么自然地和人对话。

梢看着樱子。

樱子：所以我才格外地火大。为什么你不多听听纯的想法呢？

公平：我现在就是打算这么做的。我不理解纯，也不了解她，所以我想直接和她对话。这样也不行吗？

樱子：我觉得已经迟了。

公平：也许吧。但是只有走到这一步我们才能对话。

樱子看着公平。

公平：我现在懂了。我不能没有纯。没有纯的人生是没有意义的。

公平看着樱子。公平叹息。

公平：你是不是觉得我脑子有病？我自己以前也没有想过我会说出这种话。都是因为打官司。

公平喝了口啤酒。大家都看向公平。

公平：庭审是我们婚姻生活中最密集的交流了。我感觉在这场官司中，我第一次触及了纯这个人的灵魂。一个非常热情、知性、美丽的女性。我爱上了她。

大家沉默。

樱子：就算你爱上了纯，接下来你又怎么打算的呢？

公平：我要找到她。

樱子：怎么找？

公平：我打听了私家侦探的工作后，觉得并不需要什么特别的技术。只要有毅力，谁都能做到。所以我会亲自去找她。

樱子：工作怎么办呢？

公平：前几天我辞职了。

樱子：钱呢？

公平：我有存款。

樱子：存款花完后呢？

公平：花完后就再去挣。

大家沉默。

公平：我有一件事想向各位打听。这也是我今天来朗读会的理由。

公平从包中取出照片和朗读会的宣传单。

公平：这位男性，我不知道他的来历。前几天看见宣传单照片的时候，我注意到了他。

公平指着照片。

公平：这个人应该知道纯的下落。

照片上是坐在咖啡馆谈笑的鹈饲与纯。

大家惊讶。

69　夜店 · NOON（夜）

明与鹈饲坐在吧台。鹈饲与日向子说话。

日向子：风间他们呢？

鹈饲：他们最后去古根海姆[1]的Live了。

日向子：聪明的选择。你受伤了？

日向子看着立在那里的拐杖。

明：嗯。从医院的楼梯上摔了下来。

明把脚抬起来给日向子看。

日向子：走路的时候开小差了吗？

明：嗯，差不多吧。

日向子：一定要保重呀。

明：嗯？

日向子：你的身体不是你一个人的。

明：不不，完全是我一个人的身体。

日向子：不是还有患者吗？

明：唔。

日向子：不是有很多人仰仗你吗？

明：那些事情也不是非我不可。年轻可爱的后辈人气更高。

日向子：我没有在说人气的事情。因为你看上去是那种工作认真的人。

明：工作……

明笑了。鹈饲也笑了。

1　旧古根海姆宅邸的名字来源于在明治大正期滞留于神户的德裔美国人贸易商家族。这栋古老的建筑现在经常会接办、举行各种各样的活动。

日向子：不好意思，你们喝什么？

明：我看看，我喝朗姆可乐。

鹈饲：我要金汤力。

日向子：好的。

日向子消失在吧台后面。

明：你在神户的时候经常来这里。

鹈饲：对。

明：因为这是日向子小姐的店？

鹈饲：这也不是日向子的店。她只是在这里工作。

明：你在耍我吗？

鹈饲：什么意思？

明：要不是因为腿这样我早就走了。

鹈饲：那太好了。

明抓起包和立着的拐杖。

鹈饲也抓住。二人对视。

明从椅子上下来，单脚跳着前往出口走廊的方向。

鹈饲看着她。

× × ×

明移动到走廊，被人从后背推了一把后倒地。

明转过身去，是鹈饲。

明：你干吗？

鹈饲：如果有想要的东西，就必须去战斗。

明：什么鬼。

鹈饲蹲下。

鹈饲：就算得不到，也要战斗。逃跑不是很逊吗？

明：这话也轮不到你对我说。

鹈饲伸出双手。明抓住鹈饲的手。

鹈饲扶起明。就这样抓着明的手前行。

明被鹈饲牵引着靠近舞池。

音乐渐响。

× × ×

明被鹈饲牵引着进入舞池。

鹈饲在舞池中央松手，远离明。明找到一面墙壁，靠上去。

鹈饲靠近，再次将明拉回舞池中央。

鹈饲再次消失。明倒下，有人向她伸出手。

是一名陌生男性。明拉住他的手，站起来，开始单脚跳舞。

音乐逐渐来到高潮部分。

明撞上别人，再次倒下。有两个人分别从两侧向她伸出手。

这次是一对男女。明拉住他们的手。

鹈饲抓住并抬起明的脚。

人们聚集过来。明的全身都被抬起来了。

许多人的手抬起明。

夜店中人们的手传送着被抬起的明。

在舞池入口观察的鹈饲微笑着转过身去。

× × ×

鹈饲来到吸烟点，叼起香烟，却点不着火。

鹈饲：不好意思，有火吗？

鹈饲拜托旁边的情侣。女生是由纪。男性 20 岁出头。

鹈饲：谢了。

鹈饲点烟，吐烟。

鹈饲：你绝对是未成年吧。

由纪笑了。男人也笑了。

70 六甲啤酒餐馆（夜）

在六甲啤酒餐馆。樱子和芙美看着照片。拓也和梢看着她俩。

樱子：这是什么时候的照片？

公平：就在纯退租前拍的。我一开始以为这名男性——鹈饲先生是纯新的恋人，但好像也并非如此。

芙美：您为什么觉得鹈饲先生会知道纯的下落呢？

公平：我查了纯的通话记录。

樱子：这不是违法的吗？

公平：因为我是纯的丈夫，所以在合法范围内。与被认作鹈饲先生的男性接触后，纯开始频繁地给东北的庇护所打电话。

樱子：什么庇护所？

公平：一个为无法离婚的女性准备的类似断缘寺一样的地方。

樱子看着公平。

公平：从鹈饲先生的经历以及他与纯接触的时期来看，可以认为这一切都是他一手安排的。

樱子：纯现在在东北吗？

公平：那也不一定。因为这是一个全国性的组织，所以在关西也有支部。而且，一旦进入那个地方，那里就不会透露任何情报。

樱子：纯没事吧？

公平：我认为她应该是得到了很好的照顾。

芙美：公平先生，您打听到鹈饲先生的下落后，准备做什么？

公平：我是不会使用暴力的。只是想和他谈一谈。如果能和鹈饲先生聊一下的话就好了。就算没办法打听到全部，或许也能获得一些线索。

芙美：我们已经和鹈饲先生毫无关系了。甚至不清楚之后是否会再联络。

公平：这样呀。

芙美：不过，如果能同他取得联系的话，我会试着提一下您的事情。

公平：谢谢。

芙美：如果您此行的目的就是刚才所说的事情，那么麻烦您今天就请回吧。

公平：明白了。

拓也：等一下。

芙美：怎么？

拓也：我知道你们有你们那边的情况，但是今晚公平先生是我们的嘉宾，我不想你来擅作主张。

芙美：明白了。那我走吧。

公平：没关系，我走。

芙美：不用，我走。只是，在走之前我想问您一件事。

公平：好。

芙美：纯已经不爱您了。这一点您理解了吗？

公平：请您不要擅自想象纯的情感。

芙美：她今后也不会爱您的。

公平：如果您的想象正确的话，那么也有那个可能吧。

芙美：您是不被爱的。就算那样，也没关系吗？

拓也看着芙美。公平沉默。

芙美：您刚才说您会一直追逐纯，但您并没有施暴的打算吧？

公平：是的。

芙美：如果是那样的话，就算您追上了，纯还是会逃。那这不就是徒劳的周而复始吗？

公平：可能是吧。

芙美：只要您继续追，纯就会继续逃。这样不是两个人都会变得不幸吗？

公平：是吗。

芙美：您应该停止追逐。除此以外，没有别的办法能让纯回来了。我不管纯是不是会回到您的身边。但是，请把纯还给我们。

大家看着公平。

梢：我可以说一句吗？

大家看着梢。

梢：我知道我只是个局外人，但这毕竟是我朗读会的庆功宴。

芙美：对不起。

梢：不，我不是那个意思。我可以说我想说的话吗？

大家一起沉默。

公平：请说。

梢看着公平。

梢：虽然我不知道事情的全部，但我觉得你们有点独断。

芙美：独断。

樱子看着梢。

梢：我知道芙美小姐和樱子小姐都是在为朋友说话。

拓也看着梢。

梢：但是我觉得，就算彼此是朋友，为不在场的人代言还是有点奇怪。

芙美和樱子看着梢。

梢：公平先生只为自己说话，所以不会别扭。但是你们二位，怎么说呢……

梢语塞了。

拓也：嗯。

芙美和樱子看着拓也。

梢：你们真的是在为纯小姐说话吗？

芙美：这话是什么意思呢？

梢：我感觉二位在说那些话的时候，其实不是为了纯小姐，而是为了你们自己。听上去像是在利用不在场的纯小姐。

芙美和樱子沉默。

芙美：什么意思呢？

芙美看着梢。梢移开视线。

梢：我也不太清楚。但是，正如公平先生所言，如果纯小姐不面对公平先生的话，那么所有事情都无法了结。只要纯小姐不用自己的语言去和公平先生碰撞，那么公平先生就无法被说服，不是吗？

樱子：我觉得那不是您该说的话，您明明什么都不知道。

梢：是。您说得没错。对不起。

拓也：别争了。我们结束吧。

芙美：好。

公平：不，还是我走吧。

公平从钱包里抽出纸币放下。

大家一起看着公平。

公平：能势小姐，对不起，好好的读书会……

梢：没有的事。

公平：芙美小姐。

芙美：嗯。

公平：樱子小姐。

樱子：嗯。

公平：我是知道的。只要我继续追，纯就会继续逃。

芙美：嗯。

公平：我绝对找不到纯。纯绝对不会回来。那些我都知道。从今往后，就是漫长的地狱了。

大家凝视公平。

公平：但是，就算那样也没关系。我已经知道了获得幸福的方法。这是唯一的方法。我只能这样做。失礼了。就拜托您联系鹈饲先生了。

公平拿起包站起身来，离开餐馆。

沉默。

拓也看手表。

拓也：能势小姐，快赶不上末班车了。

梢看着拓也。

拓也：我开车送你。芙美和樱子小姐也一起吧。

芙美：我没关系。

拓也看着芙美。

芙美：我坐电车回去。

拓也：你今天一直在生什么气呀。你那种态度，对能势小姐也很没礼貌吧。

樱子：你真的不懂吗？

拓也看着樱子。

樱子：你不知道芙美为什么生气吗？

樱子看着芙美。

樱子：你有没有考虑过，芙美一直想说又一直没说的话到底是什么？

拓也叹气。

樱子：请你带芙美回家。我自己坐电车回去。

拓也：那个。

樱子：嗯。

拓也：不是你可以插嘴的事情。

樱子看着拓也。芙美看着拓也。

拓也：芙美如果有想说的话，芙美自己会说。如果你要坐电车回去，就请快点出发。今晚所有的事情都是我的判断失误。我不能就这样丢下能势小姐。

芙美站起来。

樱子也起身。

只剩下拓也与梢。

× × ×

芙美奔跑。樱子追赶。

樱子：芙美！

芙美步履不停，跑过人行道。

信号灯变红。樱子不得不停下脚步。

71　车站（夜）

芙美走下站台的楼梯。追来的樱子。

芙美乘上驶来的电车。樱子追着芙美乘上离自己最近的车厢。

×　×　×

行驶的电车。樱子在车厢间移动，走了过来。

芙美坐在位置上。樱子坐在她的正对面。

72　夜店·NOON（夜）

明从舞池回到吧台这里。

她坐在靠墙的座位上。日向子来了。放下一杯朗姆可乐。

二人对视。明的呼吸有些粗重，她面带微笑。

日向子：我哥呢？

明：欸？

日向子：我可以把我哥的酒也放在桌上吗？

明：日向子小姐的姓是？

日向子：是鹈饲。

明：哈哈。

日向子：怎么了？

明：放着吧。

日向子：我哥在哪？

明：不知道，也可能回去了吧。

日向子：我也觉得他可能会干出这种事。

明：要不你把这杯酒喝了吧。

日向子笑了。明拍了拍自己旁边的空位。

日向子看了眼吧台。谁也不在。于是她坐下了。

明：他是什么样的人呢？

日向子：他？

明：你哥。那家伙到底想干吗呢。

日向子：应该是不想露出马脚吧。

明：什么马脚？

日向子：其实自己是个空心人的事实。

明：这样呀。日向子知道吗？

日向子：知道什么？

明：鹈饲君的内部。

日向子：不清楚。但是因为每次敲他，都有很清脆的声音。

明：这样。

日向子：所以我觉得他肯定是个空壳子。

明：你们这对兄妹真奇怪呢。

日向子：哪里奇怪了？

明：从头到脚都奇怪。我也有个哥哥，但是和你们的情况完全不一样。

日向子：哪里不一样？

明：距离感不一样。你们也太黏对方了吧。

日向子：是的呢。经常被人误以为是一对情侣。

明：那肯定的呀。哥哥竟然会跑到妹妹的职场来，简直离谱呀。

日向子：我不觉得这里是我的职场。

明：啊，这样。

日向子：你不会和哥哥一起玩吗？

明：不会。哥哥对我完全没兴趣，我对他也一样。感觉我们只是偶然生在同一个家庭的陌生人。

日向子：我也是一样的感觉。我觉得我哥完全是陌生人。

明：那我倒看不出来。

日向子：是吗。

明：他都那个年纪了，还没办法离开妹妹。倒不如说更黏妹妹了。

日向子：一定要离开吗？

明：啥？

日向子：为什么分离就一定比在一起要好呢？

明：这个嘛，你们如果觉得那样挺好的，那我也没什么意见呀。

日向子：我想听你说理由。

明：因为那样就没办法幸福吧。

日向子：为什么呢？

明：像你们这样知道关于彼此一切的两个人如果在一起的话，别人就无法进入了。不论是男是女都没办法接近你们了吧。既然没办法一辈子都在一起，还不如趁早。

日向子：没办法一辈子都在一起吗。

明：所以说，如果你们觉得那样挺好的，那就那样吧。我对你俩的关系一点兴趣都没有。

日向子：和我说话会让你很烦躁吗?

明看着日向子，笑了。

明：会。

日向子：是吗。

日向子笑了。

日向子：你喜欢我哥哥吗?

明：喜欢？鹈饲君？我？看着像吗?

日向子：像。

明：才没那么简单就能喜欢上一个人呢。

日向子：是吗。

明：不过，我承认我对他确实有兴趣。

日向子：兴趣什么时候会变成喜欢呢?

明：在进一步了解之后吧。

日向子：喜欢上我哥的必要条件是什么呢?

明：约会吧。

日向子：如果我很碍事的话，我可以先撤的。

明：那个已经无所谓啦。

日向子：做爱的话，就会喜欢上对方吗?

日向子看着明。

明：顺序上来说也挺难的。

日向子：很难吗?

明：有太多不做爱就不知道的事情了，但是要到达做爱这一步的门槛也很高。

日向子：很高吗?

明：不高吗？

日向子：我觉得不高。

明：我想反过来问问你。你和随便哪个谁都能做吗？

日向子：我还是会挑拣一下的。

明：怎么挑？

日向子：看脸。

明：很单纯呢。

日向子：是呢。不过，我觉得这未必就是错的。因为一个人的生活方式最终会反映在脸上。

明：嗯。

日向子：如果是好看的人，那就最好不过了。

明：你喜欢过谁吗？

日向子：喜欢过呀。

明：喜欢上了会怎么样呢。

日向子：就会想被对方喜欢。

明：很单纯呢。

日向子：你不单纯吗？

明：我应该是非常单纯的人，但是……

明叹息。

明：我需要男人。

日向子：这样呀。

明：这种需要是一种必要。

日向子：这样呀。

明：比如说，我现在和你像这样聊天，也会觉得很开心之类的。

我也会因为进一步了解你而高兴。但是呢，总感觉差了点什么。

日向子笑了。

日向子：确实呢。

明：归根结底，不管男人有多蠢、多无知、多没用，有总比没有要好。如果没有男人，我好像就会忘记自己是个女人。

日向子：会忘记吗？

明：我之前就有过这种感觉，有一天突然想起来，原来我忘记了自己是个女人呀。

日向子：那为什么会想起来呢？

明：我，这周，和两个男人做了。

日向子看着明。明也看着日向子。

日向子：你经常做吗？那种事情。

明：基本没有。倒不如说，完全没有。

日向子：感觉好吗？

明：不是好不好的问题。这两个人都对我很温柔。但总觉得哪里不对。

日向子：怎么不对了呢？

明：做的时候，对方不是会叫自己的名字嘛。

日向子：是的。

明：那个时候，我突然意识到哪里不对。或者应该说，虽然对方叫的是我的名字，但是我却感觉他们在叫别人。

日向子：他们都是你原本就认识的人吧。

明：唔，是的。

日向子：对方也是喜欢你的吧。

明：他们嘴上是这么说的。

日向子：那为什么会不对劲呢?

明：也有可能，和完全不认识的人做会更好吧。但是我没有这个勇气。

日向子：会害怕吗?

明：你试过吗?

日向子：和连名字都不知道的人做?

明：你看上去应该有过的样子。

日向子：有过。

明：你们在哪儿遇到的?

日向子：在类似这里的地方。

明：没有遭遇危险吗?

日向子：这种事情本来就是危险的。

明：每天都很无聊吧。

日向子看着明。

明：会不会失去活着的感觉?

日向子：我好好活着呢。

明：护士这份工作呢。

日向子：嗯。

明：会让人每天都处于一种不同寻常的紧张之中。

日向子：嗯。

明：习惯了这份工作后，肯定也会有一些松懈的地方，但是一旦松懈，就有可能会犯错。

日向子：嗯。

明：所以说只要从事这份工作，就无法真正地摆脱紧张。

日向子：是。

明：所以说，我也不是要在性爱中追求刺激感。

日向子：是。

明：但是，我觉得我在追求的东西也不是那种恋爱关系里的安心感。我真想化成一摊泥算了。

日向子看着明。

明：不想做自己了。想把自己这个存在从世上抹去。所以，可能就算危险也没关系。只是，我也不能和我不信赖的人做。

日向子：信赖?

明：我希望和能让我安心地展示自己任何方面的人做，不然就没有意义了。但是，我也觉得那样的自己其实是我最不想被别人看到的一面。

日向子：嗯。

明：所以真是走投无路呀。

日向子吻了明。明吓了一跳。

日向子站起身来，继续亲吻。明接受这个吻。

鹈饲：你们干啥呢?

鹈饲站在那里，面带微笑。

明站起来，像要摔倒一般地冲向鹈饲。

鹈饲接住明。明吻了鹈饲。

鹈饲吃了一惊。明移开嘴唇，抱紧鹈饲。

明：帮帮我。把你的力量借给我。只要今晚就够了。

鹈饲看着明。

明：不过，说不定我也能帮你。

鹈饲揽住明的肩膀，拿好她的拐杖。向出口走去。

鹈饲回头向日向子挥了挥手。日向子也挥手。

鹈饲与明勾肩搭背地走着。

73　电车（夜）

电车行驶在夜晚的城市。樱子与芙美相对而坐。

樱子：我头昏脑涨的。

芙美叹息。

樱子：好羞耻。

芙美：为什么？

樱子：我讨厌那种都是聪明人的场合，跟不上他们的对话。

芙美看着樱子。

樱子：我现在明白了，其实明一直都是在为我们生气呀。

芙美笑了。

芙美：是那样呢。是的呢。

樱子站起来，坐到芙美旁边的座位。

二人无言。樱子靠到芙美身上。

樱子：芙美。

芙美：嗯？

樱子：芙美。

芙美：怎么啦。

樱子：就是想叫叫你。你的名字真好听。

芙美：谢谢。

樱子：我呀。

芙美：嗯。

樱子：讨厌你老公。

芙美：嗯。

樱子：他那样真是离谱。

芙美：对不起。

樱子：为什么你要道歉呢？

樱子把头从芙美的肩上移开。

芙美：谢谢你为我生气。

樱子：不是的。也许就像梢小姐说的那样。

芙美看着樱子。

樱子：其实我只是希望自己被理解。

芙美：被良彦先生？

樱子：也不一定。

芙美：那是被谁呢？

樱子看着窗外。

樱子：我们呢。

芙美：嗯。

樱子：已经很久很久没做爱了。

芙美看着樱子。

樱子：但是，不只是那样。

芙美：嗯。

樱子：我希望自己能被理解。

芙美：嗯。

樱子：虽然我想被理解，但是不知道自己是想被谁理解。

芙美：嗯。

樱子：你喜欢拓也吗？

芙美没有回答。

樱子：你一定很喜欢他吧。

芙美：不知道。三言两语说不清楚。

樱子：嗯。

芙美：你喜欢良彦先生吗？

樱子：已经不知道算不算喜欢了。

芙美：这样呀。

樱子：但是。

芙美：嗯。

樱子：我是爱他的。

芙美看着樱子，把头靠到樱子肩上。

电车继续行进。

74 站台（夜）

电车停止。门打开。芙美与樱子下车。

风间：啊。

风间和樱子看见彼此。风间乘上电车。

樱子：啊。

樱子致意后离去。

风间背向淑惠，向隔壁的车厢走去。

风间打开车厢之间的门，向芙美和樱子下车的那扇门走去。

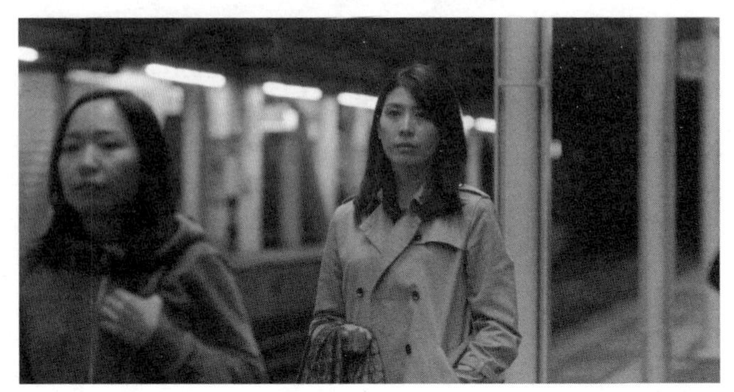

车内的风间和站台上的樱子对视。芙美惊讶地看着他们。

风间：你赶时间吗?

樱子没有回答。广播里播报着马上就要发车的信息。

樱子猛地跳上了车，下一秒电车的门关上。

樱子回头。

芙美与樱子隔着门对视。

电车发车，驶出站台。

芙美和淑惠被留在站台。

淑惠目瞪口呆地目送着电车。

芙美看见这一幕，不久后下了楼梯。

75　拓也的车（夜）

拓也坐在驾驶席上。梢坐在副驾驶座。

拓也：今天对不起。

梢看向拓也。

拓也：对不起。

梢：芙美小姐没对你说什么吗？

拓也：没有呢。

梢：你们。

拓也：唔。

梢：不怎么聊天吗？

拓也：我是想告诉她的，和你聊天很开心之类的，但就是说不出口。

梢：告诉她不就好了吗。

拓也：可能我们从来没有聊过真心话吧。

梢：有时候就是因为聊的不是真心话，所以才会开心不是吗？

拓也：你这话说得真讨人厌呀。

梢笑了。

梢：但是，你是喜欢她的吧？

拓也：那肯定是喜欢的吧。

梢：是真正的喜欢？

拓也：这不是真真假假的问题。

梢：这样呀。

拓也：要这么问的话就没完没了了。

梢：是吗。

拓也：只要在那个时间点觉得喜欢，那就够了。

梢：那……

无言。

拓也：什么？

梢：我喜欢你。

拓也瞥了眼梢。

拓也：不是吧。

梢：是的。

拓也：不是吧？

梢：非常喜欢。

拓也：不是吧？

梢：啊，红灯。

拓也：啊。

车穿过红灯。拓也笑了。

拓也：我可以先停车吗？

梢：好。

拓也：我还不想死呢。

梢笑了。拓也把车停在路肩。

绿灯了，有许多车从拓也的车旁开过。

76 街上（夜—清晨）

芙美一个人走在街上。

× × ×

芙美过河。

夜色开始泛白。

77 芙美的公寓（清晨）

芙美回到家。两个人的家微亮。谁也不在。

芙美取下披肩。身后传来开门声。

拓也：我回来了。

芙美：我回来了。

拓也：你才到家吗？

芙美：嗯。

芙美脱下外套。

拓也：这样呀。你去哪儿啦？

芙美：我从芦屋走回来的。

拓也：走了真远呀。

芙美：是挺远的。你呢？

拓也坐到沙发上。把钱包和车钥匙放在桌上。

拓也：我一直都和能势小姐在一起。

芙美沉默。

芙美：这样。

拓也：我们去了家庭餐厅，到早上我就送她回家了。

芙美：然后呢？

拓也：就这样而已。什么都没有。

芙美：都在一起整整一晚了，你还说什么都没有？

拓也：她说她喜欢我。

芙美：这就不叫什么都没有了吧。

拓也：我不能丢下她一个人。

芙美看着拓也。

芙美：你不是也喜欢能势小姐吗？

拓也看着芙美。

芙美：我讨厌你说起能势小姐时的声音。

拓也：声音？

芙美：因为听上去很雀跃。

拓也垂下视线。

拓也：我自己没有意识到。

芙美叹息。

拓也：可能我确实想过要抱紧她。但是我没有这么做。我回来了。

芙美：是这个模式呀。

拓也：欸？

芙美：我在走路的时候一直在设想各种各样的模式。

拓也：模式？

芙美：我设想了所有可能的模式。这是其中一个。

拓也垂下视线。

拓也：还有别的模式？

芙美：嗯。

拓也：都有什么样的呢？

芙美移开视线。

拓也：你走路时设想的那些。

芙美：回家后，你已经在了。

拓也：嗯。

芙美：向我道歉。

拓也：啊。

芙美：对我说，对不起，直到今天我才知道原来我伤你那么深。我再也不会伤害你了。

拓也看着芙美。

芙美：然后，我会这样回答你。

芙美看着拓也。

芙美：已经太迟了。

拓也沉默。

芙美：分手吧。

拓也看着芙美。

芙美：离婚吧。

拓也：你刚才说的。

芙美：嗯。

拓也：是已经决定的事吗？我还有机会吗？

芙美看着拓也。

拓也：我以后不会再和能势小姐共事了。

芙美：你们继续共事吧。别误会了。

拓也：误会什么？

芙美：我曾经很喜欢谈论工作时的你。所以我才痛苦。

拓也：曾经？

芙美：我给过你机会的。我给过你那么多。但是你全都错过了。

芙美看着拓也。

拓也：是吗？

芙美：是的。

拓也：是吗。

芙美：直到我离开这个家为止，你可以去外面住一段时间吗？虽然有点对不起你。

拓也：好。

芙美：我没有办法和你待在一个空间里。

拓也：明白了。

拓也往玄关走去。传来他出门的声音。

现在只剩下芙美一个人了，她按住自己的胸口。

前门打开的声音。芙美看向沙发。

× × ×

拓也站在玄关。芙美来了。

拓也：我知道离婚已经是无可避免的了。

芙美：是。

拓也：你是一个很好的人。

芙美看着拓也。

拓也：我是真的不知道，原来自己一直以来伤你这么深。对不起。

芙美看着拓也。

拓也：你不应该受到伤害。这就是我想说的。

拓也看着芙美。芙美看着拓也。

芙美拉过拓也的手，把车钥匙和钱包交给他。

芙美：再见了。

拓也看着手中的钥匙和钱包。打开前门，走了出去。

× × ×

芙美回到客厅，像是瘫倒一般地睡在地上。

她闭上眼睛。

× × ×

传来鸣笛声。芙美睁开眼。

78 路上（早晨）

被撞坏的拓也的车。

79 井场家（早晨）

一个人在客厅的良彦。他穿戴整齐，除了没穿西装外套，一副随时能去上班的模样。他看着窗外，晾晒的衣服正在摇晃。他打开窗，取下几件放进屋里。

传来开门声。良彦回到客厅，凝视着楼梯。有人上楼的声音。

樱子上楼来了。樱子与良彦的视线碰撞。

樱子看着良彦。

良彦移开视线。

良彦：你回来了。

樱子：我回来了。

樱子放下随身物品，从良彦的手中接过衣物，挂在室内。

樱子：会下雨吗。

良彦：不知道。只是觉得收进来也不坏。

樱子：大纪呢。

良彦：不在，应该是去晨练了。

樱子：这样。

良彦：你去哪儿了？

樱子没有回答。

良彦：你做什么了？

樱子：我和一个男人过了一晚。

良彦：你们……

樱子：我们做爱了。

良彦：你喜欢那家伙吗？

樱子：不喜欢。

良彦：你怎么能做那种事呢？更何况你还不喜欢他。

樱子：但是，我很感谢他。

良彦看着樱子。

樱子：非常感谢。

良彦沉默了。樱子看着良彦，脱下外套。

樱子正要经过良彦身旁时，被良彦抓住了手臂。

樱子：好痛。

良彦松开手。樱子开始收衣服。

良彦：你到底想怎样？

樱子：你希望我怎样？

良彦看着樱子。

樱子：如果你要我走，我随时可以走。

樱子把一部分的衣物收进屋。

樱子：但是，我不会向你道歉。

良彦叹息。

良彦：你离家出走又能怎样呢？要去那个男人那里吗？

樱子：我不知道他的联络方式，什么都不知道。

良彦：搞不懂你什么意思。

樱子：搞不懂吧。

良彦：你为什么要说那种话呢？

樱子：因为我就是那样想的。

良彦：我不知道我能不能原谅你。

樱子：原谅。

良彦：我没有这个自信。

樱子：我是想道歉的。

樱子一边收衣服一边说。

良彦看着樱子。

樱子：如果道歉能让你好受一点的话。但是我做不到。

良彦看着樱子。

樱子：我没办法道歉。做不到。

樱子看着良彦。

良彦：难道是我的错吗。

樱子看着良彦。

良彦：为什么用这种眼神看我。

樱子：什么眼神。

良彦：这种眼神。

樱子：我只是看着你而已。

良彦看着樱子，叹息。

良彦：我怎么可能会赶你走。

樱子：为什么?

良彦：因为你对我很重要。我一直很珍惜你们。可能我用错了方法。但是我只能这样做。因为我不知道别的方法了。

樱子：我也一样。

良彦看着樱子。

樱子：我只能这样做。我不打算离家出走。也不会道歉。我根本没想过要让你原谅我之类的。

良彦看着樱子。

樱子：你失望了?

良彦拿起包和外套。

良彦：我得走了。

樱子：嗯。

良彦下楼。樱子留在客厅。

× × ×

良彦下楼。

良彦：哎哟。

良彦一脚踩空。

× × ×

良彦滚下楼梯的声音。客厅里的樱子下楼去。

良彦一屁股摔在楼梯的最后一级，站不起来。樱子上前扶他。

樱子：没事吧?

良彦站起来。

良彦：嗯。

良彦开门离去。

樱子：一路平安。

良彦没有回答。门关上。

樱子上楼。

× × ×

良彦走在路上。强风吹拂。

良彦用手臂捂住眼睛，驻足，哭了起来。

× × ×

衣物在风中摇晃。樱子正在收衣服。

80 明的医院·更衣室（早晨）

香织换上护士服。明拄着拐杖进来了。

香织惊讶。

明：噢，早上好。

香织：早上好，槙野前辈。

明确认排班表。

香织：您怎么啦?

明：那个……

香织看着明。

明：我想撤销病假来着。就算出不了护士站，应该也有很多别的可以做的工作。

香织看着明。

明：护士长今天是上夜班吗?

香织：她说中午会来。

明：这样呀。那我先打个盹儿吧。她来了你可以告诉我一声吗?

香织：好的。

明正要转身。

香织：槙野前辈。

明回头。

香织：对不起。

香织低下头。

明：什么呀。

香织：都怪我靠不住。

香织抬头。

香织：您明明都受伤了，我却说不出请您好好休息吧这种话，对不起。

明看着香织。

香织：不但如此，我现在甚至还有一点如释重负的感觉。

明：柚月，你有总是道歉的坏习惯。

香织：是。

明：不是真心觉得抱歉的时候，就不要道歉。

香织：对不起。啊。

香织笑了。明也笑了。

香织：但是，我是真心觉得抱歉的。

明：嗯。

香织：不过，可能我内心真正的情感也不是抱歉。

明：那是什么?

香织：谢谢您。有您在我真的很开心。

明看着香织。明抱紧香织。

香织吓了一跳，随后也抱紧明，并抚摸她的后背。

二人保持这个动作一会儿后。明松开了。

明：对不起。

香织：没关系。

明：但是你真的好柔软呀，吓了一跳。

香织：欸欸?

明正准备转身离去。

明：有发生什么事吗？

香织：有一桩交通事故的抢救。

明：这样呀。

明转身离去。

81　明的医院 · 病房前

明从更衣室出来。

明和从手术室里出来的医疗组擦肩而过。

其中一人是栗田。

明：啊。

栗田：啊。

明：你值班呀。

栗田：是的。你搞啥呀那副样子。

明笑了。

明：辛苦了。怎么样？

栗田叹息。

栗田：我们已经尽力了，但是……

明：那不是理所当然的吗。但是？

栗田：怎么说呢。

栗田叹息。

明：抱歉抱歉。

明轻轻地拍了拍栗田。栗田走了。

明：辛苦了。

明目送栗田。拄着拐杖走了。

× × ×

芙美坐在病房前的沙发上。

明来了。

明：芙美。

芙美看着明。

芙美看到明的拐杖和石膏有点惊讶。

82 医院·屋顶天台（早晨）

芙美扶着明来到医院的天台。

芙美：真厉害。是大海。

明：是的是的，这可是我们医院的卖点呢。

明点烟。

芙美坐在长椅上。开口说道。

芙美：钥匙。

明：欸?

芙美：是我递给他的。车钥匙。他出门的时候忘记了。所以我亲手递给他了。

明靠近，揽住芙美的肩膀，抚摸她。

芙美：谢谢。我没事的。

明：你怎么会没事呢。

明坐到芙美旁边。芙美摇头。

芙美：不是的。

明看着芙美。

芙美：我一直在想，还有没有别的可能性，让我们能够摆脱现在这样的结局。但是，我怎么想也想不到答案。

明看着芙美。

芙美：所以，我不会怪自己的。也没办法怪自己。

明：嗯。

芙美：如果非要说的话，其实我现在很开心。

明看着芙美。

芙美：觉得还有机会。机会已经出现了。我很奇怪吗？

明摇头。

芙美：我在想，等拓也醒了以后呀。

明：嗯。

芙美：我要对他说，你活该。

芙美笑了。

芙美：可怕吗？

明：我觉得还行，就是不知道拓也会怎么想了。

明笑了。芙美也笑了。

明吸烟。

芙美：我下去一趟可以吗？

明：嗯。

芙美：我希望他醒来的时候，我可以在他身边。

芙美站起来，看着明的脚。

芙美：你一个人也没关系吗？

明：不要再担心别人啦。

芙美点头，下楼。

明：芙美。

芙美回头。

明：我想和樱子和好。想向她道歉。

芙美点头。

明：等纯回来，我们再一起去旅游吧。

芙美：嗯。

明：让拓也当我们的跟班，一起去玩吧。

芙美：嗯。

芙美点头，转过身，下楼去了。

明，吸烟，吐烟，看海。

她掐灭烟头，也下楼去。

能看见海。传来汽笛的声音。能看见海上的船。

（终）

《欢乐时光》潜文本

关于《欢乐时光》潜文本

正如“《欢乐时光》的方法”一文中所述，收录于此的10篇潜文本是以剧本形式写就的，以展示人物之间过去的关系性，或者说在剧本中所展开的故事的“背面”。其中，大部分都是在开机前就写好的，也有一部分是边拍边写的。

正如我们反复告诉演员们的那样，这些不过是展示人物性格的一种可能性，不过是“平行世界”，并非故事的正确答案。也许是因为这个前提，当我现在重读这些文本时，感觉Hatano工作室在写法上也比写剧本时要随性许多。每位主要作者的个性似乎也都无拘无束地表现出来了。

不过，在反反复复的改稿过程中，设定也产生了很大的变化，所以在潜文本中存有与收录在本书中的“第七稿”几乎完全不符的内容。直到摄影前的第二稿，大部分主要事件还几乎都发生在一家名为“Ninotchka”的咖啡馆。这是四名主要的女主角与“鹈饲景”一行都经常光顾的咖啡馆，在最终稿中出现在有马瀑布前的“泷野叶子”也是这家店的店员。结果，我们找不到符合“Ninotchka”设定的摄影场地而不得不大幅改稿。

不过，虽然我们修改了剧情，但是各位角色的性格倾向本身并没有变化。我告诉演员们，无论如何这只是个平行世界罢了，她们可以将这个世界中的角色性格作为自己表演时的依据。这也是为什么，我们将潜文本作为角色发展的资料，以当时写就的模样原原本本地收录在了本书中。

滨口

潜文本①

鹈饲 / 日向子 / 风间 / 淑惠 / 叶子

在咖啡馆“Ninotchka”集合的鹈饲一行。风间刚刚打完官司，正式离婚。

1 咖啡馆“Ninotchka”（夜）

已经过 23 点了。风间进入店内。

叶子：欢迎光临。

风间：我可以坐在里头的沙发席吗？

叶子：您请。

风间：谢谢。

风间坐下，取下围巾。

叶子：晚上好。

风间：晚上好。之后还会来两三个人。

叶子：啊，好的。外面很冷吗？

风间：很冷。冷死人了。

叶子：那么冷？

风间：抱歉，可能也没那么夸张。

叶子：这样。

叶子把菜单递给风间。

叶子：决定点什么后请叫我。

风间：等人到齐后再点可以吗？他们马上就来了。

叶子：好的，没关系。

叶子离开。

店门打开的声音。淑惠进来了。风间举起手。

风间：这儿。

淑惠走近。

风间：好久不见。

淑惠：你已经到了呀。

风间：我也是刚到。这么突然约你，抱歉了。

淑惠：没事，完全没关系。日向子他们呢？

风间：我没给日向子打电话。

淑惠：欸？为啥？虽然这也不算什么事……可是为啥呀？

风间：就是做不到嘛。

淑惠：风间你呀，总是一路平安地通往最糟的结局呢。

风间堵上耳朵。

风间：别说啦。

淑惠：抱歉抱歉。景呢？

风间：马上就来了吧。

淑惠：那日向子不就肯定会来了吗。

风间：你那样认为？

淑惠：是的。风间你是呆子吗？

风间垂目。

淑惠脱下上衣。叶子走近。

叶子：欢迎光临。

淑惠：你好。

叶子递过菜单。

叶子：等大家都到齐了我再过来。

淑惠：好的。

叶子离开。

淑惠：抱歉，感觉你不在状态？

风间：真的对不起。抱歉突然约你。

淑惠：是的呢。才过去三天。距离你说你暂时谁也不想见之后。

风间：怎么说呢……没想到我会觉得这么寂寞呀。

淑惠笑了。

淑惠：大家在LINE上聊了很多呢。都在担心你。日向子也在问，风间没关系吧。

风间：日向子吗？

淑惠：嗯。

风间：真少见呀。不过说真的，直到今天中午我都觉得谁也不想见。这是真的。

淑惠：嗯。

风间：然后呢，不是要出门吃午饭嘛。在公司附近有很好吃的拉面店，我跑去一看，队伍超长。

淑惠：有那么好吃呀。

风间：好像之前还上过电视吧。

淑惠：这样。

风间：盐味拉面超级好吃的。

淑惠：我也想吃吃看哪。

风间：好呀，一起去吧。

淑惠：啊，你绝对只是说说而已吧。

风间：不会不会，真的，一起去吧。下周怎么样？

淑惠笑了。

淑惠：抱歉抱歉。然后呢？

风间：啊啊。然后呢，我也去排队了。加入那个队伍。

淑惠：嗯。

风间：然后呢，怎么说呢，那个队伍里基本上都是附近的上班族，所以都是男人。只有一组是职业女性。

淑惠：这样。

风间：就站在那里。像孔雀一样。

淑惠：说啥呢。

风间：然后呢，只有那些人散发着不一样的色彩。队伍里的其他男人都双目无神，只有她们在发光，非常雀跃地聊着天。

淑惠：这样呀……

风间：有一种美女身处僵尸中的感觉。

淑惠：好危险。

风间：啊，是呢，嗯。

淑惠：你怎么这么冷漠。

风间：不不，我只是想尽快切入正题。

淑惠：什么呀。

风间：我这个人就是一根筋呀。

淑惠：抱歉抱歉。然后呢？

风间：然后呢。

淑惠：说太多“然后”啦。

风间：然后。

风间一脸得意。淑惠笑了。

风间：看到那一幕，我心里好羡慕呀。喂喂，我也想加入她们，加入那场对话的律动。

淑惠：你蠢蠢欲动了吧。

风间：是的，不是会有身体记忆吗？真的有呀。那个谁不是说过吗，好像是个什么运动员。身体会擅自动起来。在过脑前身体就先动了，之类的。

淑惠：你是说，说话也是一种运动吗。

风间：秋刀鱼[1]不是也说过吗。“说笑就是一种运动，和运动神经有关！”之类的。

淑惠：你知道你在说话界是什么水平的吗？

风间：欸？

淑惠：你在说话界能得金牌呀。

风间：不，也就县预选赛的水准吧。

淑惠笑了。

淑惠：好歹也是县级水平了。

风间：这个嘛，先不去管它。我的内心明明是完全不想说话的，但不知道为什么蠢蠢欲动！类似这种感觉。

淑惠：嗯嗯。

风间：然后，我当场就给你们打电话了。脑中最先浮现的就是你们的脸呀。想见你们。

淑惠：除了日向子。

1 明石家秋刀鱼，日本落语家、搞笑艺人、演员、主持人。

风间：是的。

淑惠：为什么？

风间：因为我害怕。

淑惠：真可怜。

风间：怎么说，她肯定会生气的。这不是明摆着的嘛。

淑惠：你这样拖着也不成吧。总有一天肯定会碰面的。倒不如说估计今天就会碰到了。

风间：可能会吧。

淑惠：你叫了景的话，日向子肯定也会来的吧。

风间：嗯。

淑惠：你心里不是很清楚的吗。

风间：是的。

淑惠：那你不是自相矛盾吗。

风间：我也不是很明白自己在想什么呀。我没有盘算过这件事情。

淑惠：我知道的啦。

二人沉默。风间低下头。

风间：和你也是很久没见了。

淑惠：请多多指教。

二人都深深地低下头。相对而笑。

淑惠：我们在干吗呀。

风间：用一种崭新的心情从头开始。

淑惠：从我们的相遇开始。

风间：是的，就像是我们已经转世了。

淑惠：啊啊，来世重逢之类的。

风间：下次相遇你想选什么样的情景呢?

淑惠：这个嘛，等等。我可以想象我们的前世。

风间：是啥?

淑惠：我是去取般若心经的和尚，你是一匹马。

风间：喂。

淑惠：途中我把你骑垮了，于是就给你建了一座坟。

风间：阿弥陀佛。

淑惠：然后，来世呢。

风间：是。

淑惠：等等。

风间：你慢慢来。

淑惠：是的，在某个下雨天。

风间：噢噢，不错呢。

淑惠：我从公司回家，非常疲惫。

风间：是是。

淑惠：然后，因为我忘记带伞，所以就小跑去便利店了。

风间：时代背景距离现在挺近的呀。

淑惠：然后呢，我去买伞。在收银台前排队。

风间：是是。

淑惠：到我了,店员问我,要不要取下伞的包装袋。然后我就说，拜托您啦。外面的雨哗哗地下。

风间笑了。

淑惠：然后，我准备从口袋里掏出钱包。但是，很难掏出来。

因为我的钱包对我的口袋来说有点太大了。

风间：设定好多。

淑惠：然后，我终于掏出钱包买了伞。

风间：嗯。

淑惠：然后，我匆匆忙忙地准备回去，结果有人从后面叫住我，“等一下”。我有点惊讶。

风间：喂喂，该不会……

淑惠：那个人就是你。

风间：怎么回事呢。

淑惠：然后，你对我说，你的脚受伤了哟。

风间：我是王子吗？

淑惠：然后，我看了眼自己的脚，可能是因为在雨中奔跑的缘故，脚指甲周围出血了。

风间：脚……指甲？

淑惠：原来我受伤了！你好像是在我努力掏钱包的时候注意到的。

风间：真厉害呀。那家伙。

淑惠：然后，我回答“是”。于是你递给我刚买的创可贴，对我说“用这个吧”。然后我说了“谢谢”。

风间：不会有这种剧情的吧。一般来说。甚至有点吓人。

淑惠：欸……真的吗？不是很美好吗？

店门打开的声音。鹈饲和日向子进来。淑惠举起手。

淑惠：日向子！

鹈饲和日向子走近。风间很紧张的样子。

日向子一直盯着风间看。日向子身旁的鹈饲笑着。

风间：怎么了？

日向子：风间啊。

风间：那个，对不起。

淑惠：看吧，就说会生气的。

风间：不是，等等，鹈饲你……

鹈饲：别推给我。总之先坐吧。

日向子坐在风间对面。鹈饲坐在风间旁边。

日向子：你这个废物。

风间：是的。

日向子：这算什么意思呢，你这家伙。

风间：不是的。我一开始呢，也没想过会有这种感觉的。

日向子：离婚后给大家发信息说“我已经不行了，最近估计谁都不想见了”的是谁呀。

风间：是我。

鹈饲：嗯。是风间。那确实是风间发的。我也收到了。

日向子：收到这种信息肯定会担心的吧，一般来说。

鹈饲：因为是出审判结果的第二天，所以大家还担心你会不会自杀呢。

风间：对不起。但是，之后真的变得非常寂寞。

日向子拍桌。

鹈饲：日向子。

日向子：我们已经不想管你了。

淑惠：风间，快道歉。

风间：真的对不起。

日向子：不管是发那种邮件，还是突然变卦说自己寂寞，这两件事情都让人很火大。

风间：你说得对。我是废物。我是人渣。

日向子：谁要听你说那种话！

淑惠：日向子呀。

日向子：现在不直说的话，风间永远都不会改了。

风间：那个，我要改哪里好呢？

日向子：那种事情你自己考虑吧。

日向子“砰砰”地拍着桌子。

淑惠：日向子，别那样了。

鹈饲：风间真的很擅长火上浇油呀。

风间：对不起。但是，我现在真的很想改变。

鹈饲：为什么？

风间：因为我想要幸福呀。至少想变成一个更好的人。

鹈饲对日向子说。

鹈饲：他说他想要幸福。

日向子：那就请淑惠作为代表。

淑惠：欸？

日向子：淑惠，你直接说吧，你到底有多担心他。担心这个废话贱人。

淑惠：等等。

鹈饲：你脏话太多啦。

日向子：但是我说的都是事实呀。

鹈饲：这个嘛，可能确实是的。是这个人自己发出宣言，伤害了周围的人。

风间按住胸口。

鹈饲：所以说你确实是个说话不算数的人渣呀。

风间：鹈饲你……

鹈饲：你离婚也不奇怪了。结婚誓言什么的，你这家伙肯定也是无法遵守的吧。

风间：啊啊啊。等等。

鹈饲：但是呢，日向子。这家伙已经受到惩罚了。搞到要打官司，私生活被全部暴露，输到头破血流。在公司也有很多人出于好奇传他的谣言，在他背后说一堆坏话。这家伙已经跌到谷底啦。

风间：啊，我要哭了。

鹈饲：所以这时候应该对风间说，你接下来肯定会触底反弹了哟。不能说，你这个废话猪头贱货之类的。不是吗？日向子。

淑惠：信息量有点大。

鹈饲：风间的成长期就从现在开始。他一定会茁壮成长的。

日向子：那种事情我当然知道啦。再不成长就不行了吧。

风间：啊，不行了。

风间用衣袖抹泪。

鹈饲：别哭啦，叶子小姐看着我们呢。

鹈饲朝叶子的方向看去，二人对视。

鹈饲微笑致意，叶子也打回礼。

风间：可是……

日向子：够啦。

淑惠：你很难过吧。

风间哭了。三人看着他。

风间：啊……

日向子给他纸巾。

风间用日向子的纸巾擦鼻涕。

风间：好难过啊，说实话。官司结束后，感觉自己变成了空壳子。

日向子沉默地看着风间。

风间：我这人本来就没什么内涵，现在感觉连剩下的渣滓也被人拿走了。真的是什么也不剩了。

鹈饲：你没事吧？

风间：完全不在状态。也感觉不到什么情绪，很害怕。所以我觉得，不想，也不能用那种状态和大家见面。

鹈饲：这样呀。

风间：但是今天见到大家后，我松了一口气。

日向子：又开始自说自话了。

风间：我真的好喜欢你们呀。

风间又流泪。

风间：超级喜欢的呀。

淑惠：风间。

片刻的停顿。

鹈饲和叶子又对上了视线。叶子致意。

风间：那个。

日向子：啥。

风间：要点单吗？

日向子：喂！

鹈饲：啊，这样呀。

鹈饲又看了眼叶子，对叶子说。

鹈饲：现在点单比较好吧？

叶子：啊，没事的。等你们安定下来也行。

鹈饲：不好意思，谢谢。

风间：那，我来……

鹈饲：你要点单吗。

风间：哭得我肚子都饿了。

日向子：又来了。

淑惠：你有时候说话跟个女孩子似的。

风间：我吗？

鹈饲：啊……可能是家教的缘故。

淑惠：你了解情况？

鹈饲：嗯，略知一二。

日向子：欸，连我也不知道呢。

鹈饲：风间家可是代代相传的有钱人呢。

淑惠：这样呀，好厉害。

日向子：啥呀，我怎么从来没听说过。

风间：等等，鹈饲。

鹈饲：这个嘛，让我说完。然后呢，风间的祖父母无论如何都想要个女孩子。那对祖父母虽然非常有钱但是好像很抠门，因为男孩子长大后会花很多钱，所以就说生个女孩吧。

淑惠：好过分。

日向子：可是女性才比较花钱吧？

鹈饲：这个嘛，和车呀酒呀比起来其实还好吧。

日向子：男性都在那种地方花钱呀？

鹈饲：然后呢，风间出生的时候，他的父母无论如何都没办法向祖父母开口说是个男孩，因为太害怕了。

日向子：像电视剧一样。

淑惠：是的呢。

风间看着鹈饲。

鹈饲也看着风间微笑。

鹈饲：祖父母非常严格，而且说一不二。那么这对父母该怎么办呢？你们怎么认为？

日向子：怎么办呢，让风间一直穿女装之类的吗。

鹈饲：嗯，很接近了。

淑惠：那个……让风间动手术？

鹈饲：什么手术？

淑惠：切掉小鸡鸡的那种。

风间：喂喂。

鹈饲笑了。

鹈饲：淑惠，我很喜欢你这一点哟。

淑惠：太好啦。

日向子：所以，正确答案是？

鹈饲：正确答案就是，风间直到10岁都被当成女孩养。

日向子：怎么回事？

鹈饲：这和穿女装什么的不太一样，风间在内心意识层面也认为自己是女孩子,就像是“姐妹”[1]一样。小鸡鸡当然是有的。但是，因为小时候不太清楚那意味着什么，所以他像女孩子一样，总是穿着裙子，安安静静，玩玩过家家之类的。在10岁左右之前，不是有一些男孩子也很可爱吗?

日向子：有的呢。

鹈饲：风间就是那种感觉。

淑惠：总觉得好厉害呀。

日向子用讶异的表情看着风间的脸。

风间：鹈饲呀。

鹈饲：还有一点就说完了，你再等等。但是呢，那种时光无法一直持续。

淑惠：真是好时光呀。

鹈饲：风间10岁的时候，喜欢上了一个男孩。

日向子：突转了呀。

鹈饲：那个男孩子很擅长运动，尤其是躲避球。

淑惠：哇……我能懂。

鹈饲：在那个年代呀，擅长运动的人就站在世界的顶端。女孩风间也不能免俗地喜欢上了那个男孩。

淑惠：哎哟……

日向子：然后?怎么样了?

鹈饲：风间告白了。在教学楼后面的焚烧炉。

1　原文是“オネエ”，指会使用和做出女性特有的用语和举止的男性。汉语不像日语那样会从词汇、语法等各方面区分男性用语与女性用语，所以很难有直接对应的名词，译者姑且译为“姐妹”一词。

日向子：真的假的。

风间：你差不多闭嘴吧。

淑惠：然后呢然后呢?

鹈饲：然后呢，风间就对那个男孩子说了。我喜欢你。

淑惠：噢噢。

鹈饲：然后呢，因为风间是男孩子，所以自然就变成男孩向男孩告白了，很快在学校里就传起了谣言。虽然男孩们从之前就知道风间像“姐妹”一样，但没想到他居然会向男生告白，所以变成了一桩大事件。

风间：鹈饲，你可以住嘴了。

鹈饲：好的好的，那我就说到这里吧?

日向子：风间啊，你也是好惨呀。

淑惠：有一种原来如此的感觉。

风间：喂!

鹈饲：在风间的心中现在还有一个女孩呢。

风间：等等！鹈饲，你别再搞我啦。这明明是阿卓的故事呀!

日向子：什么鬼。

日向子和淑惠笑了。

风间：怎么说呢，和阿卓的故事也有点细微的差别。他添油加醋了。

鹈饲：啊，这个，不是风间的故事。抱歉。

风间：和我没关系哟。

日向子：什么呀。我都接受这个设定了。浪费我时间。

风间：你说什么呢，日向子。

淑惠：啊……啊，真无聊。

风间：你们这些家伙是认真的吗。

鹈饲：感觉大家都变冷淡了呢。

风间：等等！

笑声响起。

风间：我超级男人的好吧。喜欢女人，做爱什么的，也超级喜欢。

淑惠：真下流。

日向子拍风间的头。

日向子：你声音太响了。

风间：你刚才自己不也把桌子拍得“砰砰”响吗。

日向子：那都是你的错。

风间：你们不是更过分吗。

鹈饲：都是玩笑啦。

风间：真是的，搞什么。

淑惠：是的呢，风间的“姐妹”形象，我有一瞬也相信了呢。

风间：等等……！

日向子：又来了，那种微妙的反应。

风间：啊……真不该给你们打电话。

日向子又用拳头揍了风间的头。

风间：好痛！

日向子：铁拳制裁。

风间把两个手腕贴到一起，猛地将双掌向前推。

风间：波动拳。

大家一起沉默。

淑惠：门是不是开着。冷死人了。

风间：你们这啥反应呀。雷区也太多了吧。

大家一起笑了。叶子问大家什么时候点单。

潜文本②

樱子 / 良彦 / 纯 / 满

樱子、良彦、纯的青春时代。描写了在电影中相识最久的三人的过去。良彦的母亲满也会登场。

中考结果出了，良彦和纯考上神户高中。

樱子没考上神户高中，去了神户海星女子学院高等学校。

（1992 年 5 月）

1　神户高中 · 广播部（白天）

中午时分的高中。绿化在太阳光下闪耀。

RC SUCCESSION[1] 的《半导体收音机》的前奏响起。

×　×　×

男女学生们在教室里吃着便当。

从音箱里传出音乐。

×　×　×

纯把嘴凑近广播室里的麦克风。

旁边的良彦靠在旋转椅的椅背上不断地旋转。

两个人都穿着夏季校服。前奏就要结束。

1　日本摇滚乐队。

纯：接下来的这首歌是RC SUCCESSION的《半导体收音机》。

纯关掉麦克风。只有音乐在流淌。

良彦：你放的都是老歌呀。

纯：你不喜欢？

良彦：没有，只是没听过罢了。

纯：这是老师点的歌，还不错的呀。据说今年来了个懂音乐的家伙。

良彦：就是因为那样，广播部才会被说偏向老师呀。

纯：才不是呢。这是摇滚呀。不是挺好的歌嘛。

良彦：那我也来听听看。

纯：你自己也选点歌嘛。

良彦：我不懂音乐。大家点什么，我们放什么，这不就得了。

纯：哪怕选个一两首也行呀。大家点的歌都很无聊。

良彦：我不懂，就全交给你了。

纯：那你不是白加入广播部啦。

良彦：我只要能早点回家就行。

良彦坐在旋转椅上旋转。椅子歪了，良彦跌落。

纯笑了。

《半导体收音机》的旋律流淌着。

2　神户海星女子学院高等学校·校门（白天）

良彦骑着自行车在校门前一圈圈地转悠着。

×　×　×

女学生1从教室的窗户看向校门。

女学生1：樱子，你男朋友来啦，在等你呢。

樱子准备回家。像是无视女学生1一般，她走出了教室。

响起“嘘——嘘——”的声音。

× × ×

樱子拖着自行车靠近良彦。

“嘘——嘘——”的声音远远传来。

良彦看向声音的方向。女学生们透过教学楼三楼的窗看着良彦他们。

良彦：那个，是啥？

樱子：走吧。

樱子拖着自行车，良彦赶超到她前面。

良彦朝窗的方向挥手。

从窗内传来了更响的欢呼与笑声。

3 快餐店（傍晚）

二人坐在靠窗的长桌上。

良彦：我是可以不在校门口等你，但以后该怎么办？我们在别的地方碰头？

樱子：不管在哪碰头，都会被人看见的。

良彦咀嚼吞咽着汉堡包。

良彦：被看见了又怎么样？

樱子：会很不好意思。

良彦：你觉得我给你丢人了？

樱子：不是那样的。是因为大家会说很多有的没的。

良彦：那种东西无视不就好了。

樱子语塞。

良彦：说三道四的人才是白痴。如果你表现得很自然的话，自然就谁也不会再说什么啦。

樱子：柔道，没关系吗？

良彦：什么意思？

樱子：你现在去的道场不是只有你一个高中生吗。

良彦：嗯。

樱子：神高的柔道部不是很强吗？你去广播部真的好吗？

良彦：不是挺好？

樱子：哪里好了。

良彦：那个道场是我从小就去的。也可以参加个人战。我并不是为了你才去广播部的。

樱子：嗯。

良彦：所以说，不是你想的那样。

樱子看着良彦。

有一群穿着海星女子校服的学生入店。

樱子垂目。

良彦：我们走吧。

二人起身离开。

4　路上（傍晚）

骑着自行车的樱子与良彦。

来到了分岔路口。

樱子：对不起。

良彦：什么？

樱子：如果我考上神高的话就好了。

良彦：那种事情……

樱子：我们一起买寻呼机吧？

良彦：不知道我妈妈答不答应。我问问她。

樱子：嗯，我也是。不知道能不能买。

良彦：嗯，拜拜。

樱子：拜拜。

樱子正要走。

良彦：抱歉，下次我们怎么见面呢？

樱子：我会去看你的比赛的。和纯一起。

良彦：好的。

二人挥手告别。

5 井场家（夜）

良彦打开前门进屋。

良彦：我回来了……

满：欢迎回来。

晚饭已经开始了。

父亲武志正在喝酒看电视新闻。

姐姐裕子和她的丈夫邦夫也围在桌边。

满：已经到要去道场的时间了吧？你有时间吃饭吗？

良彦：没有。回来再吃。

良彦把系好了挂在墙上的柔道服放在肩上，向玄关走去。

满：加油呀——

满对着玄关的方向喊道。

良彦：妈妈，我可以买个寻呼机吗？

满：那就看你的成绩了。

良彦沉默。

满：如果你努力学习和练习柔道的话。

良彦：好嘞，我知道啦！

良彦就那样一鼓作气地冲出了门。

武志：寻呼机是什么呀？

裕子：怎么说呢。就是那种随时都能把人叫出来的东西。

武志：啥呀，那家伙是要当狗了吗。

满：爱咋咋地吧。感觉良彦最近情窦初开了呀。

满笑了。裕子和邦夫笑了。武志抿着小酒。

（6月）

6 体育馆·比赛会场（白天）

柔道比赛。

良彦吃了一记漂亮的背摔。

他翻了一圈，背朝下地落在榻榻米上。

对战选手站起来。

良彦喘着粗气，看着天花板。

穿着私服的樱子和纯从观众席上看着这一幕。

7 体育馆 · 走廊

良彦在饮水处用水冲脑袋。

× × ×

走廊。樱子和纯正在说话。

樱子：你别走呀。

纯：我现在留在这儿也帮不上忙吧。井场君肯定也很郁闷。

樱子：我也很尴尬呀。不知道该怎么办。

纯：你安慰一下他嘛，告诉他没关系的。

樱子：他肯定不会喜欢听这种话吧。

樱子一脸窘迫。纯思索着。

8 卡拉 OK

纯、樱子和良彦在卡拉 OK 包厢里。

纯正在唱中岛美雪的《时代》。

纯唱完了。良彦摇响手摇铃。

樱子鼓掌。

下一首歌的前奏开始了。是 RC SUCCESSION 的《在雨后的夜空》。

良彦激情演唱。

纯：喔喔！

樱子看着良彦。纯也跟着一起唱起来。

良彦激情唱完。纯与樱子击掌。

樱子：这首歌我没听过。

良彦：是纯借给我的RC和清志郎的磁带。

樱子：这样呀。

樱子露出惊讶的表情。

纯：啊，听你这唱腔，一定听了很多遍原曲吧。

良彦：听了超多遍呢。那盘磁带真的超级好。

下一首歌开始。是樱子点的 REBECCA 的《朋友》。

纯和良彦欢呼起来。

樱子唱歌。

9　路上

三个人骑着自行车。纯在分岔路口和大家道别。

纯：再约呀。

樱子：再约。

良彦：谢谢！

良彦和樱子并排骑车。

×　×　×

到了分岔路口。二人放慢自行车的速度，停下。

良彦：我不能送你回家吗？

樱子：对不起。

良彦：放暑假后可以多见几次吧？

樱子：应该可以。

良彦：去庙会吗？梅里肯公园的那个。

樱子：好呀。也叫上纯。

良彦沉默。樱子看着良彦。

良彦：我想和你两个人去。

樱子：两个人去可能不太行。

良彦：为什么呀。

樱子被良彦的语气吓到。

良彦：我俩不是在交往吗。要瞒住爸妈还说得过去。可是，学校里的人怎样都无所谓吧。

樱子：有所谓的。

良彦沉默。

樱子：我也觉得这样很傻。但是只要和神高的人交往，就会被人说一堆有的没的。也不知道会从哪个渠道传到爸妈耳朵里去。

良彦：啥呀。好蠢。

二人沉默。

樱子：寻呼机，我爸妈也说不行。

良彦看着樱子。

樱子：对不起。

良彦：你是不是不想见我呢。

樱子也看着良彦。

良彦：那样的话，我们要怎么见面呢？打电话到你家也不行，去学校接你也不行。然后我们还不同校。

樱子垂目。

良彦：对不起。但是，我什么时候都想见你。我满脑子都在想你，不管是上课的时候还是在广播部的时候。

樱子：那样可不行呀。

良彦：我喜欢你。越来越喜欢你了。你呢？

樱子：我不喜欢你这样咄咄逼人。

二人沉默。

樱子：现在这个情况，不管我说什么都会变成是你逼我说的。

良彦：你说什么呢。

樱子：我一直没有变过，一直是一样的心情。现在听你说喜欢我，我也很开心。非常开心。

良彦沉默。樱子叹息。

樱子用双手捂住双颊。

樱子：该怎么办呢。

樱子环视周围，然后把自行车停好。

樱子离开自己的自行车靠近良彦。她吻了他。

良彦吃了一惊。片刻后试图抱樱子入怀。樱子躲开。

樱子：再约。

良彦看着樱子。

樱子：再约呀。

良彦：噢。

良彦呆住了。樱子抓住自行车的把手，跨上车。

樱子：你柔道比赛的时候也在想吗?

良彦：唔?

樱子：我的事情?

良彦：那倒也不至于。

樱子：这样呀。那就好。

良彦：但是，我有看到你坐在观众席上。

樱子看着良彦。

良彦：那个瞬间，我被摔出去了。

樱子叹息。

樱子：看来我也不能去给你加油了。

樱子骑车走了。良彦吃惊。樱子回头说道。

樱子：我会给你打电话的！

樱子那样说着，站立着踩起了自行车。

良彦目送樱子。

（一年后 1993 年 7 月）

10　广播室（白天）

纯正在放《禁忌的游戏》。

纯：到下课时间了。请大家关好教室的窗，如果没有别的事情，请尽快开始做放学的准备。

曲子结束。纯收拾好房间，正要离开。

纯从广播准备室看向操场。

各社团正在活动。

能够看见一群穿着柔道服的人在跑步。良彦也在其中。

男学生乃木进来了。

乃木：那个……

纯：是。

乃木：你是广播部的人？

纯：对。

乃木：那个……这盘磁带，可以拜托你用校内广播放吗？

纯：啊……好的。是点播吗？

乃木：不是，是我自己的歌。

纯：啊……

乃木：我作了一首校歌。

纯：欸?

乃木：怎么说呢，想让全校的人都听一下。

纯：明白了。我听完后再和你讨论。

乃木：呃，现在听吧。你很急吗?

纯：不急……

乃木用磁带机播放带来的磁带。

宛如电台司令《Creep》低配版一般的音乐开始流淌。

11 神户高校·自行车停车场(傍晚)

太阳几乎完全下山了。

纯推出自己的自行车。

良彦来了。

良彦：吉见[1]。

纯：啊……井场君。好久不见。

良彦：是呢。

纯：已经结束啦?对于柔道部来说有点早吧?

良彦：因为明天有比赛。所以今天提早散啦。

纯：这样呀，感觉已经准备充分了呢。

良彦：对于广播部来说有点晚呀。

---

1 日本女性结婚后习惯改夫姓。此处的“吉见”应该是指纯嫁给公平之前的旧姓。潜文本处原文即为“吉见”，与剧本中的“吉川”不同，并非讹误。

纯：被一个怪人逮住了。

良彦：怪人?

纯：你很快就会明白的。

纯露出笑容。良彦笑了。

良彦推出自己的自行车。

良彦：啥呀。

良彦和纯并排地推着车。

12 路上（傍晚）

二人并排骑车。

纯：比赛。

良彦：嗯。

纯：不能请樱子来吗?

良彦沉默。

纯：我知道你们两个现在是什么状态，但是……

良彦：但是?

纯：真是急死我了。

良彦：你那是多管闲事呀。

纯：是呀。

到了分岔口。

良彦：再约。

良彦举起手。然而，纯还是和良彦并排着随他而去。

良彦有些惊讶。纯一边和良彦并列骑车，一边对他说道。

纯：樱子呀，完全没有讨厌你的意思。她只是不知道该怎么办了。

学校的成绩也下降了，她父母说这都是因为和你交往的缘故。

良彦刹车。纯吃了一惊。

纯也刹车，返回去。

和良彦以相反的方向并排着。

良彦：樱子说，她感觉继续这样下去的话，我们两个人都会变成废物。

纯：嗯。

良彦：我也隐约明白她的意思。感觉这都是我的错。

纯：也不是你的错。

良彦：我没有自信。所以也连累了樱子。

纯垂目。

良彦：我希望你不要约樱子。

纯：嗯。

良彦：只是想象她可能会在赛场，就让我没有办法集中，我希望你答应我，不要叫她来。

纯：明白了。

良彦：谢谢。

纯：没事。

良彦：那就再约了。

良彦挥手，踩动自行车。

纯也骑往相反的方向。

13　体育馆 · 比赛会场（白天）

柔道比赛。良彦正在对战。

良彦用出色的内股投[1]决胜。

良彦振臂表示胜利。他的队伍欢呼。

观众席上的满和武志也很高兴。

14　井场家（夜）

满端来了刺身船。

武志、邦夫、裕子、良彦坐在餐桌前。

裕子：好厉害呀。

邦夫：哎呀……小良，真是恭喜啦！

良彦：谢啦。

满：总而言之，我们取得了市冠军！

裕子、邦夫、满鼓掌。良彦有些不好意思。

武志递出酒壶。

良彦：欸欸？

武志：喝点吧。

良彦：我还没成年呢。

武志：今天情况特殊呀。

良彦：欸欸？如果因为急性酒精中毒被送去医院就糟糕了。

武志：抿一下而已。

良彦：一滴？两滴？

武志：三滴。

武志往良彦的杯子里倒了极少量的酒。

1　柔道比赛中的招式。

武志：你可是酒窖家的儿子呀，说什么呢。

良彦：我嘛，已经是那种情况了。反正有邦夫哥在。

一桌人都沉默了。满举起杯子。

满：好了，我们来干杯吧。

大家一起举起杯子。

大家：干杯！

良彦一口干掉杯里的酒。皱起了脸。

武志看着他。

武志：内股。

良彦：嗯？

武志：那招用得真是漂亮呀。

良彦：是吗。我自己倒是没什么感觉。

满：真的呢，一瞬间就放倒对方了。啊啊，让我想起了嘉纳治五郎[1]。

裕子：这样呀，小良你这么厉害呀。

良彦：太夸张啦。这才只是市级比赛而已呀。

一家人笑了。

（半年后 1994 年 1 月）

15　路上（傍晚）

雪花纷飞。路面也冻结了。

1　现代柔道先驱。

纯骑着自行车。

在她的前方，穿着神户高校校服的男学生踩着自行车。

那辆自行车在坡道前刹车了。

自行车没能停下，滑倒了。

骑车的男学生失去平衡，摔倒的时候头撞上了路牙子。

纯吓了一跳，刹车后小心翼翼地停下。男学生没有动静。

一名靠近男学生的男性按响了附近人家的对讲机。

男性：不好意思，可以帮忙叫一辆救护车吗?

纯放下自行车走近。途中滑倒，一屁股摔在地上。

纯顺势以四肢着地的姿势爬着接近。纯怔住了。

摔倒的是乃木。从脱落的随身听耳机中漏出音乐。

从脱落了耳机的耳洞中，流出一丝细细的血。

男性靠近。

男性：他们现在帮忙叫救护车，所以你别动他。

纯：是……

男性：他是你的朋友吗?

纯：不是……

纯看着乃木。

乃木呼着气。白色的鼻息扑到纯的脸上。

纯：乃木君?

乃木没有应答纯那声呢喃一般的呼喊。耳机里响着很轻的音乐声。

乃木已经没气了。纯看着他。

16　酒窖（傍晚）

救护车到达酒窖。

被担架抬走的武志。

满陪他坐上救护车。

酒窖的员工们看着这一幕。

雪花纷飞。

17　葬礼（白天）

在殡仪馆中央，放着武志的遗像。

满、邦夫、裕子、良彦坐在遗属席上。

良彦穿着校服。良彦以外的人都穿着丧服出席。

大家排队依次烧香。良彦面无表情地看着。

良彦的表情变了。他的视线追随着队列里的人。

良彦对身旁的裕子耳语。

良彦：姐姐。

裕子把耳朵凑过去。

良彦：抱歉，我去拉个屎。

裕子点头。良彦匆匆忙忙地离开殡仪馆。

×　×　×

殡仪馆外。没什么人烟的道路。

良彦冲了出来。

穿着校服走在前头的樱子驻足，回头。

良彦：樱子。

樱子低下头，又抬起脸，看着良彦。

良彦：头发，留长了呢。

樱子摸了摸自己的头发。

樱子：纯要去参加另一场葬礼,来不了了。所以,她让我替她来。

良彦：谢谢。

樱子摇头。

樱子：该说什么好呢？我也不知道……

良彦：什么都不用说。

樱子：你溜出来没关系吗？

良彦：可能不是很好。

樱子：那你快回去吧。

樱子用手指了指殡仪馆的方向，向后退了一步。

良彦：樱子，我……

良彦语塞。

他条件反射似的用手腕遮住双眼。樱子吓了一跳。

良彦哭了。樱子悄悄地靠近，把手放在他肩上。

良彦：不是的。

樱子：什么？

良彦：我是觉得开心。

良彦挤出字句来。

良彦：老爸死了以后，我也不知道自己是难过还是什么。看到你以后……

良彦说不下去了。樱子紧紧抱住良彦的头。

樱子：对不起。之前是我太懦弱了。

良彦呜咽。樱子用力抱紧他。

二人相拥片刻。

良彦冷静下来。樱子也松开了手。

良彦：我得走了。

良彦双手抓住樱子的双手。

樱子也用力抓住。

良彦：可能有很多话，我不能在今天说。

樱子：嗯。

良彦：但我想让你等我。

樱子：嗯。

良彦松手。向殡仪馆走去。

樱子看着他的背影。

（终）

潜文本③

樱子 / 纯

樱子与纯回忆往事的对话。这个潜文本，是在带（有对话场景的）剧本拍摄的第一天作为练习交给她们的。

○咖啡餐馆（白天）

纯坐在店里靠窗的座位上。

樱子拿着装有拿铁的纸杯进来了。

纯空出预留的座位。

樱子：对不起。

纯：没事啦，别介意。

樱子：我忘记给大纪做便当了。

纯：大纪今天也要上学？

樱子：是补习班的模考。

纯：真惨呀，才小学五年级吧。

樱子：是呀。我觉得应该从初中再开始参加考试。

纯：良彦君……

樱子：嗯。

纯：从以前开始就很会规划遥远的将来呀。

樱子：唔……

纯：怎么啦？

樱子：被你这么一说，好像确实是那样。

纯：你觉得哪里不好吗？

樱子：我也不知道这样是不是不好。

纯：嗯。

樱子：我有时候会觉得，哎呀，那个是什么时候决定的？你和我说过吗？

纯：你希望他问一下你是吧。

樱子看着纯，然后望向窗外。

樱子：有些很遥远的事情就算被问了，我也没办法当场决定。

纯：唔唔。

樱子：所以说我也能理解为什么他渐渐地就不来问我了。虽然能够理解，但还是会一头雾水。

纯：也不是啦。有些事情不用知道太多比较好。

樱子：啥呀。

纯：良彦君、樱子你还有大纪，你们三个不是挺和谐的吗。

樱子：真的吗。

纯凝视樱子的脸。

樱子察觉纯的视线。

樱子：别用那种眼神看我呀。

纯：什么眼神？

樱子：老母亲的眼神。

纯：我刚才在想，樱子已经完全是个母亲了呀。

樱子：现在想来真是厉害呀。你居然也结婚了。

纯：有实感吗？

樱子：你是说自己成了一个母亲的实感？

纯：嗯。

樱子：基本上没有呢。但是，打扫家里的时候呢。

纯：嗯。

樱子：窗玻璃上不是会映出自己的身影嘛。

纯：嗯。

樱子：看着自己的样子，有时候会吓一跳。

纯：是吗。因为年纪大了？

樱子：不是。

纯：唔唔。

樱子：不是那样的。

纯：我们年纪也都大了呀。

樱子：窗玻璃上不是会照出自己嘛。

纯：唔唔。

樱子：我就会想，啊，我在打扫家里呀。

纯：啥呀。

樱子：你不记得了？

纯：记得什么？

樱子：不是你说的吗，初中的时候。那会儿你来我家玩。

纯：啊，我是不是说了整理一下比较好？你还记得呀。

樱子：你说的不是那句话。

纯：那我说了啥？

樱子：你说，“樱子的房间像循环商店一样”。

纯：对的，对的。那时候你的房间超级乱。

樱子：真过分。

纯：抱歉抱歉。

樱子：然后我就问你，循环商店是啥？

纯：然后我们就去了是吧，骑着自行车。

樱子：那次是我们第一次坐一辆自行车呢。

纯：是的呢，到那儿以后你还问我，“我房间有这么乱？”

樱子：因为那个商店真的很脏呀。所有完全无关的东西都被乱放在一起。

纯：吉他的旁边还放着电饭煲的柜架呢。不过你当时的表情真的很精彩。

樱子：因为我受到了很大的冲击，原来在你眼里我的房间是这样的。

纯：你当时缓了一阵呢。

樱子：我在窗玻璃上看到自己的时候，就会想起那种事情。

纯：亏你还记得呀。

樱子：这可是我的创伤呀。总是忽的一下就开始闪回了。

纯和樱子笑了。

纯：走吧。电影要开始了。

樱子：嗯。

二人站起身。

（终）

潜文本④

芙美 / 河野

芙美与部下河野的场景。修改前的那版剧本有河野再次向芙美告白的场景。这个文本是那个场景的铺垫。

（故事的前一年左右）

1　设计工作室（夜）

人影稀稀落落的公司内。

河野很慌张的样子，正在整理自己的办公桌。

男性前辈向河野搭话。

前辈：河野……

河野：在。

前辈：那个，你现在有时间吗？

河野：那个，抱歉，今天有点……

前辈：不行？

河野：稍微有点事情。

前辈：这样呀，那没事了。

河野：对不起。我先走了。

河野拿着自己的包和大衣，小跑着离去。

2　路上（夜）

公司前的大马路。河野一边走一边给谁打着电话。

河野：喂喂……塚本前辈，对不起，现在刚出公司……是，明白了……我现在开始坐地铁，30分钟左右可以到店里，我会赶紧的……是，谢谢……是……是，明白了。

河野挂断电话。

河野急急忙忙地跑下地铁的楼梯。

3　居酒屋前·路上（夜）

从深处走来的河野。

店门前可以看见芙美。

河野小跑着靠近芙美，低下头。

4　居酒屋·店内（夜）

店里很热闹。河野与芙美相对而坐。

桌子上摆着些许吃剩下的菜。两个人都有点微醺。

芙美：河野呀。

河野：在。

芙美：你想过要辞职吗？

河野：好突然呀。

芙美：河野呀，你经常被骂吧，在公司里。如果是我的话会很厌烦的，你不会吗？

河野：这个嘛，该怎么说呢。我当然也会厌烦，虽然不知道大家是不是都会这样想。

芙美：那是当然的啦。

河野：但是，我没想过要辞职。

芙美：为什么？

河野：感觉大家其实都很温柔，对我发火也是在为我好。

芙美：你这想法很老套呀。

河野：是吗？我真的这么想。大家会对我发火，是因为我这个人还有可能性，或者说还有进步的空间不是吗？

芙美：这个嘛，也确实。

河野：所以一般情况下我还是很开心的。

芙美：唔，可能是吧。

河野和芙美对视。

河野：这不是你想听的话，是吗？

芙美：不，也不是那样。

河野：不好意思，总感觉我的话有点没传达到。

芙美像在掩饰什么一样。

芙美：河野呀。

河野：在。

芙美：我觉得你这次真的很努力了，我很感谢你。

河野：谢谢，今天也是你请我……

芙美：那种事情无所谓啦，我可是前辈呀。

河野：是。

芙美：但是呢，河野你怎么说呢，有一种好孩子的感觉。

河野：好孩子？

芙美：对，好孩子。抱歉，我找不到合适的说法了，可能因为已经有点醉了，所以懒得思考了。

河野：没事。

芙美：当然我没说这个不好。

河野：是，我理解。

芙美：但是呢，有时候也不必回避冲突。

河野：这样呀。

芙美：公司的前辈也是，当然我自己也是，如果觉得哪里不对劲，那直说就好了。

河野：是。

芙美：你懂我的意思吗?

河野：嗯，大概懂。

芙美：比如这次标题的排版，我就觉得你肯定是不认可的。

河野：怎么说呢。

芙美：我感觉到了。

河野：唔……认可嘛。老实说，我可能不是很明白。连自己是不是认可也不清楚。

芙美：你这人什么都写在脸上，看一眼就明白了。

河野：真的吗?

芙美：真的哟。

河野：对不起。

芙美：为什么道歉?

河野：这个嘛……

芙美：所以说，如果你不认可，那就别认可。倒不如说，有那种无法认可的感觉才是好事。

河野：是那样吗。

芙美：是的。无法认可，就等于感觉到别扭。这个你能理解吗？

河野：能。

芙美：其实在工作中是很难去认可的。这会让你举步维艰，单纯来说。如果每件事情都要在认可的基础才去做，那不就没办法前进了吗？

河野：是。

芙美：但是呢，与工作质量相关的事情，比如说设计呀字体呀配色呀之类的，如果没办法认可那些的话，那是不行的。

河野：唔。

芙美：明白吗？

河野：有点不明白。

芙美：好的，那我说明一下。听好了，如果连你自己都没办法认可这些的话。

河野：是。

芙美：那么就很有可能没办法传达给看广告的人了。

河野：啊，好像有点懂了。

芙美：是吧？你也有看广告的时候，也会站在客人的立场上。

河野：啊，就是说如果我没办法认可的话，那么也就有可能没办法传达给一般的顾客？

芙美：就是这么回事。是的是的。

河野：这样呀。

芙美：这个呢，是非常重要的点。

河野：很重要吗？

芙美：因为呢，我们比起普通人看了更多的广告，也思考得更多不是吗。

河野：是的。

芙美：那是优势也是劣势。我们读取广告信息的能力比普通人要高。

河野：啊，明白。我刚进公司的时候吓了一跳呢。觉得大家都好厉害啊。我以前看广告的时候从来没像大家那样想那么多。

芙美：是吧。那当然也是非常重要的，从广告质量的角度来说。但是呢，归根结底呢。归根结底，如果我们自己都觉得看广告的人不会有兴趣，不会想要买这个商品，用一种有点奇怪的说法，就是如果我们自己没有激情的话，那是不行的。

河野：激情吗，真厉害呢。

芙美：真的就是一种激情。就像发烧一样呢，我有时候看到广告，就会产生一种想去传达什么的心情。这种广告呢，不是光靠理论就能做出来的。

河野：这样呀，是这样呀。

芙美：是的。大家不是很容易从理论呀、工作经验呀、设计呀、文字排版之类的方面去思考吗，比如说前田之类的就是那样。

河野：前田前辈吗。这么说来，他经常会说哪里哪里的广告是这个排版，所以……之类的话呢。

芙美：前田呢，当然他那样也不是不好。但是，怎么说呢。我的话，还是想做最好的东西。

河野：真厉害呀。

芙美：那时候我最强的武器，肯定就是想要传达的心意。虽然有点不可思议。

河野：我懂。那种富含心意的广告确实会让人想多看两眼呢。

芙美：噢，河野。你开始明白了呀。

河野：谢谢。

芙美：如果能做出那种广告，设计呀字体呀，就算违背理论，我也觉得没什么不好。大家的视线会自然而然地被那种广告吸引。

河野：原来如此。

芙美：等等。

河野：啊，对不起。

芙美：我很讨厌“原来如此”这句话。

河野：是的，对不起。

芙美：那种话呢，你去对某个笨蛋客户说吧。

河野：是。

芙美笑了。河野也跟着笑了。

芙美：虽说如此，但总是没办法顺利地实现呀。

芙美指了指河野的空杯子。

芙美：喝啥?

河野：啊，那我来杯生啤。

芙美：不好意思。

芙美叫店员。店员靠近。

芙美：一杯生啤，我喝黑糖烧酒加冰。

河野看着点单的芙美。

店员：明白了。

店员离去。

河野：塚本前辈。

芙美：怎么了？

河野：你好会喝呀。

芙美：那倒也没有。

河野：是吗。

芙美：我自己也不太清楚。

片刻的沉默。

芙美一口干掉杯中剩下的酒。河野开口了。

河野：塚本前辈。

芙美：什么呀。

河野：我喜欢你。

芙美：啊？

河野：超级喜欢。

二人沉默。

芙美：河野。

河野：在。

芙美：首先，谢谢你。

河野：啊，没有。

芙美：我单纯地觉得很开心。但是呢，河野。

河野：是。

芙美：你知道我已经结婚有老公了吧？

河野：是，我知道。

芙美：那，你这是什么意思呢？

河野：唔。

芙美：你向我告白，又想得到什么呢？

河野：想得到什么吗。唔……

芙美：想把我从丈夫身边夺走，让我离婚之类的？

河野：感觉我可能也没思考到那一步。

芙美：这样是不行的吧，一般来说。

河野：对不起。怎么说呢，觉得你太美好了，我一时没忍住。

芙美：呆子。

河野：对不起。

芙美：你几岁了？

河野：今年25岁。

芙美叹息。

芙美：那真是没辙。河野你呀。

河野：是。

芙美：因为我比你要大上一轮，所以有时候你在我眼里像个孩子一样。

河野：是。

芙美：但是，即使如此你也是个男人。一个优秀的男人，那是不会改变的。

河野：是。

芙美：然后呢，男性向女性表白这件事，在某种意义上来说就是在展示一个未来。

河野蹙眉。

芙美：你不明白是吧？

河野：有点不明白。

芙美：我也觉得你不会明白。所谓告白呢，就是想和对方作为伴侣在一起，当然也可能会结婚是吧，在遥远的将来。

河野：是的。

芙美：然后呢，这些事情都是在社会之中发生的。我觉得呢，在我们日本，男性的示爱依然还是一种向女性展示未来的幸福之类的行为。

河野沉默。

芙美：女性呢，会有一种可以说是希望的东西，和这名男性在一起的话就能变得幸福吧之类的。

河野：唔。

芙美：所以说，虽然我不觉得你的心意很轻浮，但是我认为，示爱就意味着要凝视那位女性的将来。

河野：是。

芙美：这就是为什么我会单纯地觉得，你连我们的未来都没有考虑过就来表白，这是有点轻薄的。

河野：对不起。

芙美：没事没事。你还年轻。请多多失败，多多受伤吧。

河野：总觉得，有点厉害呢。

芙美：什么?

河野：原来向女性表白有那么重大的意义，我之前可能一点也不明白。只是很简单地觉得，对方就算被表白了也不会生气吧。

芙美：这个嘛，男性可能就是那样的。

河野：我只是想更多地了解那个人，所以才表白了。

芙美：年轻的时候那样也无所谓啦。不过可别重复第二次失败了。

河野：我学到了很多。

芙美：喂，别利用我来学习呀。

河野：啊，真的呢。对不起。

芙美笑了。河野脸红。

店员端来了酒。芙美和河野接过酒。

芙美：好了，忘了刚才的事吧。干杯。

河野：又干呀？

芙美：这不是挺好的吗，重新打起精神来吧。

芙美与河野举杯。

芙美：那么，河野。你接下来的人生可能会很辛苦，但是你要加油呀。

河野：好，我会加油的。

芙美：干杯！

河野：干杯！

二人碰杯后以各自的节奏喝酒。

芙美：好喝。

芙美和河野笑了。

潜文本⑤

拓也 / 梢

文学奖落选后，拓也与梢坐在回程的电车里。

在原本的剧本中有明目睹二人在车站里的情节。

1　站台（夜）

拓也和梢在人影稀疏的站台并排站着。

梢的头上戴上红色的毛线帽。

二人没有对话。拓也开口。

拓也：天气已经。

梢：嗯?

拓也：变得很暖了呢。

梢：呃，是吗?

拓也：欸，你很冷吗?

梢：可能也不是很冷，但是……

拓也：但是?

梢：你是不是在没话找话?

拓也：没话找话……

拓也语塞。梢不自禁地笑了。

梢：对不起。

拓也：你是说我在顾虑你吗?

梢：是的呢。

拓也：你不喜欢我这样？

梢：不，能被人关心当然是很开心的，但是你实在是不太机灵。

拓也笑了。

拓也：你知道吗。

站台响起广播的声音。二人沉默片刻。

梢：什么？

拓也：之前公司的前辈也说过一模一样的话。

梢：真的吗。

拓也：他说我明明一直在顾虑周围人的感受，却一点也不机灵。原来我完全没变呀。

电车驶入站台。

梢：对不起。

拓也：嗯？

拓也笑了。电车停下，二人上车。

2　行驶中的电车（夜）

电车行驶在夜晚的城市。

×　×　×

人影稀疏的车内。拓也与梢并排坐在包厢席上。

梢看着上方，好像在思考什么的样子。

梢：塚本先生，你觉得我哪里不行呢？

拓也：不行？我没有觉得你不行呀。

梢：神田文学奖已经落选三次了。

拓也：嗯。

梢：而且是连续两年。

拓也：但是能提名三次已经很厉害了。

梢：塚本先生，你觉得《东北心灵电波塔》怎么样？

拓也：这个嘛，我觉得很好。

梢：很好。这样呀。哪里好？

拓也：这个嘛，关于震灾的描写，不是经常被质问立场吗。对于作家来说。

梢：也不能无视这些。

拓也：嗯，在不能当作什么都没有发生过的基础上，一边真挚地直面这一切、一边也不过于严肃，从而做出谁都读得下去的、具有娱乐性的作品，我觉得这件事情本身就具有很大的力量。

梢：让大家都能读下去，是那么重要的事情吗？

拓也：只是作为一种价值衡量而已。

梢：我想听听你的衡量标准。

拓也看着梢。

梢：比《白玉》好吗？

拓也：没办法单纯地比较……

梢：没事了。对不起。

二人沉默。拓也叹息。

拓也：和那种东西比的话，《白玉》肯定更好吧。

梢看着拓也。

拓也：别比较了。好蠢。渕上美奈子之类的，根本不懂文学和这个世界。

拓也看着梢。

拓也：就算这本书是要安慰受伤的人，那也不意味着它就可以为所欲为。因为用文字来扭曲这个世界是很容易的事情，选择不这样做才是作家最基本的伦理态度。就算大家和我说这是祈祷呀什么的，我也不会被糊弄的。这小说写得像是过家家似的。

梢笑了，拍拍拓也的手腕。

拓也：审查员如果连这点都不知道，那我们也不要参加了。明年我们拒绝提名吧。

梢：你干吗刚才不拿出现在的气势替我说两句呀。

拓也：公布奖项后说那种话不是很逊吗。落选的能势梢的编辑在酒桌上diss获奖的渕上小姐之类的。

梢：对不起。老实说我刚才对你非常火大。

拓也：对我？

梢笑了。

梢：我当时想，我绝对不要再和你合作了。

拓也：能势小姐，这个世界上是有时间地点场合这种东西的。我也不是疯狗。不会不分场合地逮着谁就咬。

梢：就算那样，你也得再多捍卫一下自己的作品呀。

拓也看着梢。

梢：干吗？

拓也：对不起。

拓也深深地低下头。

拓也：你确实应该生气。我那时不应该嘿嘿傻笑的。

梢：已经没事啦。

拓也抬起头。

拓也：能势小姐，你要相信自己的才华。

梢：就算你不说，我也是相信的。

拓也：是呢。

拓也笑了。

梢：那也不是什么才华。我每天都很努力，一天也没有休息过。

拓也：是呢。

梢：我相信我自己。你呢？

拓也：我也相信你的才华。

梢：不是那个意思。

拓也：欸？

梢：你相信你自己吗？

拓也看着梢。

拓也：我相信自己。从来没有怀疑过。

梢看着拓也。

梢：今后也请多多指教。

梢低下头。拓也也低下头。

拓也：请多多指教。

二人抬头，对视，笑了。

电车行驶。

梢取下毛线帽，闻了闻味道。

拓也：怎么啦？

梢：啊，没什么。我在干无聊的事情。

拓也：什么？

梢：哎呀，我今天在颁奖会场一直很紧张。

拓也：嗯。

梢：所以出了很多汗。手汗之类的。

梢：然后我就想，这顶帽子会不会也很臭呢。就这样。

拓也：欸？

梢：我在等发表的时候一直戴着这顶帽子，然后我就想，它肯定吸了很多汗吧，会不会很臭呢。

拓也：这样呀。

梢：不好意思。

拓也：不，没事。因为我已经习惯在你的斜上方了。

梢：对不起。

拓也：不是，不过我可以问一个问题吗？

梢：什么？

拓也：你不戴其他类型的帽子吗？

梢：我只喜欢毛线帽。别的帽子完全不适合我。

拓也：才没有那种事呢。

梢：我的头型很丑。礼帽什么的都戴不了。

拓也：真的吗？

拓也看着梢的头型。

梢：我有很多顶毛线帽。

拓也：都是同款？

梢：这顶我特别喜欢。

拓也：从很久以前就一直戴着了呢。

梢：是的。

拓也：去年也戴了。

梢：对。我总是戴这顶去神田文学奖。

拓也：为什么？

梢：说出来你肯定会觉得我脑袋有问题吧？

拓也：干吗说那种话。我才不会这么觉得呢。

梢：哎呀，怎么办呢。哎哟，那我就说了吧。

拓也：嗯。

梢：我今年不是第三次落选吗？

拓也：嗯嗯。

梢：五年前第一次被提名的时候，我也戴着这顶帽子。

拓也：这样呀。

梢：然后落选了。

拓也：这样呀。那是我们第一次见面是吧。这么一说你当时好像确实戴着这顶呢。

梢：是的。然后呢，我觉得很对不起这顶帽子。

拓也：是吗。

梢：那之后只要见到这顶帽子就会想起，啊……是落选时戴的那顶呀。

拓也：嗯。

梢：明明不是帽子的错。

拓也笑了。

梢：所以，我想要戴着这顶帽子，为了帽子而得奖。

拓也：不是挺好的嘛。

梢：但是，估计会挺臭的。

梢把毛线帽凑到鼻尖。

拓也：可以让我闻一下吗？

拓也把鼻子凑近毛线帽。梢递出毛线帽。

拓也：啊……

梢拍了拍拓也。

梢：干吗呀！

拓也：不是，怎么说呢，有种老古董一样的味道。

梢：真的假的……

梢嗅了嗅毛线帽的味道。

梢：确实，有股岁月沉淀的味道。

二人笑了。

梢：你为什么要对我用敬语呢？

拓也：呃。这算敬语吗？我只是加了小姐而已。

梢：但是你不是吼过我一次吗，“能势！”

拓也：那个是……那会儿我也不成熟啦。除了吼也不知道该怎么办。

梢：哎呀，不管是谁，被失联一周的话都会生气的。

拓也：哎呀，擅长处理这些事的人还是能好好处理的吧。

梢：但是我可不想和那种人合作。

拓也：唔。

梢：你要是变得那么机灵的话，就会失去你自己的优点啦。

拓也：说啥呢。

梢笑了。

梢：哎呀，和你认识已经五年啦。

拓也：是的呢。

梢：你觉得我怎么样？

拓也：欸？

梢：我的写作有进步吗？

拓也：别来问我呀。

梢：为什么？

拓也：虽然我也想尽量客观，但是我做不到呀。

梢：是吗。

拓也：不论什么时候，我都觉得你的作品是最好的杰作。

梢看着拓也。拓也也看着梢。

梢：我自己也这么觉得。

拓也笑了。梢面向前方。

拓也：怎么啦？

梢：怎么说呢，应该说是有点害怕吗。明明觉得自己有在进步，但是周围没有人这样夸我。

拓也：唔……

梢：遇见你的时候，你不是说我的小说像某种洞穴吗。

拓也：是的，我确实那样说了。

梢：那之后你又说像竖穴式房屋一样。

拓也：是的。

梢：我觉得自己的作品现在应该升级成公寓之类的了，应该至少有一室一厅了吧。

拓也：唔……

梢：终于变成一个能够邀请别人进来的空间了。

拓也：嗯。

梢：但是，神田文学奖却觉得一室一厅不够，或者说，要把客厅好好装修一下才行。现在只是勉强能住的程度。

梢看着拓也。

拓也：不是那样的。你保持洞穴的样子就好。

梢：你的意思是?

拓也：我的意思不是说你以前写得更好。而是说，你不用走出你的洞穴，也可以往洞穴深处继续深挖下去。因为这条路最终也能通往巨大的钟乳洞般的地方。

梢沉默。

拓也：没有必要特地邀请别人来自己这边。只要递给他们蜡烛就够了。这些蜡烛由我来递。靠自己的脚穿过黑暗，然后看见最美的景色。你的小说就是这样的作品。

梢：原来如此。

拓也：我就是这样想的。在我看来，你一直在往洞穴的深处走去。我觉得那样很好。

梢：和你合作的话，可能我这辈子都没办法畅销了。

拓也语塞。电车放慢速度。

拓也：可能是吧。我不否认。

梢站起身来。低下头。

梢：今天真是对不起。

拓也：怎么了?

梢：我本来是想得奖的，想让你高兴。

拓也什么都说不出来。

梢：晚安。

电车停车，开门。梢正要下车。

拓也：明年的提名，要不还是别回绝了吧？

梢下车，往电车前进的方向走去。

门关上，电车开始缓慢地加速。

电车和梢并排前进着。拓也和梢对视。

梢挥手。拓也也挥手。

梢小跑着，一边与电车并行一边挥手。

拓也笑了。梢也笑了。

电车超过梢向前驶去。

拓也一个人留在车内。

× × ×

梢在站台上，看着电车离去的方向。

潜文本⑥

芙美 / 拓也

描绘芙美与拓也交往前至交往的潜文本。芙美的职业在剧本修改前是“设计公司的职员”。

（2007 年）

1　有文社（白天）

拓也（26），站在上司广濑（44）的桌前。

拓也：我不干。

广濑愣住了，眨眨眼睛。

广濑：塚本君，这种事情可不是说一句不干就能完事的。

拓也：那就让我辞职吧。

广濑：啊……你为这种事辞职吗。

拓也：我一直以来都在努力说服自己，但是已经没办法继续这样下去了。

广濑：有那么讨厌吗？想做小说？

拓也：想做，但是做不了。我知道这是没办法的事。我们公司没办法给文学部分配那么多人手，我也知道自己还在实习期。

广濑：那不就得了。

拓也：但是，为什么连老板的个人癖好我们也要奉陪呢？

广濑：你说得有道理，但是我们可是上班族呀。

拓也：动机是什么来着？

广濑：老板看了电视剧《华丽一族》后说，这部剧把神户市电[1]拍得一塌糊涂，真正的神户市电才不是那样的。

拓也：性价比也太低了吧？这年头谁会买市电的历史书呀？

广濑：塚本，你可别小看阿宅们的购买力。你看看DeAGOSTINI[2]。

拓也：每家出版社的策划都有自己的风格吧？我们现在就全凭老板一个人的意见，连市场都不考虑。

广濑：那你自己去和老板说吧。

拓也：我明白了。

拓也站起身来。

广濑：等等，等等。

广濑追上去。

广濑：塚本，我也不想勉强任何人做这些事。但是呢，忍耐是很重要的。你现在就算辞职了，也做不了你真正想做的事情呀。

拓也沉默，放慢了脚步。

广濑：和东京的公司比我们可能确实是小公司，但是在关西范围内我们的规模是最大的。除了我们公司，你还能去哪里呢？就算从我们这里辞职跑去东京，你又能做什么？再从临时工做起吗？

广濑抓住拓也的肩膀。

广濑：到时候老板会直接和你对接的，这样你也能给他留个好印象。这差事也没坏处的呀。懂了吗？懂了吧。

广濑拍了一下拓也的肩后离去。

---

1 市营电车的略称。

2 出版百科系列的意大利出版社，在日本有分社。

2　拓也的公寓（夜）

拓也开门。美希（26）在厨房。

拓也：我回来了。

美希：你回来啦。

拓也脱掉鞋子，倒在沙发上。

美希：怎么啦？

拓也趴在那儿，没有作答。

美希靠近，弯下腰凑近拓也。

拓也：累了。

美希：这样呀。

美希抚摸拓也的头发。

美希：啊，白头发。

拓也：痛。

美希拔下拓也的白头发。

拓也：别拔了，越拔越多。

拓也抱着美希的肩膀，让她靠向自己。

美希：又被广濑整了？

拓也：不是。

拓也起身。

拓也：我有说那么多广濑先生的坏话吗？

美希摇头。

美希：虽然没说他坏话，但是……

拓也：但是？

美希：但你说起他的时候总是很不愉快。

拓也脸朝上地再次倒向沙发。

拓也：我好逊啊。

美希抚摸拓也的额头。

拓也把美希抱向自己。二人从沙发上滚落。

在地板上相拥。

（两个月后）

3　芙美的公司（白天）

芙美的公司。拓也和芙美隔着桌子相对。

芙美的身边是她的上司山本（38）。桌上放着校样。

芙美：如果您不想做的话，为什么还要做呢？

拓也看着芙美。

拓也：您这样说我很意外。

芙美：塚本先生，我可以说实话吗？

拓也：是。

芙美：老实说，我感觉不到您对这本书的感情。

拓也：感情。

芙美：可能您觉得我在说什么很天真的话，但感情这东西对我而言是非常重要的。

拓也：不，您那个说法有点……

芙美：怎么了？

拓也：如果我是因为那种非定量化的标准而被责备的话，那我是不认可的。

芙美：定量化？

拓也：我是不是对这份工作有感情，这归根结底不是您可以判断的事吧。如果我是因为内容和订购方式之类更具体的事情被指责的话，那我是可以理解的。

芙美：您不能理解吗？

拓也：您指的具体是哪个部分呢？

芙美：全部。

拓也：全部吗？

芙美的上司山本在芙美的邻座抱着胳膊听着。

芙美：我作为一个从事设计相关的人，内容我当然全都拜读了。虽然不太了解市电，但是我觉得很有意思。原来在我出生前发生了这么多事情，这些都让我感到新奇。

拓也：是。

芙美：书里收录了各种各样的数据，还有名人所写的关于市电回忆的随笔，整本书的感觉很好。但是，老实说我不懂为什么现在要做这本书？

拓也张口结舌。

芙美：之前应该已经出过关于市电的书了吧。这本书和之前出过的有什么不同吗？这本书的创新之处是什么？我完全看不出来。

拓也：嗯。

芙美：然后，您之前说封面最好用那种波普风的插画，我听了完全摸不着头脑。

拓也：不不，我可没那么说。

芙美：但听上去就是那个意思。虽然内容完全没有创新，但是只要外表看上去有点波普感，那么可能就会比较好卖吧，您之前说的话不是这种感觉吗？

拓也：那个是……您自己个人的理解不是吗？我当时只是被问到目前的方向性，所以就说觉得用照片之类的做封面好像很常见，可以用用看插画之类的？

芙美：我不是反对插画这个方案。但是我想象不到，对于想翻看这本书的人来说，能有比真实的车辆照片更具魅力的插画。

拓也：那也单纯只是您想象力的问题不是吗？

芙美：那您到底是怎么想象的呢？您觉得谁会拿起这本书？您想让谁读这本书？

山本：西村，那个超出我们的范围了。

芙美看着山本。

山本：塚本先生，对不起。请让我们再多听听您的想法。

山本对塚本低下头。

拓也：没事……

芙美：山本先生，不好意思。请让我再多说一句。

山本看着芙美，双眉紧锁。

芙美：我喜欢和塚本先生一起工作。虽然算上这次也只有两回，但上一次的塚本先生让我觉得，有文社来了这么有热情的人呀。

拓也看着芙美。

芙美：我会这么说，是因为您这次和上次的落差也太大了。我觉得您没有尽力。那种情况下，我觉得书很可怜，买这本书的读者也很可怜。

山本叹气。

芙美：当然，书的内容已经无法改变了，那至少设计方面应该尽最大的努力让更多人能够拿起这本书。我觉得这本书肯定能比现在更好。

拓也：嗯。

芙美：然后，我觉得您肯定能做到。这些话我不是对谁都会说的。我也想再和您合作。虽然我们是乙方，但我觉得我们的关系是对等的。

拓也：那当然。

芙美：虽然这只是我非常自说自话的想法，但作为比您年长的工作伙伴，我还是说了。

山本：真是苦口婆心呀。

芙美横了山本一眼。

拓也：谢谢。

拓也低下头，保持低头的姿势片刻。

芙美和山本看着拓也。拓也抬起头。

拓也：关于插画这条路线，我觉得一旦联系了插画家，就有点难走回头路了。所以让我们先开始挑选照片吧。就算之后要做插画，也需要参考用的照片。

芙美：好。

拓也：照片也许重拍一下会比较好。御崎公园还原原本本地保留着电车车辆呢。

芙美：在书里也出现了呢。

拓也：是的，这条路线也请让我再考虑一下。请多多指教。

芙美：拜托您了。

芙美低下头。山本也以抱着胳膊的模样点头。

4　御崎公园（白天）

拓也与芙美站在神户市电的电车车辆遗迹前。

车辆有一部分被蓝色篷布盖住。

拓也走向管理事务所的方向。他询问职员。

拓也：不好意思。请问这个蓝色篷布是怎么回事？

职员：啊……因为窗被打破了。

拓也：这样呀。

职员：前天的事情吧。还上了新闻呢。你不知道吗？

拓也：不知道。

芙美靠近，看着拓也。

拓也：他说窗被打破了。

芙美：还好我们来事先勘查了。

拓也：欸？

芙美：这样我们就可以等一阵子再叫摄影师来了吧？

芙美笑了。

拓也：是的。

拓也笑了。

5　远滨公园（白天）

芙美与拓也二人来到公园。

能听到郊游中的孩子们兴奋的声音。

芙美与拓也并排着眺望大海。

6　行驶中的电车（白天）

车内。乘坐电车的拓也与芙美。

刚才郊游的孩子们也一起坐在电车里。

拓也：不好意思。您这么忙，我还害您白跑一趟。

芙美摇头。

芙美：没事。就看看海也挺好的。

拓也：您喜欢海吗？

芙美：没有讨厌海的人吧？

拓也：我姐姐就很讨厌。

芙美：为什么？

拓也：她以前溺过水。

芙美：这样呀。

拓也：我们家离海很近。所以经常去海水浴。那是姐姐小学六年级、我四年级时的事情。我俩被一个大浪卷走了。

芙美：后来怎么样了？

拓也：我游过去救了姐姐。爸妈也不在，就我俩去的。

芙美：这样呀。小学四年级的时候，体格还很小吧。如果姐姐是六年级的话，那真是够呛的。

拓也：怎么说呢，当时真是拼了老命。

芙美：这样呀。姐姐一定很感激吧。

拓也：我们故意避开这个话题。彼此都是。感觉如果我说起这件事的话，也会给姐姐压力。

芙美：姐姐对您好吗？

拓也：怎么说呢。挺好的吧。感觉她一直在为我加油打气。

芙美：她肯定很感谢您的。如果您当时不在的话，姐姐就不会在这世上了。

拓也：太夸张了。

芙美：是吗？

电车抵达站台。

领队的教员们带孩子们下车。

拓也：您有兄弟姐妹吗？

芙美：有一个妹妹。

拓也：关系好吗？

芙美思索一会儿后笑了。

芙美：有点极端。

拓也：欸？

芙美：关系好的时候超级好，不好的时候呢……

拓也：啊。

拓也注意到有一个面包超人的小挎包被遗留在座位上。

孩子们全部下车后，有一个孩子折回来乘上了车。

拓也和芙美注意到这个孩子。

孩子取走留在座位上的面包超人小挎包。

孩子正要下车的时候，门关上了。无法下车。

电车开走了。领队的教员没有发现。

孩子歪起了脸，眼泪溢出眼眶。

拓也靠近孩子。

孩子放声大哭。就在那个瞬间，拓也抱起孩子。

拓也：好了好了，没事了。

孩子哭得更大声了。芙美靠近。

拓也哄婴儿一般地摇着孩子。

拓也：没关系，没关系，我们在下一站坐车回去吧。大家肯定会等你的。

拓也抚摸孩子的头。孩子把额头贴在拓也肩上哭。

芙美：不知道有没有郊游卡片之类的。我觉得那上头肯定有写紧急联络方式。

拓也：啊。

孩子依然惊慌地哭个不停。拓也抚摸孩子的后背。

拓也：你有卡片吗？卡片。郊游的。

孩子哭得更凶了。拓也看了看孩子的小挎包。有一本小册子掉出来。

拓也：在这里面。

芙美：抱歉，我稍微看一眼哟。

芙美在挎包中翻找。孩子哭得更凶，抱紧小挎包。

芙美笑了。

孩子的鼻涕从鼻尖长长地拖到拓也的肩上。

芙美从自己的包里拿出纸巾，帮孩子擦去鼻水。

芙美：我帮您擦？

拓也：拜托了。

芙美擦去拓也肩上的鼻水。

二人笑了。

芙美：好了，擤一下。

芙美把纸巾贴在孩子的鼻子上。

拓也：没关系没关系。那个呢。你的幸福是——什——么——[1]

拓也开始唱歌。芙美笑了，接在他后面唱。

芙美：我该如何让——你——高——兴——

二人小声唱歌哄着孩子。

孩子渐渐不再哭泣了。

二人：到最后也不——知——道——/我不想——那——样！

拓也悄悄地从孩子手中取走小挎包。

芙美悄悄地接过小挎包，取出卡片。

乘客们微笑着看着他们三人。

拓也：不要忘记呀，梦想/不要流下呀，眼泪。

芙美：写着呢。老师的手机号。

拓也：所以说——你会飞——翔——到任何地——方——

拓也和芙美笑了。孩子的表情看上去很不安，来回看着他俩。

二人：是的，不要害——怕——为了大——家——/只有爱和勇气才是你的伙——伴——

孩子又哭了。

拓也：啊……没关系没关系。朋友们都在等你呢。

拓也抚摸孩子的后背。

芙美：还记得呢，歌词。

拓也：因为这首歌特别棒呀。

芙美微笑地看着拓也。

电车驶入隧道之中。

1　《面包超人》的主题曲《面包超人进行曲》的歌词。

× × ×

两年后。一个早晨。

行驶中的电车穿过隧道。

满员电车中的拓也与芙美。

二人的距离被人群稍稍隔开。

芙美在读文库本，拓也戴着耳机在听音乐。

电车抵达车站。拓也像是被人群推出一样来到车外。

拓也稍稍挥手。芙美也回应拓也。拓也走下楼梯。

大群的人拥进车内，芙美被挤得不成样子。

电车门关上，发车了。

（终）

潜文本⑦

风间 / 淑惠

风间与淑惠的潜文本。展示了剧本的“背面”。这个文本是为时隔四个月以上再次参加拍摄的两位演员所特意准备的。

1　三宫站前（白天）

淑惠在等人。她环视周围。

从车站出来的风间一边摘下耳机一边小跑向淑惠。

风间：抱歉抱歉。

淑惠：没事。

风间：哎呀，对不起。总觉得……

淑惠：怎么啦？

风间：你在生气？

淑惠：我干吗生气？

风间：呃，因为我迟到了。

淑惠：才没有呢，不是还没到约定时间嘛。

风间：不不，你不是等很久了吗？

淑惠：欸？

风间：因为你一直都到得很早呀。

淑惠：什么呀……

风间：什么？

淑惠：这个嘛，我确实很开心。

风间：唔。

淑惠：你这么在乎我的感受，会为我担心是不是等了很久，这一点让我很开心。

风间：是吗？

淑惠：但是你不觉得哪里不对劲吗？

风间：欸？

淑惠：那只是你的习惯罢了。你只是养成了道歉的习惯。

二人中断了对话。

2　夜店（夜）

在吧台。鹈饲和淑惠并排坐着。

日向子在对面担任酒保。

淑惠：哎呀……我当时想，我怎么又这样了。

鹈饲：不是，你到底在烦恼什么呀？

淑惠：所以说，和你们在一起的时候，我不是非常随意地吐槽风间吗？

鹈饲：是的，相当随意。

淑惠：大家也会笑一通。然后我就觉得我和风间是一对好搭档。

鹈饲：嗯嗯。

淑惠：但是两个人的时候……

鹈饲：嗯。

淑惠：怎么说呢，应该说吐槽不再是一种表演了吗，感觉像是变成了一种单纯的批评。

鹈饲：是是。

淑惠：风间也不会回嘴。然后对话就结束了，大家都无语了。

鹈饲：他没有回应是吧。

淑惠：我也有点惊讶，有那么受伤吗？我平时明明吐槽得更狠。

鹈饲：这个嘛，有没有第三者在场确实会差很多。

淑惠：但是我想和他单独见面呀。

鹈饲：噢噢。

日向子微笑。

鹈饲：既然你有那么强烈的意愿，那就去见呀。

淑惠：有在见呀。

鹈饲：你和他见面后想做什么？

淑惠：想开开心心的。

鹈饲：怎么才能开心呢？

淑惠：想让风间笑。

鹈饲：怎么才能让风间笑呢。

淑惠：怎么办呢。

鹈饲：一般是在什么时候呢？

淑惠：欸？

鹈饲：风间会笑的时候。

淑惠：这个嘛……

淑惠沉思。

淑惠：可能没怎么笑呢。感觉两个人的时候他总是很严肃，一直在听我说话。有时候也会温柔地笑一下。

鹈饲：你喜欢他吧？

淑惠：喜欢的呀！

鹈饲：那直接推倒不就好了。

淑惠：等等等等。

鹈饲：风间不是那种类型吗？只要造成既成事实，就会感觉到责任感。

淑惠：如果我做得到的话就不会这么辛苦了。

鹈饲：你真是个无聊的女人。

淑惠：我刚才被说了很过分的话呢。

淑惠对日向子说。日向子笑了。

鹈饲：那个，你到底在守护什么呢？

淑惠：守护？

鹈饲：你一直都喜欢风间的吧？

淑惠沉默。

风间来了。

风间：朗姆可乐。

鹈饲：噢噢，说曹操曹操就到。

风间：什么呀？对了，我看到你的宣传单了。

鹈饲：宣传单？

风间：那什么，你不是出场嘉宾吗？朗读会的。

鹈饲：啊啊，对的对的。

风间：感觉你变成大人物了呀。

鹈饲：才没有呢。

风间：嘉宾都要说些什么呢。

鹈饲：什么呢。

风间：干吗突然用洋泾浜关西腔说话呀。

日向子：因为他不想大家觉得他变了吧。

鹈饲没有回话。

风间：那位作家，我完全不认识，她有名气吗？

鹈饲：没有吧，我完全没听说过。

风间：欸？

鹈饲：她的书我一本都没读过。

风间：没关系吗？

鹈饲：因为他们说不读也没关系呀。

风间：别找借口啦。你真的不读吗？

鹈饲：不知道。

风间：这样呀，要不我也去吧。你去吗？

风间朝向日向子。

日向子：不去。我那天有排班。

风间：啊，淑惠你去吗？

淑惠：啊，去吧。

鹈饲：别来呀。

淑惠：啥？

鹈饲：你们不许来。

日向子：让他们来不是挺好的吗。让大家看看现在的你吧。

鹈饲沉默。拿起一张宣传单，递到淑惠手上。

鹈饲：这个。

淑惠：这是啥？

鹈饲：竞争节目。

是旧古根海姆宅邸的Live宣传单。

淑惠：啊，Beirut[1]。

风间：他们要来呀？

鹈饲：风间，你很喜欢他们吧。

风间：是挺喜欢的。

淑惠：啊……那我们去吧。

鹈饲笑了。

鹈饲：你真现实。

淑惠：哎，比起去听你装模作样的对谈，那肯定还是选这个啦。

鹈饲：你这家伙呀。

淑惠：再说了，不是你自己怂恿我们去的吗！

风间：不行不行。

鹈饲：就是这么回事，风间，淑惠就拜托你了。

淑惠：拜托你了！

淑惠拍风间的后背。

风间：好痛好痛。

风间笑了。

3　盐屋站（夜）

在检票口等待的风间。淑惠走下来。

风间摘下耳机。淑惠挥手。

淑惠：久等啦。

风间：唔。

1　美国乐队。

淑惠：去海边吗？

风间：欸？

风间看表。

4 海岸（傍晚）

风间和淑惠并肩看海。

风间：马上要开始了呀。

淑惠：晚霞，不美吗？

风间：嗯……

被落日染红的海。

5 坡道（夜）

风间和淑惠在爬上坡。

淑惠：快点快点。

风间上气不接下气地跟上去。

6 旧古根海姆宅邸（夜）

Live 正要开始。风间与淑惠进入会场。

大编乐队 Beirut 的演奏开始了（曲子是《A Candle's Fire》）。

许多观众没有站着，而是坐在排好的椅子上。

风间和淑惠站在会场后方看演奏。

× × ×

演奏进行。

风间悄悄离场。淑惠用余光追踪他的身影。

淑惠又将视线投向演奏。

× × ×

演奏还在进行，但是风间没有回来。

淑惠探头探脑地环视周围。

淑惠在演奏的中途离场。

× × ×

淑惠在走廊搜寻。谁也不在。

× × ×

淑惠走到旧古根海姆宅邸的庭院。

能听到传出来的演奏声。

风间坐在长椅上，正在喝水。

淑惠坐到风间旁边。风间叹息。

淑惠：对不起。

风间：欸？

淑惠：你生气了？

风间：生什么气？

淑惠：因为我今天任性了。

风间：任性？

淑惠：我迟到了，还说想看日落。

风间：你当时说的不是想去海边吗？

淑惠：不要纠结这些旁枝末节。

风间：当时太阳也早就落到山那头去了。

淑惠：别说了！

风间：对不起。

淑惠：啊……

风间：怎么啦？

淑惠：我让你说了。

风间：欸？

淑惠：今天的宗旨明明是不让你道歉来着。

风间：宗旨？

淑惠：没事了。抱歉。我让你感觉累了吧？

风间：没有，不是的。

淑惠：算啦。

风间：对不起。

淑惠：你为什么要道歉？

风间：不知道为什么，在里头待不下去了。

淑惠：哪里不舒服吗？

风间：他们上次来日本的时候，我是和妻子一起来的。

淑惠：妻子？

风间：是已经离婚的前妻。

淑惠：那个喜欢aiko[1]的。

风间：我想着她应该不会来吧，结果她为我来了。

淑惠：为你来了？

风间：我想着她应该不会对这种感兴趣吧，结果她在我身边哭了。

淑惠沉默。

1 日本人气女歌手。

风间：我当时想,原来她还有这一面呀。刚才我就是想起了这些。

淑惠：然后?

风间：然后我在那儿就待不住了。

淑惠：好火大。

风间：对不起。

淑惠：为什么那种事情，你不事先告诉我呢。

风间：可是我也不知道自己会有这种心情呀。

淑惠：可是你个头!

风间：对不起。

淑惠叹气。

淑惠：我又没忍住。

风间：欸?

淑惠：明明今天的宗旨是不要发火。

风间：宗旨到底是啥呀?

淑惠：我们走吧。如果你是那种心情的话，我们也没必要待在这儿了。

风间：不要。

淑惠看着风间。

风间：我们不能留在这儿吗?

淑惠：为什么?

风间：音乐又没有罪。

淑惠：嗯。

风间：我能留在这里听吗?你可以进去听?

淑惠：我也留在这儿吧。

淑惠靠在长椅上。

淑惠：倒不如说这里更好。

风间看着淑惠。风间也靠在长椅上。

音乐流淌。二人无言。

7 海岸（夜）

二人在海岸边散步。

淑惠：好冷。

风间：嗯。坐电车吗?

淑惠：嗯。

二人向车站方向走去。

淑惠：你还喜欢文子吗?

风间：为什么直呼其名呀?

淑惠：我也不知道。喜欢吗?

风间：完全不喜欢了。

淑惠：才不是吧。

风间：不，真的真的。今天这个应该说是猝不及防，或者说是突然闪回吧。

淑惠：风间。

风间：在。

淑惠：我希望你不要对我说谎。

风间：没有说谎。

淑惠：你喜欢我吗?

风间：嗯。

淑惠：看吧，你现在就在说谎。

风间：你是说作为朋友的那种喜欢吗？

淑惠：不是。

风间沉默。

淑惠：这种事情你应该明白的吧。

风间：对不起。

淑惠：干吗道歉？

风间：唔……

淑惠：你害怕伤害我吗？

风间：嗯。

淑惠：为什么？

风间：自己喜欢的人却不喜欢自己，这不是很痛苦吗。

淑惠沉默。

风间：非常痛苦吧。所以……

淑惠：风间。

风间：嗯。

淑惠：你明明很温柔，却说了最过分的话呢。

风间：对不起。

淑惠：真是的。

二人沉默。

淑惠：为什么我就不行呢？

风间：并不是你不好。

淑惠：这样。

风间：单纯只是现在的我不在状态。

淑惠：你是说你现在谁也没办法喜欢吗？

风间：嗯。

淑惠：你在害怕什么呢？

风间：害怕自己喜欢的人不喜欢自己？

淑惠：这个我懂。

二人笑了。

风间：我怕就算自己现在被人喜欢了，某天这份喜欢可能也会消失不见之类的。

淑惠：你现在有喜欢的人吗？

风间：没有。我觉得。

淑惠：刚才的停顿是什么意思呀。

风间：没有哟。没有的。

淑惠：那还真是寂寞呀。

风间：嗯。

淑惠：如果你能喜欢上谁就好了。

风间：嗯。

淑惠：喜欢到不论有多害怕，都还是想传达这份喜欢的程度。

风间沉默，走上连着车站检票口的楼梯。

淑惠：我就那样做了。

风间看着淑惠。

淑惠：啊。

检票口。淑惠驻足。

淑惠：我刚才还没说。

风间通过检票口，回头。

淑惠：我喜欢你。

风间和淑惠对视。

风间：谢谢。

淑惠：如果你能喜欢上谁的话，我会为你开心的。如果你喜欢的人是我，我会更开心。

风间沉默。

淑惠：就算不是我也好。

风间：才不好。

淑惠通过检票口。

风间：如果我可以喜欢上你的话就好了。

淑惠：你又说过分的话。

风间：对不起。对不起。

淑惠摇头。二人走下楼梯，来到站台。

淑惠：只有一件事情，我希望你答应我。

风间：什么？

淑惠：不要对我说谎。

风间：才没说谎呢。

淑惠：不对。

风间：什么？

淑惠：不要对你自己说谎。

风间看着淑惠。电车来了。

淑惠：不管有多伤人，你都不许说谎。

风间：好。

二人乘上电车。电车发车了。

潜文本⑧

纯 / 公平

在纯与公平的离婚法庭上有播放录音的情节，这个为此而准备的潜文本被实际表演且录音了。

1　纯与公平的家（夜）

客厅。公平埋头于电脑工作。

桌上放着几张资料和手机。

公平拿起手机，调到语音备忘功能，把手机凑到嘴边。

公平小声地说着什么。好像在念某份稿件。

前门打开的声音。公平稍稍把视线转向那头。

客厅的门打开。纯从打开的门后露脸。

纯：啊。

公平：你回来了。

纯：我回来了。

纯正要离开房间。

公平：纯。

纯：怎么了?

公平把手机放在桌上。

公平：等一下。

纯：怎么了?

纯站在客厅门边上看着公平。

公平放下手机。

纯：你在干吗?

公平：下周一左右有一个学会发表，我在练习那个。

纯：你怎么不在书房弄呢。

公平：你去哪了?

纯：不是说了吗，去看舞台剧了。

公平：看到这么晚?

纯：在和大家聊观后感，结果回过神来的时候已经是终电的时间了。

公平：好看吗?

纯：非常好看。

公平：是戏剧吗?

纯：是舞剧。不是和你说过了吗。

公平：那个，纯。

纯：嗯。

纯看着公平。

公平：我觉得你最近出门有点频繁。

纯：不行吗?你之前不是说没关系吗。

公平：不，完全可以。

纯：嗯。

公平：今天也是和那三位一起?

纯：欸?

公平：樱子小姐她们?

纯：是的呀。什么呀，你在怀疑我吗?

公平看着纯。公平叹气。

公平：我不喜欢说直觉之类的。但是最近我觉得很奇怪。

纯：什么呀。

公平：为什么呢。

纯沉默。

公平：因为最近的你，好漂亮。

纯：啥？

公平：不，你原本就是非常漂亮的人。但是，我之前没注意到。

纯沉默。

公平：现在的你，不是那个我认识的你。

纯：说啥呢。绕来绕去。

公平：是的。我也不喜欢这样。

纯：你说说清楚。

公平看着纯。

公平：你有人了吗？

纯：有人是指？

公平：你有别的男人了吗？

纯：要来这一套吗。

公平：当然，我也想把这份怀疑在今天解决掉。

纯沉默。公平垂目。

公平：如果你否认的话，这件事就了解了。我再也不会问你。我会相信你说的所有话。我现在很痛苦。

纯看着公平，坐到公平的对面。

纯：你的预感没错。

公平看着纯。

纯：我喜欢上别人了。

公平：是吗。他是谁?

纯的声音：是你不认识的人。今天我也和他见面了。

公平的声音：你和那个人已经……

纯的声音：已经睡过了。这种关系持续一年以上了。

公平沉默。

纯：你生气了?

公平：不。

纯：你不生气?

公平：一直以来，都是我太不顾你的感受了。对不起。

公平低下头。纯看着公平。

公平抬头，看着纯。

公平：我想问你。我不明白，事情为什么会变成这样。我想和你一起思考补救的办法。

纯：我要离婚。

纯和公平对视。

纯：我终于说出口了。

纯垂目。

纯：我应该早点说的。

公平：离婚?

纯：我们已经没有爱了。也没有孩子。没理由还要在一起。

公平：就算。

纯看着公平。

公平：最终走到那一步也没关系。但在那之前，我想和你谈谈。

纯看着公平。

纯：就算谈了你也是不会明白的。

纯从椅子上站起来。走向房间的门。

公平凝视纯的背影。

公平注意到语音备忘的录音还在持续，于是停止录音。

× × ×

纯的卧室。纯正在整理行李。

公平：你要去哪儿？

纯：不知道。

公平：去那个人家里？

纯：可能吧。

公平：那个。

纯抱起行李，回头。

公平举起手机。

公平：刚才的对话，被录音了。

纯没有作答，推开公平出门。

公平像是要追赶纯一般地离开房间。

× × ×

玄关。纯在穿鞋。

公平来了。

纯穿好鞋，站起来。

公平：刚才的对话，会对你不利。

纯回头面对公平。

纯：不利？

公平：你离不了婚的。我不答应。就算上法庭，你也赢不了。

纯把手伸向玄关的门把。

纯的手停了一瞬。

纯抓住公平。

纯试图抢夺手机。

公平不肯把手机给纯。二人争斗，最后一起倒在玄关。

公平死守手机。纯站起来，俯视公平。

公平：我不是故意录音的。

纯：无所谓了。

公平：我也是迫不得已的。我不想和你分手。

纯：已经迟了。

公平：让我们谈谈吧。

纯：太迟了。

纯打开门离去。

公平凝视关上的门。

（终）

潜文本⑨

叶子 / 明 / 香织 / 栗田

这个文本描写了明、柚月、栗田在医院里的日常。栗田这个角色在这个阶段还比较内向。

1　咖啡馆“Ninotchka”· 店内大堂（夜）

灯光调暗了。稀稀落落的客人。

槙野明一个人坐在深处的位置喝酒。

2　同 · 吧台内

泷野面向音频播放器。

她观察店内的情况，重新调节灯光。她在笔记本电脑上挑选音乐，难以抉择，于是取出架子深处的 CD 架，把 CD 放进播放器里。

她稍稍调高了音量。

3　同 · 大堂

明侧耳倾听店里放的音乐。

叶子拿起其他桌上的空杯子，正要回吧台。

明：叶子。

叶子：嗯？啊，要再来一杯吗？

明举起装着威士忌的杯子。

明：不是才刚点过一杯吗。你真性急。

明笑了。叶子也笑了。

叶子：不好意思。怎么啦？

明：现在放的这个，是啥？

叶子：这首歌吗？

明：嗯，总觉得好像在哪儿听过。总觉得像什么。但是应该是没听过，莫名地让人很在意呀。

叶子：是不是有点像电气groove[1]？

明：啊，是的，就是那样。

叶子：不过这个是二十年前左右的、非常小众的团体的专辑。

明：这样呀。

叶子：啊，不过他们好像有段时间在神户活动过，说不定您也知道。

明：不知道。这种风格我基本上不太听的。

叶子：这样呀。不过是和您差不多年代的乐队呢。

明：这个嘛，就算是同年代也有各种各样的。

叶子：这样。

明：二十年前的专辑，你是怎么找到的呀？

叶子：这是我喜欢的大阪独立厂牌出的专辑。这家厂牌现在已经没有了。他们只出绝对不畅销的东西。

明：那肯定会倒闭的呀。

叶子：但是怎么说呢，我总是会买。除了我之外不会有别人买了，

1　1989年成立的日本乐队。

只要这样想就会心生怜爱。这张也是我在看二手碟的时候偶然淘到的。我当时还想，又买了这家厂牌的碟呀。

明：你总是这么恋物呀。

叶子：为什么要做这种东西呢？他们的音乐很奇怪，有很多难以想象的东西源源不绝。这张专辑也是，现在听的话可能会觉得很一般，但是考虑到当时的合成设备的话，他们肯定在混音方面花了很大功夫。必须非常细致和坚持，才能做出这种声音来。

明：那样呀。叶子你好厉害呀。

叶子：他们的封面也是，怎么说呢，有种独特的美学。

明：啊，我想看。你有吗？

叶子：啊，那你稍稍等我下……

叶子拿着杯子走向吧台。

明一边听歌一边喝威士忌。

她一边吃着花生一边眺望店内。

叶子拿着 CD 盒走向明的座位。

叶子：是这种感觉的。

明接过来，看封面。

明：这样呀。

叶子：是不是很独特？

明：啊……不过我想起来了，在我们那个年代，大家都觉得这种风格很酷。

明把 CD 反过来看封底。

明：嗯？

明凑近 CD 背面。

在人员表上写着名字："composer：mix：栗田耕史"。

4　医院·休息室（数日后·白天）

明正在用 iPod 听歌。她在听叶子在店里放的那首歌。

她嘴角上扬，啜饮咖啡。

香织进入休息室，坐下并趴在桌上。

明摘下耳机。

明：柚柚，你怎么啦？

香织保持趴着的姿势。

香织：没什么。

明：你又失误啦？

香织抬起脸。

香织：怎么能说"又"呢！

明：啊啊，抱歉。不过肯定是那么回事吧？

香织低下头。

香织：是的。

明：失误也是没办法的呀。我也会失误。但是你那个状态，肯定会在不能失误的地方失误，然后被骂的吧。

香织：我搞错了胰岛素的剂量。

明：你是呆子吗！这不是最最要紧的吗！

香织：是差点搞错。

明松了口气。

明：啊啊，太好了。不过你这样肯定会被骂的呀。这次被谁骂啦？

香织：被栗田医生。

明：啊……他骂得很狠？

香织：是。

明：这个嘛也是没办法的。毕竟是性命攸关的事。能有人提醒你，你应该心存感激才是。

香织：是的呀。这件事情我当然是非常感激的，但是……

明：但是啥？

香织：但是我觉得好难和栗田医生搭上话呀。

明：那是因为，那家伙非常明显地散发着一种别来搭话的氛围呀。

香织：下次查房，我和他一起。

明：哎呀，那确实挺郁闷的。但是查房排班是没法改的。

香织：我知道。

明：嗯。

香织：就没什么搭话的契机吗。

明：那种嘛，你就说“刚才真是对不起了！”之类的，不就好啦？

香织：那之后不是也没话说了吗！感觉你和栗田医生总有聊不完的话题呢。

明：都是历史呀历史。我和栗栗已经认识十年啦。柚柚你总有一天也能叫他栗栗的。现在，是那段历史的一部分。

香织：这样呀。首先要到达可以叫他栗栗的这一步。

明：都是历史。

香织：搭档查房前，他总是不说话，也不给人搭话的间隙。

明：是不是你自己也太全副武装啦？

香织：是的呀！栗田医生不是超级认真的嘛。我就想我也要好好努力，然后就不知道该和他说什么了。

明：话题啊。

香织：聊天气之类的也很奇怪。

明：我觉得挺好的呀。柚柚你如果聊起天气的话，应该会很像天气姐姐吧。

香织：说啥呢。

香织笑了。明也笑了。

明看着 iPod。

明：话题，可能有一个。

香织：啥?

明：柚柚，你要不要来协助我的调查活动?

香织：欸?

明：在说明之前，你先听听这个吧?

明把 iPod 的耳机递给香织。

香织：这啥?

明：你先听嘛。

香织把耳机塞进耳朵。明按下 iPod 的播放键。

香织开始听。

明：怎么样?

香织听了会儿后，停下 iPod。

香织：这个怎么啦?

明：你怎么想?

香织：我不太听电子合成乐。但是总觉得有种石井健[1]的感觉呢。

---

1 日本电子乐音乐人，DJ。

这么说的话,制作上还是有种稚嫩的感觉。不,应该说是用力过猛了。不觉得有点压迫感吗。

明有点惊讶。

明：你这么懂音乐的吗。

香织：Acid House风，或者说是Chicago House风[1]。好像是在90年代初期流行过吧。你喜欢这种类型的呀?

明：你好懂呀！你喜欢这种音乐吗？还以为你会喜欢生物股长[2]之类的呢。

香织笑了。

香织：我经常会去union[3]淘中古碟呢。

明：那有个人应该可以和你聊得来。

香织：真的吗?

明：下次介绍你认识。不……你们很可能已经在哪儿见过了。

香织：你这话是什么意思呀?

明：啊啊，我是在说栗栗。

香织：栗田医生也喜欢这种的吗?

明：不，这个嘛……也是历史问题了。

香织：历史?

明：我猜这个会不会是栗栗做的呢。

香织：真的假的？那不是很厉害吗。

---

1 芝加哥DJ在20世纪80年代中期发展出来的一种曲风。

2 日本的三人音乐组合。

3 指disk union，日本的音乐/声音相关的连锁品牌店。不论是在关东还是关西都有多家连锁实体店，也经营着自己的网店。

明：也可能是同名同姓。

香织：啊。

明：不过，从年代上来看也是完全符合的。而且这个是神户的团体。

香织：唔……不过你这么说感觉就对上了。比如说，加入Drum Bass[1]时的认真劲儿，还有用模拟合成器来追求数字感的做法。

明：你好懂呀。

香织：稍微有点太较真的感觉。

明：是的呢！确实意外地留下了痕迹呢！

香织：啊……都对上了。因为声如其人呀。

明：噢噢。确实呢，柚柚，你去问问他吧？

香织：欸？

明：把这个作为话题不就好了。

香织看着 iPod。

5 同·诊室的准备室

栗田与香织正在检查查房用的病例。

二人都沉默不语。

香织：栗田医生？

栗田：怎么？

香织：栗田医生喜欢听哪种类型的音乐？

栗田：现在必须要聊这个吗？

1 这里不确定说的是“鼓声和贝斯声”的意思，还是指“Drum&Bass的风格”。后者是于20世纪80年代末流行的快节奏鼓声加重低音贝斯的音乐风格。

香织翻找病例的手停住了。

香织：不是。对不起。

栗田：不必道歉。

香织：是。

二人又沉默了，继续手头的工作。栗田看向香织。

栗田：柚木。

香织：在。

栗田：突然问别人你听音乐吗，会让人不知所措的。

香织：是，对不起。

栗田：我知道你觉得很尴尬。但是，如果要向别人搭话的话，也要考虑铺垫的问题。

香织：是。

二人再次无言。香织开口。

香织：我在自己的心里已经做好了铺垫。

栗田：嗯？

香织：因为您看上去很喜欢音乐。

栗田：我吗？

香织：是。

栗田：为什么？

香织：没为什么，就是这么觉得。

栗田：我也就一般程度的喜欢吧。

香织：是吗？您在卡拉OK的时候还唱了恰克与飞鸟[1]吧？

---

1 日本著名的二人音乐组合。

栗田：那是因为喝醉了才唱的。只是唱了大家应该都听过的歌。

香织：栗田医生以前也听这种呀。

栗田：那个年纪，也不管喜欢还是讨厌，大家都在听那种曲子呀。

香织：这样呀……

香织正要说什么时，栗田结束了手头的工作。

栗田：走吗。

香织没能说出口，把栗田整理好的病例归档。

栗田把听诊器挂在脖子上。

6 同·走廊

栗田和香织查房结束，并肩走着。

栗田转动自己的肩膀。

香织：您辛苦了。

栗田：患者们都很喜欢你呀。

香织：没有的事。

栗田：你要好好珍惜他们的喜欢呀。

香织：是。

栗田：希望你能在工作上也再靠谱一些。

香织：是。

栗田：但是总感觉难以平衡呢。

栗田转动脖子。

栗田：说起来。

香织：是。

栗田：你会听哪种音乐？

香织：啊啊。

栗田：刚才没问你。

香织：是的呢。

栗田：最近的年轻人应该都在听那个吧，SEKAI NO OWARI[1]之类的。

香织：我只是在YouTube上听过他们。不太熟悉。

栗田：最近都能在网上听了呀。

香织：对的，所以说，我还是对以前的小众音乐更感兴趣。

栗田：那样呀。

香织：我会淘一些中古CD之类的。

栗田：那你挺在行的呀。是去disk union之类的吗?

香织：是的。因为当时的设备之类的和今天的完全不一样，所以在人为的操作上会有一些奇怪的坚持。

栗田：啊啊。

香织：我很喜欢那种感觉。以前有很多那种类型的音乐。

栗田：这样呀。

香织：虽然真的也有很多很烂的东西。

栗田：真的有很多烂歌呀。

香织：是的，真的。

栗田稍稍笑了。

香织：听听看吗?

栗田：欸?

---

1 2007年组成的日本四人摇滚乐队，中文直译的话是“世界末日”的意思。

香织：今天有一首推荐曲目。

香织从口袋里取出 iPod。

她把耳机递给栗田。

栗田：耳机没关系吗？

香织：之后会消毒的。

栗田苦笑。香织也笑着作答。

栗田塞好耳机。

栗田：什么样的歌？

香织：这个嘛，肯定不是烂歌。虽然是认真做出来的，但是总觉得差了一口气。虽然非常精巧细致，但是因为太细致了，反而显得不精巧。

栗田：啥呀？

香织笑着按下 iPod 的播放键。

把 iPod 借给栗田。

香织：之后再还给我哟。

叶子在店内放的栗田的歌流淌着。

栗田笑了，转眼间神情严肃，看着香织。

香织丢下栗田，在走廊上走远。

栗田想叫住她，却出不了声。

头也不回地行走在走廊上的香织。

潜文本⑩

叶子 / 芙美 / 明 / 樱子 / 纯

这个文本展示了四人在咖啡馆“Ninotchka”的初次见面。店员叶子的人格也给人留下了深刻的印象。

（2009 年 2 月末 / 正剧发生的五年前）

1　神户 · 市区风景（早晨）

下着雪。

2　咖啡馆“Ninotchka” · 外观

下着雪。

屋檐下的菜单板上，用彩色粉笔写着装饰性文字。

“今日营业！ 12:00 ~”

3　咖啡馆“Ninotchka” · 店内（早晨）

没有客人的店内。全新的桌椅。

泷野叶子（22）望着窗外的雪。

她从手中的袋子里取出金平糖来吃。

在吧台周围听着广播的神田（30）和长野里美（25）。

广播播报说，近畿一带可能会下一整天的雪。

神田：开张第一天就撞上今年最大的一场雪，这到底是怎么回事呀?

里美：店长你净说那些。

神田：不是的，可是呀……

里美：现在可是冬天呀，下个雪很正常的吧。

神田：那为什么偏偏是今天呀。

里美：呃，不觉得反而有种纪念日的感觉吗?

神田：啊啊，是吗?不是吧，不过也不算不吉利。

广播播报现在的时间。9点了。

神田用店里的钟确认时间。

然后对叶子说。

神田：好嘞，那么，我们就开始今天的晨会吧。

叶子回头。

叶子：是。

叶子把金平糖的袋子收进围裙的口袋里，小跑着站到里美旁边。

神田站在叶子和里美的正对面。

神田：嗯，早上好。

叶子·里美：早上好。

只有叶子深深地鞠躬。

神田和里美看着叶子。叶子准备记笔记。

叶子的嘴里还有没吃完的金平糖。

叶子：怎么啦?

神田：泷野，你在吃什么呢?

叶子：啊，对不起。妈妈说吃点甜食可以缓解紧张，就让我带上了这个。

叶子从口袋里取出金平糖。

叶子：对不起。我有点紧张。

神田：唔，没关系，我比你要紧张多啦。

叶子：是。不过我在想，自己是不是真的有资格在“Ninotchka”的开店日、在这家店历史的第一页上有姓名呢。

神田笑了。

神田：没事的啦！因为你可是我认真面试后才录用的。不过嘛，从第一天就开始下雪，也可能是因为你那超越了雨女的雪女气质在作祟吧。

里美：好没礼貌啊！店长，这种事情不能怪别人。

叶子苦笑。

神田：好像要下一整天呢。可能会一个客人也没有，也可能傍晚开始会有下班回来的人来躲雪。到底会怎样呢。“Ninotchka”的命运将在今天被决定。

里美：才不会在今天决定呢。来日方长呀。

神田：是的，不要焦急，要把每个人都当作我们今后的常客，一起来细心地服务客人吧。

插入叶子记笔记的画面。她写下“要把每个人都当作我们今后的常客”。

叶子 · 里美：是……

神田看着并排的二人。

神田：里美呀，你是不是第一次见泷野？

里美看着叶子。

里美：请多多指教！

叶子：啊，面试那天的。

神田：欸？

叶子用手指了指里美。

叶子：面试那天……

里美：我们见过？欸？但是我没有参加面试呀。

叶子：是您给我指了路。

里美：啊……那个是你呀。

叶子：那时候真是多谢了。多亏了您，我只迟到了10分钟左右。

里美笑了。

里美：还好你被录用啦。

叶子：托您的福。

叶子行礼。

里美：别客气。

神田：这样呀。

里美：啊，那我们就不是初次见面了。

神田：这个嘛，和初次见面也差不多吧。

里美：虽说如此。

神田：那我们就来自我介绍一下吧。

里美：啊，还有这种环节。

神田：是的，就是这种环节。

里美：那就先从店长开始吧？

神田：啊，是这样的吗。好吧。

神田在身前双手交叉。

神田：正式自我介绍一下，我是店长神田。如果有不明白的事情，不论是什么，请都来问我。请大家多多指教。

里美 · 叶子：请多多指教。

神田打手势示意里美。

里美：那……个，我是长野里美。是厨房的负责人。我会努力做员工餐的。请多多指教。

神田 · 叶子：请多多指教。

神田：员工餐之外的方面也请好好努力。

里美：那个嘛，就再说吧。

神田：居然要再说！

神田看着叶子。

神田：不过嘛，她的手艺确实是不错的。

里美：嘿嘿嘿。

神田：她已经在自己的能力范围内尽力了。

里美：嘿嘿嘿。是的，我已经尽力了。

叶子的笔记："厨房 · 长野小姐（尽力了……？）"

神田看着叶子。

神田：那么，接下来，泷野小姐。

叶子：是。

神田：轮到你啦。

叶子：我是泷野叶子。那……个，那个，我第一次做服务生，很紧张，到现在也不明白为什么我通过了面试。

神田和里美笑了。

叶子：不过，我也已经22岁了，如果不在这里好好努力的话，就活不下去了。那……个，该怎么说呢，我可能会犯很多错误，添很多麻烦，请多多指教。

叶子低下头。

4　同·外观（白天）

雪已经积了很厚。

塚本芙美（32）没有撑伞，快步走来。

她来到入口，打开门。

5　同·店内

芙美进店。

店内客人稀稀落落。

叶子来了。

叶子：欢迎光临。

芙美：我预约了3点。

叶子看看店里的钟。下午2点45分。

叶子：您用什么名字预约的?

芙美：哎呀，那个，啥来着。名字是纯。姓我忘记了。

芙美笑了。叶子困惑。

叶子：嗯?

芙美：抱歉，因为平时只叫纯小姐的名字。

叶子：那……个，请稍等。

叶子拿出备忘录回忆着。

神田来了。

芙美：啊，神田小姐。

神田：啊……西村小姐。多谢您来。

神田低下头。仿佛注意到什么一样看着芙美。

神田：啊，塚本小姐。

芙美：怎么称呼都行哟。

芙美面向神田笑。

神田：那，我就叫您芙美小姐吧。

芙美：总觉得距离突然缩近了呢。

神田：已经是人妻啦。

神田看着芙美手上的结婚戒指。

芙美注意到神田的视线，笑了。

芙美：别这样。我可没什么人妻的感觉。

神田：那，塚本小姐。这次真是可喜可贺。

芙美：谢谢。也恭喜您开张大吉。

神田：多谢。

神田对叶子说。

神田：这里我来吧。

叶子：啊，好的。

叶子前往吧台。

芙美：纯小姐应该是有预约的。

神田：是的，3点开始。

芙美：她们还没来吗？

神田：大家都还没来呢。座位在里头，请坐。

神田指着沙发席。

芙美：有点早也没关系吗?

神田：当然。

芙美：谢谢。

神田带芙美去里头的预约席。

叶子看着神田和芙美。

神田给芙美介绍了菜单，接受点单后回到吧台。

叶子：对不起，我刚才没有应对好。

神田：没事。这本来就是特殊情况。

神田进入吧台，倒红茶。

叶子看着芙美。

芙美从包里取出文库本开始阅读。

她似乎很在意戒指，动了动手指，放下书，一会儿戴上戒指，一会儿又摘下。

叶子：是您的老相识吗?

神田：是设计工作室的人。“Ninotchka”的Logo呀名片呀宣传单呀都是他们帮忙做的。

叶子：啊，是设计师。

神田：也不是设计师。这个嘛，应该说是负责统筹的人之类的吧。

叶子低下头。

叶子：对不起。那么重要的VIP，我却没好好带位。

神田笑着说。

神田：VIP。

神田笑了。

叶子记下笔记，“要让 VIP 坐里头的沙发席”。

神田把装了水的玻璃杯、毛巾和咖啡放在托盘上。

神田：好了，这个拜托你送过去。

叶子：是。

叶子拿着托盘前往芙美的位置。

○同·店内

时钟显示现在是下午 2 点 55 分。

槙野明（32）进入店内。

叶子前去接应。

叶子：欢迎光临。

明：我们预约了3点的座位。

叶子：啊，是。您的朋友已经到了。

明：啊，已经到啦?

叶子：是。

叶子把明带往里头的沙发席。

明看着正在读书的芙美。

叶子：是这里。

正在读书的芙美抬起头。

芙美：啊。

明：难不成，你是芙美小姐?

芙美：欸?

明：是纯的朋友?

芙美：是的。

明脱下大衣，坐下。

明：哎呀，听纯说你刚结婚，但我不知道你新的姓是啥。

芙美：啊，我是塚本芙美。初次见面。

明：变成塚本小姐了呀。我之前听纯说是西村小姐结婚了。

芙美：啊，你连那个也知道了呀。对。

明：我是槙野明。请多指教。

芙美：果然。

明：欸?

芙美：我就想肯定是明小姐。

明：为什么?

芙美：因为你完全符合纯小姐口中的印象。

明：啊啊。

芙美：你是护士。

明：啊啊，对的对的。你是设计师?

芙美：经常被人那样以为，但其实不是。

明：哎呀……

芙美笑了。明发现了不知所措地站着的叶子。

明：啊，抱歉。我要一杯混合咖啡。

叶子：好。要牛奶和砂糖吗?

明：清咖就好。

叶子：明白了。

叶子在单子上写下点单。

叶子的备忘录上写着："VIP 席是网友见面会？"

叶子低下头前往吧台。

明重新面向芙美。

明：那个，纯和你说了啥呀？

芙美：说你是个朋克护士。

明：什么鬼呀。

明笑了。

芙美：那个……听了很多你的光辉事迹。

明：等等，我该不会变成纯的笑料了吧？

芙美：你在之前的医院，当着所有人的面殴打了性骚扰的院长然后辞职了是吧？

明：纯的描述太夸张啦。

芙美：是用拳头吧？拳头。

芙美握拳做出挥拳的姿势。

明：是巴掌啦巴掌。现在牙都掉光了，只会说“是，是”了。

芙美：欸……绝对是骗人的吧。

明：芙美小姐，我们可是第一次见面呀，第一次。不管怎么说。

芙美笑了。

芙美：抱歉。因为我听了太多你的事情，所以觉得你已经是熟人了。

明：纯还说了我什么呀。

芙美：说你年轻的时候是不良少女？

明：啊啊。那个嘛。一般人听到都会顾忌的吧。

芙美：听说你骑着机车开进别的学校的操场，有老师来警告你，结果你反过来开车追着他绕圈？

明：是我干的。确实干过。

明抱头，笑了。

明：果然我不应该告诉纯的。

芙美：欸……明明就很酷呀。不是很像《乳臭未干的骑士》吗？

明：那是啥。

芙美：你不知道？拍《水手服与机关枪》的导演的后一部作品。和《福星小子》一起上映的那部。

明：不知道呢。药师丸的话因为是同年代的所以知道。

芙美：再见并非离别的话语。

明：而是我们再次相会前的遥远约定。

芙美：啊……同年代！终于出现了。

明：感觉你比纯描述的更活泼呢。

芙美：啊……可能是的。和纯小姐在一起的时候，怎么说，会更文静一些。

明：什么呀，和我在一起的时候也文静一点吧。

芙美笑了。

芙美：你和纯小姐是从什么时候开始认识的？

明：这个嘛，没有很久。是从去年夏天的时候。

芙美：这样呀啊，但是已经直呼其名了。

明：不，是因为我们的相遇相当有冲击力。我去看朋友的Live。纯是作为普通粉丝来的。但是，她真的相当硬核。

芙美：这样呀，好意外。

明：大家不是会dive呀mosh[1]呀之类的嘛。纯站在很前面看。

芙美：超级意外。

---

1 “dive”指跳水，即从台上跳下来的行为，下面的观众一般会接住跳下来的人。“mosh”是一种互相撞击的舞蹈。

明：她的脖子还是延髓那边被踢了一脚。

芙美：欸？真的假的？她那个细脖子？

明：是的。那会儿我就在她旁边。已经嗨爆了。

明纵向晃着脑袋。芙美笑了。

明：我感觉有人靠到我身上来了，我想着怎么回事呀，一看是纯。

芙美：真是命运的邂逅。你接住了她。

明：没有，那会儿她已经滑倒了。我把她拖到墙边。从饮料区拿来湿毛巾。虽然她说自己没关系，但我还是陪了她一会儿。

芙美：这样呀。好像王子大人……

明：然后，Live结束了，纯看到我在和乐队成员说话，我就问她要不要来庆功会？然后她的眼睛唰的一下就亮了。

芙美：啊，我懂我懂。

明：然后我们就一起去喝了。我们就是在那个时候交换了联络方式。虽然我休假不规律，但因为纯是个不良主妇。

芙美笑了。

明：所以我们很好约时间。就开始一起购物，一起喝酒之类的。

芙美：真是情投意合呢。

明：纯不是很擅长倾听嘛。怎么说呢，总给人一种她在尊重你的感觉。所以我就什么都告诉她了。

芙美：嗯，纯小姐确实有那种特质。

明：哎呀，不过纯说你比她还厉害。

芙美：欸，什么意思？

明：我和纯说，你很擅长聆听呀，一不小心就全告诉你啦之类的。然后她说，不，人外有人。她口中的人外之人就是你。

芙美：欸，怎么说。真的？纯小姐真是，各种各样人的笑料……

芙美和明笑了。

芙美：因为她知道得太多了，所以我心想，这个人到底有多少朋友呀。听得我目瞪口呆。

明：是的呢。不过原来我自己才是被广为流传的笑料呀。应该早点察觉的。

芙美：是的呢。纯是不是也提到我的事情啦？

明：这个嘛，不过她是不会说人坏话的。

芙美：是呢，是呢。所以大家都不会生气。

叶子端来了明的咖啡。

明：谢谢。

叶子放下咖啡后离去。

明把咖啡端到嘴边，看着芙美。芙美也看着明。

明：芙芙是怎么认识的？

芙美：啊，距离缩近了。

芙美笑了。明也笑了。

芙美：那……个，和纯小姐吗？

明：是的，我听说是和这家店有关。

芙美：嗯。我们工作室负责做了这里的Logo和宣传单之类的。

明：但是你不是设计师对吧。

芙美：嗯。硬要说的话是设计师和客户之间的对接人。

明：这样呀，类似中间管理职位之类的。

芙美：虽然也不太一样。然后，纯小姐来参加了这里的预热活动，就是店铺在完成装修后办的非公开聚会。

明：啊，那你们认识也是很最近的事情。

芙美：是的是的。活动第二天，我在下班路上去看了电影，在那儿偶然遇到了她。

明：欸……看了啥呀？

芙美：克林特·伊斯特伍德。

明：好深奥呀。

芙美笑了。

芙美：是吗？看的是伊斯特伍德导演的《换子疑云》。

明：啊……那个人也做导演的呀。

芙美：对，因为我还挺喜欢伊斯特伍德的电影。也喜欢安吉丽娜·朱莉。

明：啊……真美呀，她的嘴唇。

芙美：是的，在《换子疑云》里她的嘴唇也很美。

明：那样呀……

芙美：是的，虽然没什么观众，但是我看哭了。

明：这样呀，电影很好看吗。

芙美：说不上多好看吧。讲的是一个无可救药的故事。

明：是那种类型的呀。

芙美：但是呢，怎么说呢，非常崇高。

明：崇高。

芙美：不过，我注意到影厅里有人比我哭得还要惨。

明笑了。

芙美：啊，你猜到是谁啦？

明：猜到啦。肯定是她吧。

芙美：亮灯后，我发现那个人就是纯小姐。但是，我完全没想到，我们昨天见过后今天会再见，而且两个人都是泪眼婆娑的状态。

明笑了。

芙美：我俩都笑了。那之后一起去了附近的酒吧喝酒。两周前也见面了呢。那次我们聊了10个小时左右。

明：真厉害啊……

芙美：我们聊了很多自己的前半生。

明：10小时也太长了吧。

芙美：我们是1点见的，分别的时候已经过11点了。

明：那家伙真是不良主妇呀。

芙美笑了。

芙美：虽然我也好不到哪儿去。

明：呃，你自己也在工作的呀。这么说来，纯和这家店也有关咯？

芙美：好像店长找她商量过，到底要不要开店之类的来着？她之前说她是店长的高中学姐。

明：她真的很喜欢倾听呀。

芙美：是的呢。然后，在我们畅聊10小时的那次，她说，“我一定、一定要让你和明认识！”

明笑了。

明：啥呀。她是婚介所阿姨吗。

芙美：不过，我现在懂她的意思了。幸好我来了。

明：是呀，你今天本来有工作吧？

芙美：嗯，不过本来就是打算来一下这家店的开店日，然后就直接回家的。

明：这样呀。“Ninotchka”是什么意思呢？

芙美：好像是店长喜欢的电影。我也没看过。

明：这样。

明看了看店里的时钟。已经过下午3点了。

明：已经过了约好的时间了吧？

芙美：啊，真的。是不是因为下雪呀。

明：啊……是不是延迟了，电车之类的。

芙美看手机。

芙美：看，纯小姐给我们发信息了。

明：欸？真的？

明从大衣里掏出手机来看。

芙美：本组织者真的对不起大家！但是，我相信你们一定不会没话聊的。

明：啥呀。

明笑了。

明：不过嘛，雪这么大，也没办法啦。

芙美读信息。

芙美：樱子也有点事，会迟到。这位樱子小姐你认识吗？

明：我听说她会来，但是没见过呢。

芙美：啊，明小姐也没见过呀。

明：啊啊，叫我明就好啦。

芙美：我们能不能再循序渐进一些呀？

明：可以呀。

芙美：那就，明明……

明笑了。

芙美：你也不认识樱子小姐。

明：我之前听说她好像是纯从初中就开始认识的朋友，虽然只是零零碎碎地听说过一些。

芙美：那就是最要好的朋友啦。

明：纯说起这位朋友的语气，就像是在向公主大人示爱一样。还说什么，好想要那样的女孩儿，搞不懂她在说啥。真是的，纯说起谁都只有好话，所以我也半信半疑的。

芙美：这样呀，好期待。

芙美笑了。

明：我有点想喝红酒之类的了。

芙美：啊……我也想喝热红酒。不过还没到酒吧时间吧。

明：是吗，现在不能喝吗？

明注意到叶子后举手。

叶子注意到明就过来了。

叶子：是，您说。

明：有红酒吗？热红酒之类的。

叶子：那……个，有是有。

明：那就给我一杯红酒吧。

叶子：但是酒吧时间是从下午5点开始。酒要在那之后才能点。

明：啊，那样呀。

叶子：对不起。

明：那个，你不能想点办法吗？

明坏笑。芙美也笑了。

芙美：明小姐。

叶子凝固了。

叶子：我去问问看。

叶子回到吧台。

芙美看着明。

明：哎呀，不行吗？我这样很奇怪吗？

芙美：很奇怪，但是……

明：但是啥？

芙美：非要说的话，是滑稽。

明：小丑吗。

明笑了。

6　同·店内·吧台

神田正在笔记本电脑上挑选店内播放的音乐。他换了歌。

叶子进来了。

叶子：那个，店长。

神田：怎么啦？

叶子：虽然时间还没到，但是有客人想喝热红酒。

神田：啊，今天很冷呢。

叶子：欸？

神田：可以呀，让她们点吧。

叶子：啊，没关系吗？

神田：你在介意酒吧时间？

叶子：啊，那个，我听说酒水是从下午5点开始。

神田：我们设置酒吧时间呢，是为了告诉客人现在开始是酒吧时间哟，这样大家更容易点酒。所以说现在让她们点酒，也是为我们店好。

叶子：啊，是那样呀。

神田：这种情况你要随机应变。

叶子：我太不机灵了，对不起。

叶子低头道歉。

神田：没关系没关系。

叶子：是。

神田：热红酒是吧。

叶子：是。

神田取出红酒，倒入水壶。

神田：去和客人说一声稍等片刻。

叶子：好的。

叶子走出吧台，前往明她们的座位。

7　同·店内

雪依然在下。

店里的时钟已经走过下午4点。

店内人开始多起来。里美也来到大堂。

明喝着热红酒。

明：那两个人是不是串通好的。

芙美：欸?

明：然后，这家店也是她们的同伙。

芙美：什么呀。

明：她们肯定在哪里藏了摄影机之类的，正看着我们偷笑呢。

芙美：电视节目之类的好像会做这种。

明：她们肯定是出于这个目的才把我们聚集起来的。我俩成了笑柄啦。

芙美笑了。窗外，有人快步走来。

8　同 · 外观

快步走来的樱子打开了门。

9　同 · 店内

叶子把樱子带往芙美和明的座位。

叶子被其他桌子的客人叫住了，她离开樱子她们去点单。

樱子：不好意思，我迟到了。

低下头的樱子喘着气说道。

樱子：突然有急事，好不容易坐上电车结果又延误了。

明和芙美面面相觑。

樱子：啊，我还没自我介绍呢。我是井场。井场樱子。

明：我是槙野明。

芙美：我是塚本芙美。

樱子：真的对不起，初次见面就让你们等这么久。

明：没事啦，今天还下雪，这也是没办法的事情。

芙美示意樱子入座。

芙美：请坐。

樱子：啊。

樱子脱下大衣坐下。

樱子看着明。

樱子：您是从事护士的槙野小姐。

樱子看着芙美。

樱子：您是新婚的塚本小姐，对吧。

明：我们现在呀，在搞互相直呼其名的运动。

樱子：欸?

芙美：怎么说呢，聊天的时候不知不觉就变那样了。

樱子：那……个，那么。

樱子看着明。

樱子：明小姐。

樱子看着芙美。

樱子：芙美小姐。

明偷笑。

芙美注意到了。

芙美：怎么啦?

明：我在想，纯真的是不会说谎的呀。

芙美：是的呢。

樱子：什么意思呀?

叶子端着水和毛巾往明她们的位置去。

叶子：请问您要点些什么?

樱子：唔……点什么好呢?

樱子把菜单翻过来，背面是酒。

樱子：不好意思。我总是要花很多时间才能决定。

叶子：啊，完全没事。

樱子：唔……

叶子烦恼着，到底应不应该先离开一下。

芙美对难以抉择的樱子说道。

芙美：你冷吗?

樱子：冷。想喝点又暖又甜的东西，但是热可可又有点太甜了。

芙美：嗯。

樱子：但是奶茶又不够甜。

芙美：原来如此。

樱子：虽说如此，但加太多砂糖也不太好。有推荐的吗?

樱子看着叶子。

叶子：啊，那……个。这个嘛。可能没什么合适的呢。

芙美笑了。

芙美：身为店员可不能那样说呀。

明：已经是傍晚啦，喝点甜甜的酒不是挺好的嘛。身体也能暖和起来。

樱子：欸?第一杯就开始喝酒吗。你俩已经是那种氛围啦?

明：有一种“开始了”的感觉哟。

芙美：那……你就点焦糖维也纳吧。

樱子：欸?

芙美：你喝过吗?

樱子摇头。

芙美：我觉得你可能会喜欢。

明：好像侍酒师。

樱子：嗯，我也想喝喝看。

明：但是菜单上没写呀。

樱子：真的耶。

芙美问叶子。

芙美：能做吗？焦糖维也纳。

后方响起客人呼叫服务生的声音。

叶子：那……个，我觉得应该可以。

芙美：那就拜托啦。

叶子：好的，明白啦。

叶子快速地写下点单，往吧台去了。

芙美：那么，我们可以称呼你樱子小姐吗？

樱子：啊，好久没被这样称呼了。

芙美：欸，是吗？

樱子：在PTA之类的，大家一般互相叫对方的姓。

明：是噢。你有孩子啦。几岁了？

樱子：嗯，有一个10岁的儿子。

明和芙美对视。芙美点头。

樱子：今天也是，本来儿子要去上课外补习，结果因为下雪停课了。我把他送去朋友家，结果就迟到了。

芙美：已经10岁啦。

樱子：嗯，小学四年级。

明：完全看不出来呀。

芙美：嗯，大家都会说你看不出来吧？不像当妈的。

樱子：啊。不过，在PTA我总是年纪最小的。

芙美：你结婚很早呀。

樱子：大学一毕业就结了。

明：这样呀，为什么呢。

樱子：这个嘛，怎么说呢，如果迟早要结的话何必要等呢。

芙美：噢噢。

樱子：当时感觉自己已经等了很久了。我们是从初中开始交往的，大学一直是异地恋。

明：啊……好像听说过。你的老公和纯是同一个初中的。

樱子：对的对的。

芙美：那个，有没有孩子的照片之类的。

樱子：这个……

明：秀出来秀出来。

樱子一边笑一边从包里取出手机，寻找照片。

她给大家看儿子大纪的照片。

芙美和明凑过去看。

明：好可爱。

芙美：应该能去杰尼斯[1]吧。

叶子：没有的事。他最近可嚣张了。

芙美：这样呀。你还真的是位妈妈呀。

明：这张照片是?

大纪一脸不高兴。他的面前摆着插了蜡烛的生日蛋糕。

1　杰尼斯事务所，日本著名的艺人经纪事务所。

旁边是樱子的丈夫良彦。

樱子：这张照片是我老公吹灭了他的生日蛋糕，所以他在闹别扭。

明：你老公也是小孩子吗。

大家一起笑了。

10　同·吧台

叶子对进入吧台的里美说道。

叶子：里美小姐。

里美：怎么啦？

叶子：有客人点了焦糖维也纳。

里美：哎呀？菜单上没写这个吧？

叶子：啊，是的。但是，我觉得是不是可以随机应变做一下呢。

里美：你接受点单了？

叶子：没完全接受。

里美：唔……

里美腾出厨房的橱柜检查。

里美：需要双糖或者细砂糖，但因为单价很高所以现在没进货呢。

叶子：这样。

里美：也没有替代品，你帮我回绝客人吧。

叶子：啊，但是。

里美：拜托你啦。

叶子：是。

里美走出吧台。

叶子也离开吧台前往明她们的席位。

明、樱子和芙美正看着手机上的照片嬉笑。

明：啥呀啥呀。这啥呀。好帅呀！照片在哪儿拍的呀。

芙美：在布拉格。

明：布、拉、格？

樱子笑了。

芙美笑了。

叶子站住了。

别桌的客人在叫她。

叶子：啊，对不起。现在马上过去。

叶子去别桌点单。

11　同·店内

店内开始拥挤起来。

明：啊……大家都很幸福呀。真好。

明把手机还给芙美。芙美笑了。

芙美：结婚了也不一定就会幸福呀。

明：这个嘛，我懂的。

芙美看着明。

明：但是照片是不会骗人的呀。你们很幸福呀。

樱子：你有恋人吗？

明：没有。

芙美：真的吗？

明：这有什么好骗人的呀？

芙美：我还以为你结婚了呢。

明：是吗？

樱子：啊，不过感觉你会是个好妻子。

芙美：嗯，是那种会掌握家庭主导权的类型。

樱子：是的是的。

明：这个嘛，以前确实是主导过的。虽然主导过，但……

樱子·芙美：欸？

明看着樱子和芙美。

明：遮遮掩掩的也没啥必要，所以我就直说啦。我离过一次婚。两年前离的。

芙美：啊啊，不过感觉也挺合理的。

明：啥意思呀。

芙美：不是，总觉得你的笑容中带着一丝苦涩的感觉。

明：说啥鬼话呢，哪有苦涩！

明和芙美笑了。

明：那个，这事我和纯说过。你俩都没听她说？

芙美和樱子摇头。

明：那样呀。不过，哎呀，我们也没有孩子。怎么说呢，从结婚到离婚，都是因为年轻气盛。

明捂住自己的双颊。芙美微笑地看着。

明：怎么说呢，我会结婚感觉全是因为情义。

樱子：情义？

明：嗯。既然对方都说到那个份上了，再加上我们到目前为止的情分，我也没办法无动于衷呀。

芙美：老大气概。

芙美笑了。

明：我当时是以一种“好嘞，冲呀”的感觉敲下结婚印章的。然后离婚敲章的时候也是，既然你那么过分，那好呀，我们就分开吧。

樱子笑喷。芙美也笑了。

明：喂……别笑啦！

明也笑了。

樱子：不好意思，因为你很像黑道大哥的女人。

明：樱子小姐，我没想到你这么敢说。

樱子：不过，我觉得你很酷呀，虽然有点离谱。

芙美：哎呀，因为眼前浮现了明小姐喝交杯酒的样子。

芙美和樱子笑了。

明：都无所谓啦。是的是的，交杯酒我们是喝过的。然后嘛，我也没想到自己会被小弟捅一刀。

芙美：你被捅啦？

明：从背后拦腰一刀。我当时想，怎么会这样！

芙美：信息量有点太大了。

芙美笑了。

樱子：欸？真的被捅了？

明：不不，只是比喻啦。

樱子：我刚才还想呢，不至于吧。

明：小弟和其他老大也交杯了呢。

芙美：出轨吗。

明：是呀。

樱子：他背叛你啦？

明：是呀，所以我们就分手了。真是没有仁义的战争呀。

芙美：从高仓健转换到了实录[1]系列的世界呢。

明：你的比喻都好高深啊。

樱子：你一定让你老公切手指了吧。

明：樱子小姐，你意外地很会吐槽啊。

樱子笑了。芙美和明也笑了。

三人笑了一阵才止住。

明：啊……啊。

明正要喝红酒，发现杯子已经空了。

她举起手，但因为她们的位置在最深处，所以服务员并没有看到。

明：好像不会过来这边呀。

明站起身来。

芙美：怎么啦？

明：我去点个单。

明离开位置前往吧台。

她在中途遇到神田，点了一杯热红酒。

神田：好。是里头的位置是吧。

明：是的，拜托了。

明直接去了洗手间。

1 日本黑帮电影的一种类型，以写实著称。

芙美和樱子看着明的背影。

樱子：我们会不会问太多啦？

芙美：不，我觉得没事的。不过我也不清楚，因为我和她也是第一次见。

芙美和樱子笑了。

樱子：我从来没有这样吐槽过第一次见面的人。

芙美：嗯。

樱子：因为她看上去若无其事的，所以不知不觉我也忘记顾虑了。

芙美：她好酷呢。

樱子：嗯，不过。

芙美：不过？

樱子：她肯定很受伤。

樱子看着洗手间的方向。芙美看着那样的樱子。

芙美：是呢，所以我们刚才可能也是在努力活跃气氛。

樱子：如果是纯的话，一定能更巧妙地顾虑周到吧。

芙美：啊，她肯定会开一些有爱的玩笑。

樱子：是的是的。

芙美：说起来，纯小姐好慢呀。

芙美看手机。

樱子：她坐的电车好像停在隧道里了，所以应该联系不上。

芙美关闭手机界面。

芙美：纯小姐，该不会真的在用摄影机监视我们吧。

樱子：欸？那是啥？

芙美：等到一个好时机，她就突然跳出来。

樱子：好时机是指？

芙美：就像现在，大家都兴致高涨的时候。

樱子：啊……感觉我们可以组个乐队。

芙美：可能纯小姐会给我们每人发一件皮夹克，然后说，我们现在去录音吧，之类的。

樱子笑了。

樱子：为了什么呀？

芙美：为了什么呢。不过，说到为什么，也不知道为什么我们四个今天要聚在一起呀。

樱子：是呢。不是为了去录音室排练吗？

芙美：那也太早了吧。

芙美笑了。

樱子：如果要搞乐队的话我想打鼓呢。

芙美：好意外。

樱子：欸？我觉得鼓手最酷了。

芙美：啊……我要当贝斯手。要让大家摇头晃脑。

樱子笑了。

樱子：感觉明小姐很适合主唱呢。

芙美：那纯小姐就是吉他吗。

樱子：啊……感觉她会加很多和声。

二人爆笑。

芙美：啊……啊。什么呀，真是的。

樱子：纯和我说，我们一定会合得来的。

芙美：她也对我说了。

樱子：啊……不过纯就是那样的。

芙美：从以前开始就是了？

樱子：嗯，意外地。

芙美：从初中开始？

樱子：嗯，对对，她从初中那会儿就没怎么变。

芙美：是吗？

樱子：是的。我和我老公初中是一起的。

芙美：嗯嗯。

樱子：纯从我俩还没互相喜欢的时候就开始说我们绝对会合得来，让我们快点在一起。

芙美：然后你们就交往了？

樱子：上高中以后开始交往的。

芙美：然后就那样结婚了。

樱子：不，也经历了各种各样的事，不过最终还是结了。

芙美：你是不是很难反抗纯小姐呀？

樱子：唔……有点，让人不爽。

芙美笑了。

樱子：不过，我总是很相信纯的话。

芙美：真厉害。

明回到座位上。

明：什么什么，什么东西真厉害？

芙美：是樱子小姐的结婚故事。

明：啊，我想听那个。

里美端来热红酒。

里美：您久等啦……

她放下热红酒。

明：谢谢。

芙美：咦？焦糖维也纳呢？

明：刚才点了吧。

樱子：不好意思，我刚才点了焦糖维也纳。

里美：啊，对不起。我们店现在做不了焦糖维也纳。

芙美：欸？但是服务生刚才说可以做。

里美：可能是她搞错了。

樱子：什么呀……

芙美：欸？但是她后来也没和我们说过。

里美：对不起。

樱子：芙美小姐，算啦。

樱子对里美说道。

樱子：啊，没关系了。

里美：真的非常抱歉。

芙美：那个服务生，没关系吗。

里美退下了。哐啷一声。

四人向声音的源头看去。

12 同·店内

叶子打翻了咖啡，正在擦拭地板。

13　同·吧台

叶子拿着空杯子进入吧台。

神田和里美也在。

叶子：对不起，我打翻了咖啡。

神田：里美，那边就拜托你了。

里美：好。

叶子：对不起。

叶子低下头。

里美没有搭理叶子。

里美倒入咖啡，走出吧台。

叶子：对不起。

神田：泷野小姐。

叶子：在。

神田：你让客人点了菜单上没有的焦糖维也纳，结果也没和客人说我们做不了。

叶子：啊。

神田：你没说吧。

叶子：没说。

神田：那样是不行的。

叶子：对不起。

神田：打翻咖啡什么的，这个嘛，虽然也很不好，但也是没办法的事。

叶子：是。

神田：但是，不好好向客人传达的话是不行的。

叶子沉默了。

神田：明白吗？

叶子没有回答。

叶子：对不起。我果然不适合当服务生。

神田：欸？

叶子脱下围裙。

叶子：对不起。我回去了。

神田：等一等。

叶子正要去往职员室。

神田抓住拿着围裙的叶子的手。

神田：泷野小姐，那样就更不行了。

叶子：但是，我对客人很抱歉。

神田：去好好道歉吧。

叶子：但是，那几位客人非常期待焦糖维也纳。她们的谈话也很雀跃。我想，啊，她们现在正在度过一段非常美好的时光呀。一想到我糟蹋了这美好的时光……

叶子垂头丧气地站着。

神田松手。

叶子拿着围裙站在那里。

金平糖从叶子的围裙口袋里掉出来。

神田：泷野小姐。

叶子没有回答。

神田：泷野小姐。金平糖，还有的吧？

叶子回头。

神田：如果有金平糖的话，那也许就能做焦糖维也纳了。

叶子：欸？

神田：因为敲碎的话就可以代替双糖。虽然味道可能会有点不一样。

叶子：欸？

神田：稍等一下噢。

神田在厨房把金平糖敲得细碎。

叶子在旁看着。

神田：泷野小姐。

叶子：欸？

神田：转换一下心情吧。

叶子：啥？

神田：你可以挑选在店里放的歌哟。

神田指了指吧台上的笔记本电脑。

叶子看着神田。

叶子：好。

14　同·店内

明喝着热红酒。

明：纯好慢呀。

樱子：真的呢。

芙美正在玩手机。

明和樱子也开始摆弄手机。

15　同·店内·吧台

叶子没有选择笔记本里的歌。

她从围裙口袋里取出自己的 iPod。

她将插孔对准播放器，挑选歌曲。

开始播放音乐。

16　同·店内

芙美、明、樱子正在玩手机。

三人的手机同时有来信。

芙美·明·樱子：啊。

三人对视。

明：她说她终于要来了。

樱子：嗯，从车站到这里大概还有五六分钟。

芙美松了口气。

芙美：有种特意来这里等人的感觉。

樱子：对不起。

明：不不。是纯的错。对吧，让她请客吧。

芙美：那也有点过分吧。

樱子：让她请一顿也没事吧。谁让她把大家聚到一起，自己到现在还没来，让她买个教训。

芙美：欸?

明注意到店里正在放的音乐。

直到刚才还在放的沙发音乐变成了越路吹雪的《没有了你，我的爱》。

明：啊啊，什么呀这个选曲。

芙美：越路吹雪。

樱子：这样呀，我只知道清志郎版本的。

明跟着背景音乐哼唱。

樱子：啊，你看上去很擅长。

明：我都背下来了。

樱子：那样呀。

明：哎呀，想去卡拉OK了呢。

樱子：啊，好呀！

芙美：啊……

樱子和芙美对视而笑。

芙美：我可以在旁边听你们唱。

明：欸，为什么？你看上去很会唱呀。

芙美：才没那回事呢。

明：欸……你肯定是深藏不露吧。声音那么好听。

芙美：欸……又来呀。

樱子：你应该很会唱松田圣子。

芙美：欸？

明：《红色碗豆花》之类的。

芙美：不不，但是呢，我以前确实很喜欢听这些。

明：所以也会唱的吧？

芙美：这个嘛。

明：对吧，像这样双手握麦。

樱子笑了。

芙美：但是如果要唱的话，可能会唱UNICORN[1]之类的。

樱子：啊，真狡猾。

明：等等，民生[2]可是属于所有人的。

芙美：欸……可是明小姐你一定会唱中森明菜的吧？

明：谁要唱《少女A》呀。这个嘛，可能会唱RC SUCCESSION吧。

芙美：《在雨后的夜空》之类的是吧。

樱子：啊，点那首的话纯可能会生气。

明：欸，是吗？

樱子：纯呢，会听别人的唱腔。

明：嗯。

樱子：然后就能听出来那个人对原曲有多熟悉。

明：啥呀，那也太恐怖了。绝对不能点那首。

芙美：樱子小姐呢？

明：肯定是美梦成真[3]之类的吧。

芙美：啊啊，《喜欢》之类的。

樱子：虽然也可以唱那个。

明：但是？

樱子：但是现在还是想唱《儿子》之类的。

芙美：啊，大家都要唱民生呀。

樱子：现在的话或许就能倾注自己的亲身体验去唱了。

明：那我们肯定赢不了。

---

1 日本的摇滚乐队。

2 奥田民生，UNICORN乐队的成员。

3 日本的二人乐队。

三人笑了。

明不假思索地指着樱子。

叶子端来了焦糖维也纳。

叶子：不好意思，我来送焦糖维也纳了。

樱子：啊。

芙美：那个，刚才说没有？

叶子：对不起。明明没有我却说有。不过，店长为了表示歉意，花工夫找来原材料，最后还是做出来了。

芙美：这样呀。

樱子：谢谢。

明：太好啦。

叶子：真的非常抱歉。

樱子：没事。谢谢。

樱子退回吧台。

樱子端详着焦糖维也纳。

明：是什么味道的呀。

樱子喝了一口焦糖维也纳。

樱子：啊，刚刚好。

芙美：是吧。

樱子：嗯，是我想要的甜度。

明：是吗。

叶子远远地看着樱子的反应。

樱子：啊，这个真好喝。

樱子很快地喝完焦糖维也纳。

樱子：啊，都喝完啦。

纯打开门。抱着花束。

三人吃惊。纯找到三人，将双手在面前合十。

纯：大家，对不起。真的对不起。啊，神田君，恭喜！

纯把蒙着雪的花束递给神田。

神田：啊……谢谢……

纯慌慌忙忙地前往座位。

三人笑眯眯地看着纯。

纯：我不仅迟到，刚才还跑开，对不起。不过，因为今天是这里开张，所以……

三人对视后站起身来。

纯：欸?

三人开始各自穿外套。

纯：要回去了?

樱子：正相反。

纯：啥?

芙美：我们刚才正在说要换场地。

明：一起去吧，一起。

纯被明与樱子抓住双手往后走。

纯：这是怎么回事?

纯看着走在后面的芙美。

芙美无言地笑着。

17　卡拉OK包间（夜）

纯握着麦克风。

纯正在唱糊里糊涂合唱团[1]的《好女人》。

明、芙美、樱子在旁一唱一和。

四人都兴致高昂地唱着。

18　咖啡馆“Ninotchka”·外观（夜）

店里的灯暗了。神田、里美、叶子走出来。

叶子看着天空。

叶子：雪停了。

里美：欸?

神田看天空。

神田：啊，真的呢。

被叶子和神田的视线引导，里美也看天空。

月亮轻轻地飘浮在空中。

一片白雪映照着月光。

三人看着月亮。

叶子：店长。

神田：嗯。

叶子：我，明天还能来吗?

神田：里美，你觉得呢?

里美：欸？问我吗?

1　ULFULS，日本的摇滚乐队。

神田：嗯。

里美：要是不来的话我们会很头疼的。

神田：嗯。

里美：因为店里也很忙呀。

神田：可是呢，但是呢，泷野小姐，你今天的所作所为，作为一个从事服务业的人来说……

里美朝神田砸雪球。

叶子吓了一跳。

里美又朝神田扔了一次雪球。

神田也团雪球扔向里美。

里美：哎呀！快点，叶子你也来！

叶子团了个雪球一鼓作气地扔向神田。

叶子和里美联手朝神田扔雪球。

三人打着雪仗。

叶子的笔记："金平糖是用细砂糖做的。"

欢闹声在夜晚的城市回响。

（终）

《欢乐时光》演职人员表

演员表

田中幸惠

菊池叶月

三原麻衣子

川村莉拉

申芳夫、三浦博之、谢花喜天、柴田修兵、出村弘美、坂庄基、久贝亚美、田边泰信、涩谷采郁、福永祥子、伊藤勇一郎、殿井步、椎桥怜奈

工作人员表

制作总指挥：原田将、德山胜巳

制　片　人：高田聪、冈本英之、野原位

联合制片人：静健子、HAYASHI Akikiyo

导　　　演：滨口龙介

编　　　剧：Hatano工作室（滨口龙介、野原位、高桥知由）

摄　　　影：北川喜雄

录　　　音：松野泉

灯　　　光：秋山惠二郎

副　导　演：斗内秀和、高野彻

音　　　乐：阿部海太郎

制作·发行：神户工作坊电影项目（NEOPA, fictive）

宣　　　传：佐佐木瑠郁、岩井秀世

特别感谢

野濑范久、SASAKI Hideaki、奥野弘幸、山田由香里、藤岛顺二、北川喜信、野本幸孝、金森春树、芹泽高志、中山英之、Silent Voice、坂本一马、SAITO Ayako、樱井敬子、冈村忠亲、MASE Yukie

特别协助

神户设计创意中心（KIITO）

Gateway for Directors Japan

2015年/日本/彩色/317分钟/16 ： 9/HD

野原位（TADASHI Nohara）

1983年出生于栃木县。2007年考入东京艺术大学研究生院影像研究科第三期导演专业，师从黑泽清导演。在学时曾导演过伊坂幸太郎原作的集锦影片《华丽人生》中的短片《京子》（主演寺岛忍，曾被邀请参加第二十三届高崎电影节）。此外，还导演了硕士毕业作品、首部长片《大象之爱》。此后，在担任CS放送的节目导演助理、CG制作经理等职位后，还导演了《为记忆而说》（上映于第二届广岛国际电影节的“青年导演特辑”）。

2009年 《华丽人生（京子篇）》（导演）、《大象之爱》（导演）

2014年 《为记忆而说》（导演）

2015年 《欢乐时光》（编剧/制片人）

高桥知由（TOMOYUKI Takahashi）

出生于1985年。于2010年完成日本大学研究生院艺术学研究科硕士课程（影像艺术专业）。本科在学时就开始学习剧本写作，毕业后一边以工作人员的身份参加独立电影的制作，一边写作恐怖录像带电影和网络电视剧的剧本。主要的剧本作品有《触不到的肌肤》（滨口龙介导演）与《螺旋银河》（草野夏香导演、高桥与草野联合编剧）等。

2013年 《触不到的肌肤》（编剧）

2014年 《最后的命》（编剧）

2015年 《螺旋银河》（编剧）、《欢乐时光》（编剧）

《若即若离》（大纲编写、摄影助手）*纪录片电影

电影作品年表

导演解说：滨口龙介

《若无其事的样子》

2002—2003年/8mm/彩色
制作·导演·编剧·剪辑：滨口龙介
摄影：渡边淳、滨口龙介、东辻贤治郎
录音：井上和士
音乐：David Nude、ROMAN
出演：松井智、滨口龙介、冈本英之、远藤郁子、石井理绘
片长：98分钟（短片版43分钟）

这部是我在东京大学的电影研究会制作的8mm短片，相当于毕业制作。我当时想着，这可能是我最后一次能拍这样的电影了。故事讲述一名男性在朋友的建议下持续拍摄已故兄弟的8mm电影，他那暧昧不清的态度使其周围的人感到困惑。

三名男性穿着西装嬉闹的场景源自卡萨维蒂的《夫君》。回想起来，可能我从这个时候开始就一直在重复相同的事情。“短片版”则是作品中的片中片，也自成了一部电影。我当时在思考要怎么在电影中融入循环结构，而这部作品就是我思考的结果。在这个意义上，也许可以说这部电影结合了《回到未来》与约翰·卡萨维蒂这两个原体验。

《开始》

2005年/DV/彩色
制作·导演·编剧·剪辑：滨口龙介
制片人：远藤薰
摄影：松本浩志

录音：井上和士
副导演：野原位、笹岛俊
音乐：川村岬、望月晃
出演：梅田司、花泽拓巳、马场省吾
片长：13分钟
仙台短片电影节2005年出品作品

虽然最后切了一下镜头，不过从片头开始的那一镜几乎贯穿了全片。在这部作品中，我试着体验了一把从固定长镜头到切分镜头的电影史。想拍长镜头，但是不想拍单纯的长镜头——这部作品混杂了我的这种想法。

故事讲述了在初中三年级的冬天，马上就要考试的女孩从年末到年初的一段三角关系。年末时偶然遇见的同学，把女孩的秘密告诉了朋友。女孩在三人的对话中得知了同学的背叛。

《欢乐时光》的联合编剧野原位在本片中担任副导演。

《夜晚之友》

2005年/DVCAM/彩色
制作：冈本英之
导演·编剧·剪辑：滨口龙介
摄影：滨口龙介、松本浩志
录音：佐佐木亮介
副导演：野原位
出演：铃木里美、冈本英之、大平惠、梶尾翔平、樱木麻衣罗等
片长：44分钟

《欢乐时光》的制片人之一冈本英之问我要不要参加结合音乐与电影的活动来做一部恐怖题材的电影，我接受了他的邀请并着手这个项目。虽然接受了邀请，但我当时无论如何也写不出剧本。结果就造就了这样一个故事——一个怎么也写不出恐怖片剧本的编剧，一个劲儿地聆听一名女性滔滔不绝地说着可能成为电影素材的灵异体验。

所谓的灵异体验，其实是她自己以前曾经背叛别人的故事。随着电影情节的展开，我们渐渐明白，这名女性才是最恐怖的存在。

这是我第一次有意识地尝试只用语言来构筑电影。电影只是一直在拍她说话，所以能够用低预算在短期内拍完。

活动一开始放了电影的前半部分，中间夹了一场Live后又放了后半部分，现场气氛十分火爆。

《记忆的香气》

2006年/16mm/彩色
制作：东京艺术大学研究生院影像研究科
制片人：东条真努香
导演：滨口龙介
剧本：小林美香
摄影：佐佐木靖之
录音：草刈悠子
美术：田中浩二
剪辑：筒井武文
音乐：和田春
副导演：船曳真珠
出演：藤川俊生、河井青叶等

片长：28分钟

2006年，我进入东京艺术大学影像研究科。导演课程要求我们在学时制作两部短片、两部长片。我的第一部短片叫《游击》，这是我在那之后拍的第二部课题制作的短片。这是我最初也是最后一部16mm胶片的作品。

在这部作品中，我第一次使用他人写就的剧本进行拍摄。故事讲述，一个商人在上班路上发现，有一个女孩总是待在某个巴士站。那个女孩似乎是在等待她的母亲，而她的母亲已经在一场车祸中死亡。一个雨天，他在那个巴士站下车，结果被卷入一段不可思议的时间之中。

这个在讲评时获得好评的剧本，我其实不是很明白。我从头到尾都不明白，只是照本宣科地怎么写就怎么拍。结果，这部作品破绽百出。但是，我意外地还挺喜欢。工作人员基本都是艺大电影课程的在校生。

这是我与摄影师佐佐木靖之第一次合作的作品。因为用了学院画幅比，所以就试了下小津风构图之类的，做了一些朴素的实验。

《索拉里斯》

2007年/HD/彩色

制作：藤井智、盐原史子、东条真努香、成田耕佑、山田卓

导演·编剧：滨口龙介

摄影：佐佐木靖之

灯光：汤泽祐一

特摄：濑田夏树、船曳真珠

美术：田中浩二

录音：草刈悠子、光地拓郎

剪辑：山本良子

副导演：吉田雄一郎、山田咲、吉井和之

出演：松田贤二、前田绫花、涩川清彦、酒井健太郎、平井贤治

片长：90分钟

这部是艺大第一年结束时的课题制作的成果。黑泽清先生给我们出了一个课题，让我们试着改编斯坦尼斯瓦夫·莱姆的《索拉里斯》。我的剧本因为“看上去能拍”而被选中。我们用了CG，在艺大的摄影棚花了1个月的时间拍摄，这对我来说是非常奢侈的经验。这是我在继《记忆的香气》之后又一次与专业演员合作。

虽然电影的前半部分忠实于原著，但是在后半部分宇宙站的场景中，我构想了一段对话剧，让增村保造风格的世界观（！）不断铺展。但是，为了加入CG，我必须事先做好分镜，因此我也反省自己的调度是否把演员框进画框之中了。增村的构图虽然坚实，但是演员们能在其中自由自在地运动。然而在这部作品中，我只是把演员的动作附加在画框之中，并没有营造出运动。我对这部作品的反省也影响了我在《激情》中的调度。

《激情》

2008年/HD/彩色

制作：东京艺术大学研究生院影像研究科

制片人：藤井智

导演·编剧：滨口龙介

摄影：汤泽祐一

灯光：佐佐木靖之

录音：草刈悠子

美术：安宅纪史、岩本浩典

剪辑：山本良子

副导演：野原位

出演：河井青叶、冈本龙汰、占部房子、冈部尚、涩川清彦等

片长：115分钟

东京FILMeX2008年竞赛单元、圣塞巴斯蒂安国际电影节2008年出品作品

东京艺术大学的毕业制作。我认为本作是我那时的集大成之作。在此前的几部作品中，我总是优先实现想要把人牢牢地放在画框中的欲望，我从一开始最想做的就是拍演员，拍表演的人。往返于两名女性的家的部分源自《面孔》，三名男性出场的部分则源自《夫君》。侯麦的“六个道德故事”系列的要素也在其中。

这部电影入选了国际电影节，替我开拓了道路。我也开始结识河井青叶女士以及其他后来出演我电影的演员们。

拍摄的准备期约一个月，我预设了排练期，那之后才正式开始拍摄。在这部作品中，我想放演员自由。但是也很难说我和他们之间的关系足够成熟。直言不讳地说,就是我没能把摄影机放在他们的正对面。当两位演员同时登场时，我考虑到正在表演的二人的关系性而采用稍微倾斜的角度去拍。因此，我无论如何都觉得自己掠夺了他们的演技。这也成了我今后的课题。

表演只是表演。而电影必须捕捉表演。但这并非单纯是对真实表演的捕捉。基于上述思考，我从下一部作品《永远爱你》开始把摄影机正对人物。

三男三女是大学同学，在他们的同学会上，一对情侣宣布了婚讯。但是有一名女性听到这个消息哭了起来，氛围当场变得有些微妙……新郎对自己之前喜欢过的女性展开攻势，其中也有人爱慕着新娘。换句话说，这是一场轻佻浮薄的一夜情景象。我会描写这种人物形象，可能是受到青春期常看的电视剧的影响。

我感觉自己拍到了在《索拉里斯》中没能拍到的瞬间。出演的五位演员也非常出色。希望某天能以这个阵容再拍一部电影。

顺便一提，我有一套自己的法则。上一部作品拍了三角关系，所以有90分钟。有90分钟的话我就能拍三人关系了。如果在此基础上加人的话，那电影就要以每人多加15分钟的准则变长……这样的话，拍摄共计17人的《欢乐时光》会超过300多分钟也就理所当然了。

《永远爱你》

2009年/HD/彩色

制作：竹泽平八郎

导演：滨口龙介

剧本：渡边裕子

摄影：青木穰

灯光：后关健太

录音：金地宏晃、上条慎太郎

美术：原尚子

剪辑：山崎梓

副导演：佐佐木亮介

音乐：冈本英之

出演：河井青叶、杉山彦彦、冈部尚、菅野莉央、天光真弓、小田丰等

片长：58分钟

就算从艺大毕业，也很难直接成为商业电影的导演。毕业后过了一年，我想着既然没办法拍商业电影，那我就自己拍吧。于是拜托艺大的前辈渡边裕子编剧。在写了《激情》的剧本之后，我已经不想自己写剧本了。

一名女性即将结婚，她怀孕了。但是孩子很可能不是未婚夫的，而是前男友的。到了结婚典礼那天，她还在纠结该如何是好……渡边前辈根据以上我所给出的情节提示写了剧本。

虽然准备期不算长，但是我们还是选择先排练再拍摄。通过这部电影我学习到，如果想让演员的表演自发地发展，那么就必须提供能点燃他们的要素。这与剧本结构的好坏无关，而是需要能推动演员的台词。我感觉自己终于了解到这一点。于是从下一部《景深》开始，我再次选择自己写台词。

我在没有任何公开放映的指望的情况下制作了这部影片，不过好在之后有幸能在横滨文化创造都市学校的“未来大师”特别放映会中首映，我还同梅本洋一先生进行了对谈，令我印象深刻。

《景深》

2010年/HD/彩色

制作：东京艺术大学研究生院影像研究科、韩国电影艺术学院

制片人：原尧志、YUN-BO Shim

导演：滨口龙介

编剧：滨口龙介、大浦光太

摄影指导：GU-NYON Yan
灯光：后关健太
录音：金地宏晃
美术：田中浩二
剪辑：山崎梓
副导演：菊地健雄
出演：金民俊、石田法嗣、朴秀熙、米村亮太郎、村上淳等
片长：121分钟
东京FILMeX2010年特别邀请作品

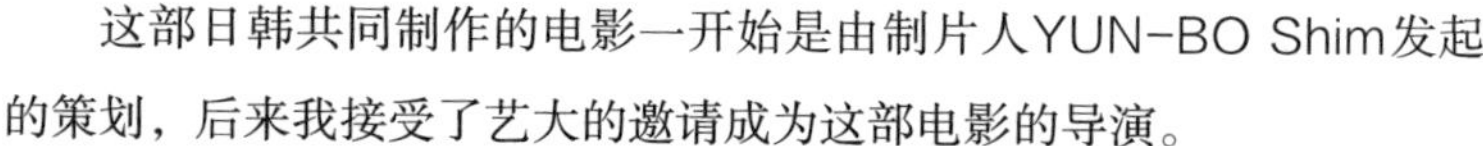

这部日韩共同制作的电影一开始是由制片人YUN-BO Shim发起的策划，后来我接受了艺大的邀请成为这部电影的导演。

Shim所设定的框架是——一个韩国摄影师在滞留日本时找到一名男妓，想带他回韩国却无法实现。我觉得这个故事是可以拍成电影的，所以就答应担任导演，并写了剧本。

剧本的撰写历时约半年以上，与韩方进行了多次沟通。尽管剧本最终会被译成韩语，但我们还是努力写出能够推动人物的台词。

进入实际的拍摄后，意外地能够判断那里是否有情感。比起判断OK/NG，倒不如说和摄影师统一审美比较困难。

石田法嗣显然不算美少年，但是他身上散发着一种让人浮想联翩的特殊魅力。能和这样的演员相遇，是特别美好的事情。

《亲密》

2011—2012年/HD/彩色
制作：ENBU研讨会

导演·编剧：滨口龙介

摄影：北川喜雄

剪辑：铃木宏

修音：黄永昌

副导演：佐佐木亮介

制作：工藤涉

插曲：冈本英之

出演：平野铃、佐藤亮、伊藤绫子、田山干雄等

片长：255分钟（短片版136分钟）

本作是ENBU研讨会影像表演课程的毕业制作。我作为讲师教了约3个月的表演课，那之后拍了这部电影。虽说如此，我之前也没有教表演的经验。比起对演员指手画脚，我更倾向于把剧本交给他们，让他们自由发挥，因为后者的效果显然更好。在这部作品中，我把题为《亲密》的舞台剧剧本交给他们，电影就是由舞台剧本身+准备情况+最后一幕所组成的。

趁此机会，我实验探索了如何将演员们自发的反应收入摄影机之中。顺利的话，即使剧本被既定的故事这一大方向所牵引，我们依然能感觉到那里确实有事发生。

实际上，他们在镜头前所实现的，是至今未曾有过的真诚与直率的表现。并非俊男美女、演技也并不出色的他们，却有着如此光芒四射的时刻。能看到那些瞬间，是非常令人感动的。我确信，谁都有着散发所谓存在光辉的瞬间。

完整收录舞台剧的“短片版”和描写在其外侧展开的故事的“长片版”，无论哪个版本都是独立存在的电影。其实长片版中收录了舞台剧中的133分钟。有趣的是，那些先看“长片版”再看“短片版”的人反而觉得“短片版”似乎缺损了一些什么。这究竟是为什么呢？

说到这部片的片长，我是出于某种野心才以这个长度为目标的。如果被人质疑，真的非得拍这么长不可吗，可能也并无必要。有些地方确实稍嫌冗长，因为野心的缘故，有一些镜头也流露出我自己的意志。不过，我在写台词和剧本的时候，本就想着要揭露包括羞耻在内的所有，让自己完全赤裸。可能是因为我们都年轻气盛吧，我的心思好像也对演员们产生了影响。

故事讲述女性导演与男性编剧的情侣档。二人的方向完全不同：编剧只希望自己的台词不会被改，别的全都无所谓；而导演一心想要加入更多动作编排。这样的两个人围绕舞台剧《亲密》的调度开始产生冲突。

二人的关系陷入谷底时，战争突发，一名剧团成员上了前线。舞台剧失去了演员，自然也就分崩离析。为了打破僵局，男性编剧自己站上了舞台。到此为止是第一部。

在第二部中，由于父母离婚而天各一方的兄妹久别重逢。真正的妹妹误以为哥哥的继妹是他的女友，而妹妹喜欢的人又喜欢上了那位继妹，人物关系逐渐混乱……最后，谁的心意都没有成功传达，电影就那样结束了。

“东北纪录片三部曲”《海浪之音》

2011年/HD/彩色

制作：东京艺术大学研究生院影像研究科

制片人：藤幡正树、堀越谦三

导演：滨口龙介、酒井耕

摄影：北川喜雄

修音：黄永昌

出演：田畑良、东绢、镰田满、小山和范、桥本恒宏、佐藤胜代、庄司慈明、安倍淳、安倍志摩子、伊藤裕子、伊藤瑠花

片长：142分钟

制作资助：芳泉文化财团、German Japanese Association

东日本大震灾时，在东北的沿海地区发生了什么呢。当时有成千上万的影像记录下了堆积成山的废墟与海啸来袭的受灾瞬间，我自己也看过许多。但是，我并不明白那些到底是什么。不论是战争还是大灾害，这些彻底毁灭人类生活的事件我从来没有经历过。所以我想去灾区，想亲眼看看在那里到底发生了什么，又正在发生什么。但与此同时我也觉得，如果没有这部作品，我不知道自己是否还能有勇气带着摄影机去那里。虽然我从来没有想过要通过纪录片的拍摄来见证灾区。

那时，仙台媒体中心创立了“不忘3·11中心”来存档受灾市民亲手拍的记录影像。随后，支持该项目启动的艺大找到我，让我奔赴现场。

2011年5月，我立刻动身前往现场。7月，联合导演酒井耕和摄影师北川喜雄抵达并开始拍摄。我之所以拜托他来拍摄这类作品，是因为他有能力，能够在不支配演员（在这里是指出演者）的情况下建立关系，并以一种全新的感知方式捕捉在那里发生的事。

在东北，我目睹了能被称为奇观的光景——360度全景的废墟景象。这与通过影像所看到的完全不同，我有生以来第一次见到这种光景。

并且，我把叙述作为影像题材有两个原因。其一是因为某人所说的一句话：“大家都成了无足轻重的东西。”当我听到这句话时，我认为自己现在所看到的废墟之山并非无足轻重之物，我想拍摄能让这些作为切实感受而浮现的影像。

其二，是因为在大家诉说自己的海啸体验时，所有人的注意力都集中在一个人的叙述上，这样的光景使我感动。十几个人的心绪全部集中在一个人的叙述上，这样的景致单纯得令我震惊。

事后才来到现场的我，自然无法拍摄事件，即海啸本身。并且，也不存在拍摄残留之物的正确机位。为什么呢，因为正确的机位也与这些残留之物曾经的模样一起，全被海浪吞没了。

即便如此，也有一些能拍的东西。正是叙述，为我们带来在镜头前有什么事正在发生的实感。这一主题也贯穿了三部曲系列。

我感觉这是自己第一次拍到人们在镜头前如此生动地说话。那些平平无奇的语言中蕴藏着一种实感。对此我十分感动。我反复想着，如果在剧情电影中大家也能像这样说话该有多好。

“东北纪录片三部曲”《海浪之声 气仙沼》

2013年/HD/彩色

制作：Silent Voice

制片人：芹泽高志、相泽久美

导演：滨口龙介、酒井耕

实景摄影：佐佐木靖之

修音：黄永昌

出演：岩本秀之、岩本清志、高桥和江、大岛幸枝、本田哲也、斋藤和枝、斋藤纯夫、中馆捷夫、水户慎一、水户明美

片长：109分钟

“东北纪录片三部曲”《海浪之声 新地町》

2013年/HD/彩色

制作：Silent Voice

制片人：芹泽高志、相泽久美

导演：滨口龙介、酒井耕

实景摄影：北川喜雄

修音：铃木昭彦

出演：谷隆、谷奈津子、伏见春雄、铃木健志、目黑博树、寺岛江合子、佐佐木朋、小野春雄、小野智英、青田弘子

片长：103分钟

（与《海浪之声 气仙沼》共同的）制作资助：企业Mesena协议会、Arts NPO Link、Künstler helfen Künstlern、P3 art and environment、震灾Regain

我们想把在《海浪之音》中没能被采用的东西分成两组做成电影，从而诞生了这两部作品。我们想离开沿海地区，让别的地区也浮出水面，所以选择了两个町作为我们的舞台。虽然这两部作品也是以在仙台媒体中心的存档为前提制作的，但我和酒井耕二人还是必须去找制片人。因为我们还想继续之前的尝试。所幸我们邂逅了Silent Voice，使我们的计划有了实现的可能。出演者们都是靠“朋友圈”之间互相介绍的，只要有人被介绍过来，我们就一定会拍。

我们拍摄叙述并聆听海啸体验的出演者们的机位，是在《亲密》的即兴采访中尝试过的想法。我让大家呈Z字形错开相对，以这种方式形成虚假的时间线。与此同时，我也轻而易举地展示了这种虚假。说到纪录片，大家很容易觉得纪录片画面中的一切都是不加掩饰的真实。但其实并非如此。我想一边揭露这个前提，一边制作电影。

这个机位还有一大优势——可以最好地捕捉到出演者的表情。然后再通过剪辑，我们就能够连接起在观众与对话者之间的切换。这也起到了促进出演者倾听的效果。

这一凝视与被凝视的机位，同时给予出演者和观众某种障碍。但我认为这种障碍是十分必要的。在拍《激情》时我感觉自己掠夺了表演，为了不再品尝到这份愧疚感，我需要这种揭露。

当然，不论是对出演者还是对观众，我都绝无恶意。那种障碍，只需通过“聆听”就能跨越。我认为这种不适感能够通过对话本身而逐渐消除。

正对着摄影机叙述时的叙述者，看上去是最生动的。要如何才能唤起这一绝妙的瞬间呢？那就是鼓励这个人成为自己。这就是方法。这种只求我是“我”的立场，也延续到了《欢乐时光》的拍摄中。

在拍《亲密》的时候我开始注意到，我们必须要有某种“表演”的要素才能够表现自己。

该片被评为正视受灾者的优质纪录片，对此我十分感激。另一方面，我认为我们不应也不能暴露出演者。恐怕正是这一点，才让作品止步于观者所感受到的那种“优质”。

正是这种挫折感，让我不得不再次拍摄剧情电影。有些事情只能通过虚构才能表现。这唤起了我的冲动——想去探索只能通过表演来表现的事物。

在这三部作品中，我拍摄了只有通过纪录片才能拍到的对话。在其更深处，肯定还有只能通过虚构去拍的人的存在方式。

“东北纪录片三部曲”《讲故事的人》

2013年/HD/彩色

制作：Silent Voice

制片人：芹泽高志、相泽久美

导演：滨口龙介、酒井耕

摄影：鲸冈幸子、北川喜雄、佐佐木靖之

修音：黄永昌

出演：伊藤正子、佐佐木健、佐藤玲子、小野和子等

片长：120分钟

制作资助：文化艺术振兴费补助金、企业Mesena协议会、全国税理士共荣会文化财团、P3 art and environment、震灾Regain

这部电影关于由生活在宫城县的叙述者们所叙述的在东北地区传承的民间故事。与此同时，也是持续询问他们的聆听者小野女士的记录。

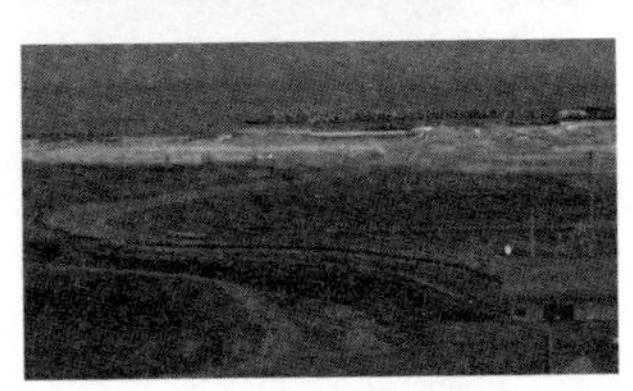

三部曲中的收官之作《讲故事的人》几乎是与另外三部同时拍摄的。在本作中，我确信了“聆听”的力量。关于这一点，我希望大家读一下本书中的文章“《欢乐时光》的方法”。

这部电影于2013年在山形国际纪录片电影节上映。当时出现了两种不同的声音，前者认为这部作品停留在“优质”纪录片的程度，后者认为这部作品作为电影确实发生了什么。因为本作不同于立足于不可动摇之事实的纪录片，所以我理解大家的反应。制片人们也理解我的意图，自始至终全心全意地支持着我。

《触不到的肌肤》

2013年/HD/彩色

制作：LOAD SHOW、fictive

制片人：北原豪、冈本英之、滨口龙介

导演：滨口龙介

编剧：高桥知由

摄影：佐佐木靖之

音效：黄永昌

副导演：野原位

制作：城内政芳

舞蹈编排：砂连尾理

出演：染谷将太、涩川清彦、石田法嗣、濑户夏实、河井青叶、水越朝弓、村上淳等

片长：54分钟

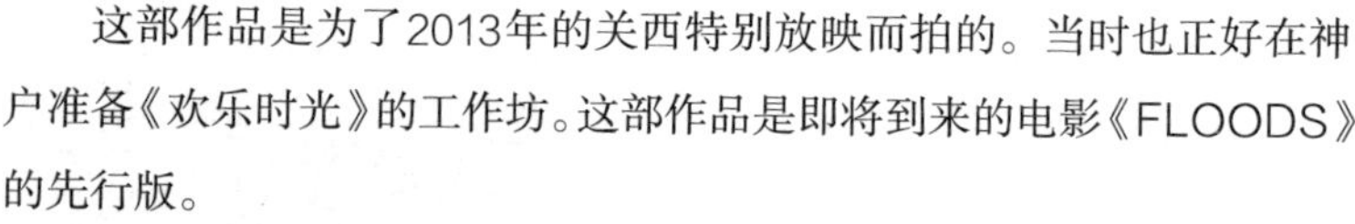

这部作品是为了2013年的关西特别放映而拍的。当时也正好在神户准备《欢乐时光》的工作坊。这部作品是即将到来的电影《FLOODS》的先行版。

剧本是拜托高桥知由写的，之后会作为《FLOODS》的前半段。最初是打算拍15分钟左右的片长，结果意外地拉长了。这一方面是因为剧本写得更易于演员们表演，另一方面也是因为舞蹈要素出乎意料地占据了重要位置。

一名少年因为他所没有犯下的谋杀罪被警察逮捕的故事，发生在一片散发着不祥气息的土地上。这名少年有一个同父异母的兄弟，是他的舞蹈搭档。哥哥在河川清扫事务所工作，那个事务所总飘散着一种奇怪的、令人不安的氛围……《FLOODS》的目标是，拍摄中上健次与陀思妥耶夫斯基那样的、血与时间交织的空间，拍摄那样的土地本身。这里所说的空间，也包括在人与人之间生发的空间。

剧本完成的时候，我觉得那和黑泽清先生与青山真治先生的风格很接近。看上去和90年代日本电影的联系更深了。虽然我有点纠结是不是应该继续朝着这个方向前进，不过最后我选择更多地强调砂连尾理先生为这部电影带来的舞蹈要素。虽然舞蹈起初只是小道具程度的要素，在最开始的《FLOODS》策划阶段也完全没有出现，但最后发展成为这部作品的象征性要素。

能有机会再次与我希望某天能再度合作的三人一起拍电影，这真是太好了。拍完《触不到的肌肤》后，我最初的构想也开始产生变化。我想在此声明，我一定会完成《FLOODS》。我准备在2016年内完成这个剧本。请大家耐心等待。

（采访整理：编辑部）

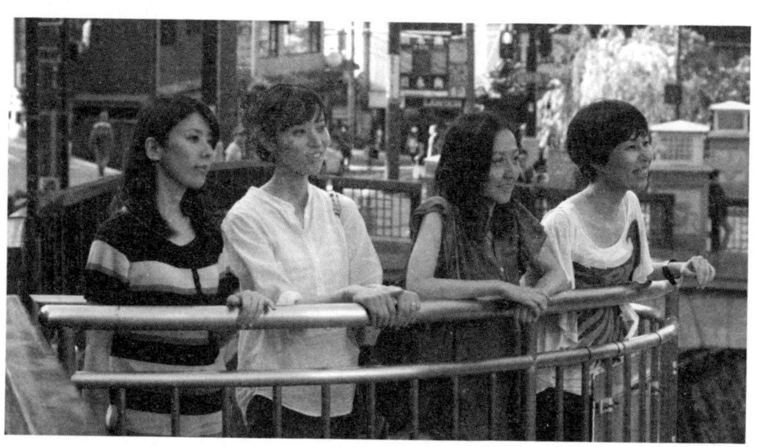

图书在版编目（CIP）数据

滨口龙介：那些欢乐时光 /（日）滨口龙介，（日）野原位，（日）高桥知由著；沈念译．— 北京：北京联合出版公司，2023.1
ISBN 978-7-5596-6503-4

Ⅰ．①滨… Ⅱ．①滨… ②野… ③高… ④沈… Ⅲ．①随笔–作品集–日本–现代 Ⅳ．① I313.65

中国版本图书馆 CIP 数据核字 (2022) 第 191059 号

北京市版权局著作权合同登记　图字：01-2022-6428

滨口龙介：那些欢乐时光

作　　者：[日] 滨口龙介　野原位　高桥知由
译　　者：沈　念
策划机构：雅众文化
策 划 人：方雨辰
出 品 人：赵红仕
策划编辑：蔡加荣
特约编辑：马济园
责任编辑：龚　将
插图绘制：MOEDER LIN
装帧设计：山川制本 WORKSHOP

北京联合出版公司出版
（北京市西城区德外大街83号楼9层　　100088）
北京联合天畅文化传播公司发行
山东临沂新华印刷物流集团有限责任公司印刷　　新华书店经销
字数317千字　　1092毫米×787毫米　　1/32　　14.5印张
2023年1月第1版　　2023年1月第1次印刷
ISBN 978-7-5596-6503-4
定价：78.00元